Christelle Zaurrini

Havoc Hearts

Luna & Drax

Herstellung und Verlag:

BoD – Books on Demand, Norderstedt

ISBN: 9783746006055

erstes Kapitel

Luna

Obwohl meine Uniform so knapp sitzt, dass sie gerade mal das Nötigste von meinem Körper verdeckt, schwitze ich wie verrückt. An Tagen wie diesen ist der Laden gefüllt bis unters Dach. Es wundert mich, dass die Menschen sich nicht stapeln. Zoe läuft gerade mit einem beinahe überquellenden Tablett an mir vorbei und stößt einen lauten Seufzer aus. Eigentlich hätte sie schon vor einer Stunde Feierabend machen sollen. Doch das ist keine Ausnahme. So langsam macht sich Panik in mir breit. Ich darf heute nicht schon wieder zu spät kommen!

»Ich bin das Ganze so leid!«, jammert meine andere beste Freundin Sky, und streicht sich die langen türkisen Haare von der einen Seite auf die andere, wo normalerweise ihr Sidecut zu sehen ist. Gerade, als ich etwas erwidern will, wird sie von einem ihrer Kunden schnippend an den Tisch gerufen. Beinahe gleichzeitig verdrehen wir die Augen, doch ich weiß, sobald sie sich umdreht, liegt ihr strahlendes "Gib-mir-Trinkgeld" Lächeln auf ihrem hübschen Gesicht. Lachend lässt sie es zu, dass der Kerl sie auf seinen Schoß zieht, aber dieses Lächeln ist so falsch, wie ihr Vorbau.

»Hast du keine Arbeit?«, knurrt mein Boss, der urplötzlich hinter mir auftaucht. Wie immer trägt er einen blauen Anzug, der ihm viel zu weit um die Arme ist. Er denkt, er wäre ach so durchtrainiert, aber nur alle zwei Wochen das Fitnesscenter zu besuchen, macht aus ihm noch lange keinen Hulk.

»Du weißt, dass ich heute pünktlich gehen muss«, ignoriere ich seine Frage.

Er grunzt. »Wie immer.« Zwinkernd geht er weiter, und begrüßt neu eintreffende Gäste. Es interessiert ihn einen Scheiß, dass ich meine Schwestern von der Schule abholen muss. Er sieht in uns keine Kellnerinnen, sondern Sklaven. Kopfschüttelnd bahne ich mir einen Weg durch die vor dem Fernseher sitzende Meute zurück zur Bar, und werfe Cam, dem Barchef einen bemitleidenswerten Blick zu. Er lacht nur, und reicht mir ein voll beladenes Tablett. »Bring das an Tisch zwei. Die sind so dicht, dass sie gleich den Laden auseinandernehmen, wenn sie keinen Nachschub bekommen.« Resigniert nicke ich, schüttle meinen Körper, um die genervte Haltung abzulegen, und tänzele mit grazilen Bewegungen auf den Tisch zu. Fünf halbstarke Jungs ziehen mich förmlich mit ihren Blicken aus. Auch, wenn meine Kleidung nicht viel Vorstellungskraft zu wünschen übriglässt.

»Na Hallo, du bist ja noch geiler als unsere alte Kellnerin«, lacht ein Blonder, und greift nach meinem Arm. Um keine Sauerei zu veranstalten, stelle ich das Tablett schnell ab, und gebe seinem Drängen nach.

Sie bezahlen mir meinen Lebensunterhalt.

Sie bringen meinen Schwestern das Essen auf den Tisch.

Ich lächle lasziv, obwohl ich ihm am liebsten eine scheuern würde. Seine Freunde grölen, bedienen sich selbst an den Getränken, die ich gebracht habe, und mehrere stecken dem Blonden Dollarscheine zu. Ich könnte kotzen, bleibe jedoch sitzen und zwinkere ihm zu. Nach und nach steckt er das Geld in mein Top und den Bund meiner Hose. Sobald alles verstaut ist, springe ich auf, hauche einen Handkuss in ihre Richtung und mache mich auf den Weg zurück zur Bar. Ich spüre ihre Blicke auf meinem Arsch und kann mein Lächeln nicht länger als nötig aufrecht halten. Ein Gefühl, das in letzter Zeit immer öfter kommt und immer stärker wird, bahnt sich seinen Weg durch meinen Körper.

Ich hasse diesen Laden.

Ich hasse diese Menschen.

Ich hasse mein Leben.

Aber es ist kein Hass, der jetzt auftaucht, sondern Hilflosigkeit. Obwohl ich aufhören und ein neues Leben beginnen will, um endlich aus diesem Kreislauf zu entkommen, kann ich es nicht. Weil ich auf diese Dreckssäcke und ihr Geld angewiesen bin.

»Wow, da waren aber welche großzügig.« Sky hockt in der Küche auf dem Tresen und zählt ihr eigenes Trinkgeld, während sie mir dabei zusieht, wie ich die Scheine aus BH und Hose fische. Ich weiß, dass sie es mir gönnt, es sich selbst aber noch mehr gönnen würde. Kaum jemand, der hier arbeitet, tut das, weil der Job ihm so viel Spaß macht. Sky kümmert sich als Einzige um ihre kranke Mutter, Zoe hat keinen Abschluss und keine Familie. Aufgezogen wurde sie von einer Pflegefamilie, die sich einen Scheiß für sie interessiert hat. Bis auf den ältesten Sohn, der sich viel zu sehr für sie interessiert hat. Und ich, ich habe drei kleine Schwestern und einen drogenabhängigen Vater, die ich versorgen muss.

»Ich hau jetzt ab. Egal, wie viel los ist. Meine Schicht im *Red Moon* beginnt in zwei Stunden.«

»Ja zisch ab, ich mach hier weiter«, sagt meine Freundin nach einer Weile und winkt ab, als wäre das nichts. Ich beuge mich vor, sodass ich zwischen ihren Schenkeln stehe und küsse sie auf die Wange. Mit einer tiefen Verbeugung gehe ich rückwärts und höre nur noch ihr Lachen. Ohne sie und Zoe würde ich das alles nicht schaffen. Wir drei helfen uns gegenseitig, so gut wir können.

Mit einem Blick zur Uhr, muss ich feststellen, dass mir noch fünf Minuten bleiben, bis meine Schwestern Schulschluss haben. Mir bleibt keine Zeit, mich umzuziehen, und so stopfe ich meine Klamotten fluchend in die Tasche und renne hinaus.

Als ich schon auf dem halben Weg bin, bleibe ich wie angewurzelt stehen, und erinnere mich, dass ich heute Morgen die letzte Milch und auch die letzte Scheibe Brot verbraucht habe. »Scheiße«, fluche ich, mache kehrt und eile wie eine bekloppte durch die Straßen zurück. Sky und Zoe, die gerade die Neue bei der Arbeit beobachten, werfen mir gleichzeitig fragende und verwirrte Blicke zu, doch dafür habe ich nun wirklich keine Zeit. Natürlich finde ich Jay nicht in seinem Büro. Wenn man unseren Boss sucht, ist er immer spurlos verschwunden. Ich wette, dass er genau weiß, wann wir unsere Löhne einfordern, und dann abtaucht.

»Wo ist Jay?«, rufe ich in die Küche, doch alle zucken mit den Schultern. Als ich mich umdrehe, stoße ich frontal mit ihm zusammen.

»Du hast nach mir geläutet«, schmunzelt er.

»Ich brauch 'nen Vorschuss.«

»Reicht dein Trinkgeld nicht?«, fragt er und langsam breitet sich sein altbekanntes Grinsen auf dem Gesicht aus.

»Reichen dir deine Arbeiterinnen, wenn ich kündige?«, kontere ich. Ich habe keine Zeit für diese Spielchen, aber nur so bekomme ich von ihm, was ich will.

Mit einer Lässigkeit, wie sie nur ein Kerl wie er haben kann, kramt er nach seinem Geldbeutel und wühlt in den hunderten von Dollars nach dem passenden. »Reichen Zweihundert?«

»Fürs Erste«, sage ich, greife nach dem Geld und lasse ihn lachend stehen. Man merkt, wie stolz er auf seine Kohle ist. Dass nicht er, sondern wir diese einbringen, interessiert ihn nur wenig.

Als ich an der Schule ankomme, sind meine Schwestern die einzigen Kinder weit und breit. Das schlechte Gewissen wächst von Sekunde zu Sekunde. Vor allem macht es mich jedoch fertig, dass sie nicht sauer, verletzt oder enttäuscht wirken. Sie sind es gewohnt, dass bei ihnen alles anders läuft als bei ihren Freundinnen. Für sie gibt es keine Mutter, die sie jeden Tag von der Schule abholt, ihnen liebevoll einen Willkommenskuss gibt und danach ihre ganze Zeit für sie aufopfert, um ihnen bei den Hausaufgaben zu helfen. Sie haben nur mich. Und von Tag zu Tag merke ich mehr, dass ich ihnen nicht gerecht werde. Ihnen nicht bieten kann, was ich mir aus tiefstem Herzen für sie wünsche.

Gemma, die älteste der drei, ist mit ihren 12 Jahren schon viel zu erwachsen, weil sie mir immer wieder unter die Arme greifen muss. Bei anderen Familien hätten wir vermutlich ein anderes Verhältnis, da ich beinahe doppelt so alt bin wie sie, doch wir sind unzertrennlich. Ich war ein Unfall, weshalb ich auch nie die Liebe meiner Eltern bekommen habe, die ich mir gewünscht habe. Sie waren selbst noch Kinder und ich habe ihr Leben zerstört. Doch Gemma, Celia und Emilia waren gewollt, obwohl ihre Geburten vermutlich alles nur noch schwerer gemacht haben.

Ich rüge mich für diesen Gedanken. Es gibt nichts auf der Welt, was mir so viel bedeutet wie diese drei Kinder. »Hey«, sage ich, und knie mich hin, um sie zu begrüßen. Celia drückt mir einen Kuss auf die Wange, während Emilia, unser Nesthäkchen und mit ihren fünf Jahren immer noch nicht viel redet, sich wie ein Äffchen um meinen Hals klammert, sodass ich sie hochheben muss. »Es tut mir leid, dass ihr warten musstet, aber dafür gibt es heute Abend Pizza.« Ich wackle mit den Augenbrauen, und ernte von allen dreien aufgeregte Jubelrufe.

Der Weg nach Hause ist nicht besonders weit, aber wir wohnen in einer so üblen Gegend, dass ich meinen Schwestern verboten habe, alleine Heim zu laufen. Es erfüllt mich mit Stolz, dass sie so gut auf mich hören. Vor den Häusern unserer Nachbarn sitzen einige Kerle und dealen völlig offen einsehbar mit Drogen. Für gewöhnlich lassen diese Typen einen in Ruhe, dennoch drücke ich die Hände meiner Schwestern fester und beschleunige meine Schritte.

Zuhause angekommen atme ich tief durch, ehe ich mich meinem Vater stellen kann. Eigentlich streiten wir jeden Tag. Manchmal weiß ich nicht einmal, dass ich über etwas sauer bin, bis es mir im Streit entfährt. Sobald wir das Haus betreten, das eher einer Bruchbude gleicht, werde ich von der dichten stickigen Luft erschlagen. »Hoch mit euch«, weise ich meine Schwestern an, und bestelle über das Haustelefon – das nur die Hälfte der Zeit funktioniert – eine große Pizza. Ich werfe einen Blick zur Uhr. In einer halben Stunde muss ich im Club sein. Seufzend schnappe ich mir eine Flasche Wasser und stecke sie in meine Tasche. Manche Tage sind länger als andere. Dieser Tag ist der längste von allen.

Weil mir keine Zeit für Selbstmitleid bleibt, stürme ich die Treppen hoch in das Zimmer meiner Schwestern. Es ist nicht groß, aber ich lege viel Wert darauf, dass es zumindest hier sauber ist und einem altersgerechten Kinderzimmer gleicht. »Räumt eure Spielsachen auf«, sage ich und reiche Gemma zehn Dollar. »Nach der Pizza macht ihr eure Hausaufgaben. Falls etwas ist ...« Ich stocke. »Daddy ist unten.« *Aber er wird euch keine große Hilfe sein.* Ich weiß nicht, wieviel sie verstehen, und was sie in ihrer kindlichen Naivität als Banalität ansehen, aber ich bringe es nicht übers Herz, ihnen zu erklären, dass sie von ihrem Daddy nie irgendetwas erwarten sollten.

Der Club ist voll, sodass ich kaum genügend Zeit hatte, mich umzuziehen, bevor ich nach vorne verdonnert wurde. Langsam bewege ich mich zur Musik, streiche mir die weißen Haare lasziv zur Seite, und versuche die aufgebrachten Stimmen der Männer, für die ich tanze, zu ignorieren. »Du hast noch nichts geliefert. Unsere Geduld hat auch ihre Grenzen«, knurrt der rechte mit einem spanischen Akzent. Er hat langes zurückgebundenes schwarzes Haar und einen dichten ebenso dunklen Bart. Seine Augen streichen bei jedem Wort über meinen Körper. Sein Blick lässt mir das Blut in den Adern gefrieren, doch ich darf mir nichts anmerken lassen. Verführerisch beiße ich mir auf die Unterlippe und streife mein Shirt langsam nach oben. Sein Freund ist blass, beinahe weiß, sogar seine Haare besitzen keinen Funken Farbe. Lediglich seine Augen funkeln in einem aggressiven Blau, als er mich mit Abscheu mustert. Den Rest der Zeit hält er den Blick starr auf den Bärtigen gerichtet. »Ich brauche noch ein bisschen Zeit. Sie vertrauen mir noch nicht.« Seine Stimme ist rau, und gleichzeitig beinahe wie ein Flüstern. Ich weiß nicht, welcher von beiden Männern mir mehr Angst macht. Immer wieder werfe ich hilfesuchende Blicke über die Köpfe der Beiden hinweg zu meinem Boss, der mit jemandem an der Bar hockt, doch er bemerkt mich nicht. Klar, könnte ich einfach gehen, aber dann hätte ich die letzte halbe Stunde umsonst getanzt. Noch haben sie mir keinen einzigen Dollar zugesteckt. Plötzlich zieht der Schwarzhaarige mich auf seinen Schoß. Ich schreie erschrocken auf, versuche mich dann aber aus der Situation zu retten, indem ich ihm lächelnd erkläre, dass er nur gucken und nicht anfassen darf. Es ist nicht das erste Mal, dass ein Mann uns Tänzerinnen mit den Nutten verwechselt, aber normalerweise kann man sie schnell berichtigen. Nicht jetzt.

Brutal reißt er mir meinen BH hinunter und versenkt seinen Mund auf meinen Nippeln. Panik durchfährt meinen Körper. Ich will mich von ihm lösen, will von seinem Schoß rutschen, doch seine Hand, die meinen Arsch umklammert, presst mich nur umso fester an sich, sodass ich seine Erektion spüren kann. »Loslassen«, befehle ich atemlos, doch er ignoriert meine Bitte, und auch der weiße Kerl regt sich nicht. Ich will schreien, um Hilfe rufen, bin aber wie erstarrt. Erst, als er seine Finger hinab und zwischen meine Schenkel gleiten lässt, erwache ich aus meiner Starre, und kratze ihm übers Gesicht. Eine dünne Blutspur zieht sich über seine linke Wange. Während sein Freund mich verblüfft mustert und sich über die aufgekratzte Haut streicht, schaffe ich es, mich von ihm zu lösen und gehe zwei Schritte zurück. Mein Herz klopft wie wild in meiner Brust. Adrenalin durchflutet meinen Körper, wie noch nie zuvor.

»Du spielst mit deinem Leben, Hure!«, knurrt er und seine Augen verdunkeln sich zu schwarzen Löchern.

Kurz beuge ich mich vor, und bin mir bewusst, dass es ein Fehler ist. Dennoch kann ich mich nicht zurückhalten, als ich ihm fast wieder so nah bin wie zuvor und flüsternd antworte. »Das wollte ich dir damit klarmachen: Ich. Bin. Keine. Hure!«

Sobald ich hinten im Aufenthaltsraum ankomme, wird mir klar, dass ich vielleicht soeben mein Todesurteil unterschrieben habe. Ich kenne viele üble Typen, aber keinen wie diese beiden dort draußen. Schwer atmend sitze ich am Boden und umklammere zitternd meine Beine. Wieso habe ich das getan? Und wo zur Hölle ist der Adrenalinrausch hin, wenn man ihn braucht? Ich spüre, dass ich kurz vor einer Panikattacke stehe, und weiß, dass hier niemand ist, den das interessiert. Also suche ich in Sekundenschnelle meine Klamotten zusammen und verschwinde aus dem Hinterausgang in die dunkle Nacht.

Weil ich so unmöglich Zuhause auftauchen kann, beschließe ich, eine Weile durch den Park zu laufen. Ich muss runterkommen. Darf nicht die Fassung verlieren. Wütend, müde und erschöpft presse ich die geballten Fäuste gegen die geschlossenen Augen, um meine Tränen und die Frustration zu unterdrücken, während ich den steinigen Weg entlang schlurfe. Ein Zusammenprall lässt mich stolpern.

»Das kann doch echt nicht wahr sein!«, stöhne ich und rapple mich auf. Ein schmerzender Blitz durchfährt meinen Körper und lässt mich zusammenzucken.

»Alles okay?«, erkundigt sich eine dunkle Stimme nach mir. Als ich aufschaue, und einen jungen Mann in der Dunkelheit erkennen kann, versuche ich ihn wütend anzufunkeln. Von Männern habe ich für heute die Schnauze voll.

»Alles bestens«, zische ich und klopfe den Dreck von meinem Körper.

»Du solltest in dieser Gegend so spät nicht alleine herumlaufen.«

Beinahe hätte ich gelacht. Aber nur beinahe. Stattdessen verdrehe ich die Augen und wende mich dem Gehen zu. »Und du solltest dich besser um deinen Scheiß kümmern.«

»Ich bring dich nach Hause«, schlägt er vor und berührt meinen Ellenbogen, den ich ihm schnell wieder entreiße. Vertrauen ist Schwäche. Und ich darf nicht schwach sein.

Schnaubend werfe ich die Hände in die Luft. »Das hat mir gerade noch gefehlt. Ein Exemplar des männlichen Geschlechts, das denkt, eine Frau könne nicht selbst auf sich aufpassen.«

Ohne auf eine Antwort zu warten, marschiere ich davon und bete, dass er mir nicht folgt.

Er lacht dunkel. »Na dann. Auf Wiedersehen.«

»Besser nicht«, murmle ich und wappne mich auf die nächste Hürde. Wird das jemals ein Ende haben?

zweites Kapitel

Drax

Wo bei anderen der Tag endet, hat er in meiner Familie gerade erst begonnen. Weil ich keinen Bock hatte, direkt nach der Arbeit nach Hause zu gehen, bin ich die letzten Stunden ziellos umhergestreift. Der Zusammenstoß mit der kleinen Zicke jedoch hat mir die Augen geöffnet. Was ich gesagt habe stimmt, in dieser Gegend sollte man so spät nicht mehr alleine herumlaufen. Dasselbe gilt auch für mich. Ich kann es mir nicht erlauben, wieder in etwas hineingezogen zu werden. Es ist ein wenig paradox, dass ich ausgerechnet nach Hause gehe, um dem Ärger aus dem Weg zu gehen, obwohl dieser Ort der Ursprung allen Übels ist. Nur nicht für mich. Das Haus, das seit Jahrzehnten in unserem Besitz ist, passt so gar nicht in die übliche Nachbarschaft. Vielleicht wollte der Erbauer damit den Grundstein einer weniger asozialen Gegend setzen. Mission gescheitert.

»Hallo, Hübscher. Hast du Hunger?« Tante Daisy zieht mich am Kragen meines Pullis zu sich hinab und drückt mir einen Kuss auf die Wange. Sie trägt lediglich ein kurzes schwarzes Kleid, das die bunten Tattoos auf ihrer Haut größtenteils freilegt. Barfuß läuft sie durch die Küche, die gemeinsam mit dem Wohnzimmer den Eingang des Hauses bildet. Die meiste Zeit verbringen wir allerdings im Keller. Ich schüttle den Kopf, wuschle ihr durch das lange schwarze Haar und ernte dafür einen leichten Tritt. Achtlos lasse ich meine Tasche und Jacke auf die breite Ledercouch fallen und mache mich auf den Weg nach unten in die Bar. Wie üblich wird sich eine lautstarke Diskussion geliefert. Ich hoffe inständig, dass heute kein Blut fließt. Aus irgendeinem Grund bin ich ohnehin schon mies drauf. Sobald ich den Raum betrete und mich auf einem der Barhocker niederlasse, kommt Jessy auf mich zu und setzt sich auf meinen Schoß.

»Ich will dich«, raunt sie mir ins Ohr und massiert mit beiden Händen meine Schultern. Genüsslich lasse ich den Kopf in den Nacken gleiten und lege meine Hände an ihren prallen Prachtarsch. Jessy liebt es, mit mir zu spielen, so wie ich es liebe, sie zu ficken. Und zum Glück hört da die Liebe auch schon auf.

»Erst muss ich mit unserem Goldjungen reden.« Mein Onkel Becks lässt sich auf den Hocker neben mir gleiten und zwinkert Jessy, die sich auf meinem Schoß auf und ab bewegt, zu. Er muss schnell reden, weil ich ihm bald nicht mehr zuhören kann. Blut sammelt sich zwischen meinen Beinen, was Jessy mit einem gierigen Kuss quittiert.

Becks räuspert sich. Nicht, weil ihm das unangenehm ist, sondern weil er meine ungeteilte Aufmerksamkeit will. Ich werfe ihm einen genervten Blick zu.

»Die *Black Slayers* sind in der Stadt.« In der Sekunde, in der seine Worte meine Ohren erreichen, erstarre ich und setze Jessy mit einem Ruck auf dem Boden neben mir ab.

»Was?« knurre ich, und spüre die Anspannung, die meinen kompletten Körper einnimmt. Ich kann nicht einmal den Namen dieser Bastarde aussprechen, ohne zu kotzen. Becks' graue Augen, die ich geerbt habe, sehen mich eindringlich an. Würde ich ihn nicht gut genug kennen, würde ich einen Funken Mitleid darin sehen. Aber das kann nicht sein.

»Tiny hat heute einige dieser Arschlöcher gesehen«, erklärt er mit einem Blick auf den Riesen hinter der Bar. Sein Name könnte nicht mehr in die Irre führen. Er ist nicht klein und auch kein Typ der Sorte »sanfter Riese«. Viel eher macht man sich in die Hose, wenn man ihm nachts begegnet. Nickend bestätigt er die Aussage meines Onkels. Meine Hände ballen sich zu Fäusten, als ich an diese Bastarde denke und daran, was sie mir genommen haben. Ich bin nicht wütend, ich bin fuchsteufelswild.

»Aber bau jetzt keinen Scheiß! Deine Mutter -«

»Lass meine Mutter da raus!«, unterbreche ich ihn wüst, stehe so schwunghaft auf, dass der Hocker lautstark umfällt, und greife nach Jessys Hand. Ohne Widerworte folgt sie mir hinaus und geradewegs in mein Zimmer. Meine Gedanken spielen verrückt, irren wie wild durch meinen Kopf, sodass mir schwindelig wird. Ich wollte mich nicht mehr so fühlen. Es sollte doch nicht mehr so wehtun!

»Ich lenk dich ab, Goldjunge«, säuselt Jessy, während sie mich rückwärts zum Bett dirigiert und mit einem schiefen Grinsen darauf schubst. Normalerweise würde ich das hier in vollen Zügen genießen, aber weder ihre Berührungen, noch ihre Lippen, die sich küssend an mir hinabarbeiten, können die Gedanken vertreiben.

»Entspann dich, Drax!« mit gekonnten Griffen öffnet sie meine Hose und befreit meinen halbsteifen Schwanz. Mit Blicken, die mich eigentlich den Verstand verlieren lassen müssten, verhilft sie ihm zu voller Größe. Zufrieden schmunzelnd beugt sie sich vor, um mich lange zu küssen. Das Piercing ihrer Zunge stört mich heute, obwohl es mich sonst noch schärfer macht. Selbstständig streift sie sich das Shirt vom Körper, sodass ihre Titten zum Vorschein kommen. Jessy trägt keinen BH. Die gemachten Zwillinge stehen auch so wunderbar. Sie greift nach meinen Händen und presst sie dagegen. Ich fühle mich wie eine Puppe, eine Marionette in ihren Händen. Ich funktioniere, fühle aber nichts.

Schnell entledigt sie sich auch noch der knappen Shorts, die diesem Namen nicht gerecht wird, stülpt mir ein Gummi über und hockt sich wieder über mich.

17

»Du weißt, dass ich gerne die Zügel in der Hand habe, aber vielleicht tut es dir gut, wenn ich dir heute die Oberhand lasse?« Ihre Zunge fährt über meinen Oberkörper, während ihre Öffnung nur wenige Millimeter über meinem Schwanz schwebt. Als ich es nicht mehr aushalte, werfe ich sie knurrend neben mich aufs Bett und dringe im nächsten Augenblick bis zum Anschlag in sie ein. Gemeinsam stöhnen wir auf und bewegen uns. Hart, schnell, mechanisch. Bis ich alles vergesse. Bis alle Gedanken und Gefühle verschwunden sind. So, wie es sein soll.

Der nächste Morgen bricht viel zu früh an, und obwohl ich Urlaub habe, steht heute eine Tour durch die Stadt an. Die *Black Slayers* sind in unser Chapter eingedrungen, und wir müssen ihnen klarmachen, dass wir immer noch da sind. Um halb 8 – was für die meisten von uns eher die Zeit ist, in der sie zu Bett gehen – hämmert Becks an unsere Türen, und ruft zu einer Versammlung.

Wie üblich hockt er mit einer Zigarre im Mund am Kopf des langen Tisches, und wartet, bis wir Platz genommen haben. Tiny, Abel unser Schatzmeister, Jo und Jasper, meine besten Freunde, sitzen an der rechten Seite, während Daisy, ihre Schwester Trish, Sam und ich ihnen gegenübersitzen. Nur Mason fehlt. Niemand spricht besonders viel. Während Becks uns nur alle nacheinander mustert und den Qualm seiner Zigarre in die Luft pustet, greift Tiny neben sich, und holt sich eine der Katzen auf den Schoß. Sofort rollt sie sich schnurrend zusammen, und genießt seine Streicheleinheiten. Er mag noch so grimmig aussehen, sobald eine Katze in seiner Nähe ist, wird er zum Schmusebär. Daisy und Trish schwatzen, werden jedoch durch einen lauten Hieb auf den Tisch zum Schweigen gebracht.

Sam, der gerade erst zwei Jahre bei uns, und somit das Küken ist, zuckt zusammen. Wir anderen sind Becks' kleine Ausraster längst gewöhnt.

»Wir durchqueren die ganze Stadt, verstanden? Wir lassen keine Straße, kein Fleckchen aus. Die Wichser sollen uns hören und wissen, dass wir unser Gebiet nicht kampflos aufgeben. Vielleicht wissen sie nicht, dass wir noch da sind, aber spätestens in einer Stunde werden sie es tun.« Mit seiner rauen Stimme, klingen seine Worte wie eine knallharte Kampfansage. Seine Haare sind ebenso rot wie der lange Bart. Er wirkt dadurch um einiges älter und genauso gefährlich. Ich kann mich kaum an den Mann erinnern, der er früher war, aber ich kenne die Geschichten. Über den skrupellosen Drogendealer, den Mörder.

Doch seit dem Tod meiner Mutter ist alles anders.

Jo und Jasper, die Zwillinge, die sich bis auf die Narben und Tattoos auf dem Körper gleichen wie ein Ei dem anderen, werfen sich eindeutige Blicke zu. Sie vermissen die wilden Zeiten, die sie wie ich nur aus Erzählungen kennen, doch sie würden niemals etwas gegen unseren Präsidenten sagen.

Becks entscheidet, wie weit wir gehen, was passiert und wo wir enden. Unauffällig tätschelt Daisy sein Knie. Obwohl sie nur halb so groß ist wie er, hat sie eine große Macht über ihn. Nichts würde er unternehmen, was seiner großen Liebe missfällt.

»Darf ich mitkommen?«, frage ich brummend. Abel, der mir gegenübersitzt, grinst breit und pustet mir den Qualm seines Joints ins Gesicht. Er weiß, wie sehr ich es hasse, zu fragen. Gespannt blicken alle zwischen Becks und mir hin und her, während dessen Augen so fest an mir haften, als würden sie die Antwort von meinem Gesicht ablesen können. Mein Kiefer mahlt, meine Halsmuskeln spannen sich an. Ich befürchte schon, dass er wie so oft ablehnt, doch Becks nickt knapp und erhebt sich kurze Zeit später. »Wir werden ihnen zeigen, dass wir zusammenhalten.« Sein Blick findet meinen. »Und zwar wir alle. Komme was wolle.«

»Komme was wolle«, antworten wir alle im Chor. Wie aufs Stichwort springen alle hoch, ziehen sich die Lederkutten mit dem Symbol der *Havoc Hearts* – ein anatomisch korrektes, von zwei Messern durchbohrtes Herz – über, und folgen Becks hinaus in den Hinterhof, wo unsere Babys schon auf uns warten.

Ich schwinge mich auf den Sattel meiner mattschwarzen *Harley Dyna* und setze Sonnenbrille, sowie Helm auf. Während wir uns startklar machen, spricht niemand ein Wort. Das brauchen wir nicht, das würde nur das Gefühl zerstören.

Das ist der wahre Grund, wieso es diesen Club gibt. Diese Einheit und Gemeinschaft. Wir alle sind einzelne Menschen, doch wenn wir auf unseren Maschinen sitzen, werden wir eins. Diese Leute sind die einzige Familie, die ich kenne. Das Knattern der Motoren und das damit eingehende Vibrieren des Bodens machen uns klar, dass wir bereit sind. Becks und Daisy rasen als Erste los. Gefolgt von den Zwillingen und Tiny. Erst dann fädeln wir restlichen uns hinterher ein. Das Brüllen und Knattern der Bikes hallen von den Wänden der Häuser wider, während wir eine Straße nach der anderen jubelnd durchqueren. Wir kennen den Standort der *Slayers* nicht, aber sie müssen uns hören. Sie wären dumm, wenn sie es ignorieren …

Als wir in einer ganz bestimmten Gegend ankommen, durchzuckt mich ein stechender Schmerz. Ich werde langsamer, blende die Rufe und das Grölen meiner Clubmitglieder aus und lasse mein Bike einen Weg entlangrollen, der Erinnerungen in mir wachruft. Gefühle, die ich eigentlich immer verdrängen wollte.

Sobald ich meine Maschine sicher abgestellt habe, steige ich hinab und starre das große Eisengitter vor mir an. Der Friedhof liegt völlig verlassen und totenstill vor mir. Ich glaube sogar, meinen Herzschlag zu hören. Langsam gehe ich den Weg entlang, spüre, wie ich immer unruhiger werde und gleichzeitig mit jedem Schritt wieder zu dem kleinen Jungen werde, der diesen Schotterweg zum ersten Mal laufen musste.

»Hey Mom«, murmle ich mit rauer Stimme und presse den Helm gegen meine Seite. Mit zusammengepressten Zähnen starre ich auf den Grabstein vor mir. Das Bild darauf ist von der Sonne verblichen, das Glas milchig, und doch erkennt man die wunderschöne Frau darauf. Meine Kehle schnürt sich zu, je länger ich sie ansehe.

»Ich werde dich rächen. Das verspreche ich.«

drittes Kapitel

Luna

»Wo steckt Celia?« Wer hätte gedacht, dass eine Achtjährige einen so auf Trapp halten könnte? Seit zehn Minuten suche ich meine Schwester, obwohl unser Haus nicht gerade unendlich viele Verstecke zu bieten hat. Während ich meine kleine Schwester suche, lande ich unweigerlich im Wohnzimmer, wo wir uns nur ganz selten aufhalten. Nicht einmal, als unsere Mom noch hier war, verbrachten wir hier schöne Familienabende, da wir nie eine Familie waren. Sobald ich die milchige Glastür öffne, mache ich einen Schritt zurück. Dad hat das Wohnzimmer vor Jahren als Schlafzimmer für sich beansprucht. Der Dunst aus Schweiß, Alkohol und Drogen schlägt mir entgegen, sodass ich am liebsten sofort wieder die Tür schließen will. Mein Vater sitzt in einem verdreckten Tanktop auf der Couch, die bedeckt ist von Krümeln, Asche und anderen Substanzen, an die ich nicht einmal denken will, und stopft sich eine Pfeife. Es müsste mich nicht schockieren, dass mein Vater Gras raucht, wo er doch viel schlimmere Drogen zu sich nimmt, doch für gewöhnlich wartet er damit, bis die Kleinen weg sind.

»Dad! Muss das sein?« Ich gehe einige Schritte auf ihn zu, um ihm die Pfeife aus der Hand zu nehmen, doch er sieht mich mit blutunterlaufenen Augen an, und reißt seine Hand zur Seite. Ich drehe mich aus seinem Griff, schnappe mir den Scheiß, der auf dem ganzen Tisch verteilt ist, um es zumindest so lange zu verstecken, wie die Kleinen hier sind, doch wieder macht er einen Satz und zieht mich am Arm unsanft zurück, sodass ich taumele.

Sein Gesicht kommt gefährlich nahe, sodass ich erschrocken die Luft anhalte. »Kümmere dich um deinen Scheiß!«, brummt er.

Der Gestank in dem Zimmer bereitet mir Kopfschmerzen. Ich sollte einfach gehen. Ihn seinem Schicksal überlassen und zusehen, dass ich die Mädchen zur Schule bringe. Aber ich kann es nicht. »Es ist mein Scheiß. Du bist mein Vater, und ich mache mir Sorgen um dich.«

Er lacht, was mehr einem Schnauben ähnelt. »Wenn du dich so sehr um mich sorgst, dann lass mich endlich in Ruhe. Ich habe Schmerzen.«

Ich schlucke, mache einen weiteren Schritt auf ihn zu. »Willst du bei Mom landen?«

Meine Mutter ins Spiel zu bringen war keine gute Idee. Kurz befürchte ich, dass er aufspringen und mich an der Kehle packen will, doch dann belässt er es bei einem mordlustigen Blick. »Und wenn, würde es dich nichts angehen.«

Seufzend gehe ich wieder zur Tür, lasse ihn aber nicht aus den Augen. »Bitte, Dad. Wenn du es nicht für dich oder mich tust, dann wenigstens für die Kleinen. Was würde mit ihnen geschehen, wenn du im Knast landest?«

Er knurrt zur Antwort und befüllt sich weiter die Pfeife. Ich weiß mittlerweile, dass ich nicht mehr enttäuscht sein dürfte, doch wahrscheinlich bin ich einfach zu naiv. Oder es liegt daran, dass eine Tochter ihren Vater nur ungerne aufgibt. Egal, wie oft er sie verletzt hat. Traurig seufzend fahre ich mir mit beiden Händen durchs Haar. Als ich die kleinen Trappelschritte auf der Treppe höre, wende ich mich ein letztes Mal zu ihm. »Dann warte zumindest, bis wir aus dem Haus sind.« Er ignoriert mich, wie erwartet, und ich schließe die Tür. Wieso nur kann ich nicht auch die Tür in meinem Herzen schließen? Dieser Mann ist längst nicht mehr mein Vater. Dennoch tut es weh, ihn so zu sehen.

Wie jeden Morgen verbringe ich wieder viel zu viel Zeit mit Dingen, mit denen ich mich eigentlich nicht aufhalten dürfte, und so schaffen wir es wieder einmal erst in der letzten Minute pünktlich zur Schule. Ich hingegen komme zu spät. Jay erwartet mich bereits vor meinem Spind. Ich muss mich beherrschen, nicht die Augen zu verdrehen. Dieser Mann hat die Angewohnheit, immer zu den unmöglichsten Momenten aufzutauchen. »Und wieder einmal zu spät«, sagt er mit einer solch freundlichen Stimme, dass ich es ihm vielleicht abgekauft hätte, würde ich ihn nicht schon so lange kennen. Ich gehe nicht darauf ein, sondern beginne, meine Alltagskleidung gegen die Uniform auszutauschen. Ohne Vorwarnung donnert seine Hand nur wenige Zentimeter an meinem Kopf vorbei an einen der Spinde. »Das war das letzte Mal, hast du mich verstanden?«

»Meine Schwestern -«, beginne ich meine Entschuldigung, doch sofort hebt er die Hand, und würgt somit meine Worte ab. Er lacht so nah an meinem Gesicht, dass ich seinen Atem spüren kann. »Sehe ich so aus, als würden mich deine Probleme interessieren?«

»Nein«

Jay zieht sich zurück und zieht sich das Jackett gerade. »Gut. Sonst hätte ich daran schleunigst etwas ändern müssen.« Mit diesen Worten verlässt er den Umkleideraum, sodass ich mich fertigmachen kann.

Da das Monatsende immer näher rückt und der ganze Lohn verpfeffert wurde, ist es vergleichsweise ruhig. Zoe und Sky sitzen neben mir auf dem Tresen, und beobachten wie ich das einzige Pärchen, das sich vor der Hitze hierhin verirrt hat. Der Mann wirft uns immer wieder eindeutige Blicke zu, die sein verliebtes Weibchen nicht zu bemerken scheint. »Sollte ich jemals einem Typen so verfallen, erschießt mich«, murmelt Zoe zynisch.

Sky legt ihr den Arm um die Schulter, was Zoe nur ihre schönen grünen Augen verdrehen lässt. Wenn es eine skeptischere und pessimistischere Person als mich gibt, dann ist es Zoe. »Keine Sorge, bevor ein Kerl dir den Kopf verdrehen kann, prüfen wir ihn auf Herz und Nieren. Wenn er meinem Charme und Lunas Body standhält, muss er dich wirklich mögen.«

»Zu gütig«, erwidert sie sarkastisch, und Sky hebt nur die Hände, als wolle sie sagen »So bin ich nun einmal«.

Als die Tür sich öffnet, und ein gutgebauter Kerl eintritt, gleiten drei Augenpaare über ihn. »Eigentlich ist es ja an dir, ihn zu bedienen, aber für diese Augenweide würde ich dich glatt vom Tresen schubsen.« Sky schubst mich tatsächlich, jedoch nicht so fest, dass ich tatsächlich fallen würde. In einer geschmeidigen Bewegung springe ich selbst hinunter, richte meine Kleidung und rücke meine Oberweite zurecht. Während ich auf den Tisch, an dem er sich Platz genommen hat, zugehe, versuche ich ihn zu durchschauen. Schwer zu sagen, ob er Geld hat oder nicht. Wir müssen wissen, wieviel Mühe wir uns mit den einzelnen Kunden geben. Seine braunen Haare hängen ihm ins Gesicht, während er die Speisekarte durchforstet, deshalb kann ich nicht viel erkennen. Aber das, was ich sehe, ist wahrlich nicht von schlechten Eltern. »Hallo Hübscher, was kann ich dir bringen?«, flöte ich, und lehne mich vor.

Als er aufblickt, macht mein Herz einen kleinen Satz. Graue Augen sehen mich an, durchdringen mein Bewusstsein. Ein perfekter Dreitagebart überzieht sein markantes, aber gleichzeitig sanftes Gesicht mit einem Schatten. Er sieht mich an. Viel zu lange. Und obwohl ich das gewöhnt bin, kribbelt meine Haut.

Dieses Kribbeln endet jedoch, sobald er mich ebenfalls begrüßt.

»Du!«, erkenne ich fassungslos und ziehe mich zurück. »Du bist der Kerl, der mich gestern Abend im Park über den Haufen gerannt hat.« Abschätzig kneife ich die Augen zusammen. »Stalkst du mich etwa?«

Zunächst sieht er etwas verständnislos aus, sodass ich mich frage, ob ich mich womöglich geirrt habe, doch dann lichtet sich seine Miene. Ich hatte also recht.

»Ja genau. Mist, jetzt ist mein Plan aufgeflogen. Dabei hat bisher alles so gut geklappt.« Er beugt sich vor und macht eine Handbewegung, dass ich mich näher zu ihm lehnen soll. Als ich das nicht mache, sieht er sich verschwörerisch um. »Ich habe das ganze Internet nach der nervigsten Amerikanerin der Welt abgesucht, und bin hier gelandet. Was für ein Zufall.«

Schnaubend recke ich das Kinn. »Ich glaube nicht an Zufälle.«

Selbstgefällig lehnt er sich auf dem Stuhl zurück und verschränkt seine tätowierten *verdammt heißen* Arme. Ich muss zugeben, dass ich eine Schwäche für Männer mit Tattoos habe. Wenn diese Männer dann noch so durchtrainiert sind, dass sich die Muskeln auch ohne große Anstrengung verheißungsvoll an den Stoff des Shirts pressen ... Ich schlucke.

Mit einem leisen Lachen zieht er meinen Blick wieder in sein Gesicht, das zufrieden strahlt. »Na, dann muss es wohl Schicksal sein.«

»Was willst du essen?«, frage ich, seine Aussage absichtlich ignorierend.

»Ich esse nichts.«

»Nie? Bist du ein Roboter mit künstlicher Intelligenz? Hat das mit der Intelligenz leider nicht ganz so geklappt und du wurdest deshalb ausgesondert, um mir jetzt das Leben schwerzumachen?«

Er hebt belustigt die Augenbrauen. »Nur jetzt nicht. Aber danke für deine Fürsorge. Ich nehme ein Bier.« Sobald er seine Bestellung aufgegeben hat, eile ich zurück zur Bar und zapfe es selbst. Für ein Bier hole ich Cam sicher nicht aus seinem Mittagsschlaf.

»Weißt du eigentlich, wer das ist?«, flüstert Zoe verschwörerisch, obwohl hier niemand ist, der uns zuhören würde.

»Sollte ich?« Ich warte einen Moment, bis der Schaum sich abgesetzt hat, und fülle nach.

»Das ist Drake Jackson. Er gehört einer Motorradgang an.« Ihre Stimme hebt sich, sodass sie am Ende des Satzes beinahe ein Jauchzen ist.

Skys Blick zuckt schnell – und absolut unauffällig natürlich – zu ihm. »Aber er ist sexy.«

»Und bestimmt kriminell!«, zischt Zoe und wirft Sky einen vernichtenden Blick zu.

Diese zuckt nur mit den Schultern und winkt Drake zu, der ohne Zweifel bemerkt hat, dass wir über ihn reden. »Aber sexy.«

Zoe seufzt. »Ist das deine einzige Begründung, wieso sich ihm unsere Freundin an den Hals werfen soll?«

Nachdem ich mich bisher erfolgreich aus dieser Diskussion herausgehalten habe, fuchtele ich jetzt mit den Händen vor ihren Gesichtern. »Moment mal! Wer sagt denn, dass ich mich ihm an den Hals werfen will? Ich kann den Kerl nicht ausstehen.«

Als hätten sie sich abgesprochen, ziehen beide eine Augenbraue hoch, legen die Stirn kraus und sehen mich mit einem Blick an, als wollen sie sagen »Na klar, das kannst du deiner Oma erzählen«.

»Echt!«, beharre ich, doch die beiden beirren mich weiter mit diesem ätzenden Blick. Stöhnend wende ich mich ab, und bringe meinem letzten Kunden – abgesehen von Mister Sexy-Stalker – die Rechnung. Er ist Mitte Fünfzig und sieht aus wie ein lieber alter Mann, weshalb ich nicht damit gerechnet hätte, dass er mir mit der prallen Hand auf den Arsch schlägt, als ich mich mit dem Bier in der Hand wieder davonmachen will. Erschrocken zucke ich zusammen, da höre ich schon wenige Meter neben uns einen Stuhl zu Boden fallen und Drake neben mir auftauchen.

»Behandelt man so eine Frau?«, knurrt er, umfasst den Hemdkragen des Mannes und zieht ihn problemlos hoch. Der Alte erstarrt vor Schreck, und hätte ich ihm nicht geholfen, hätte er sich womöglich noch in die Hose gemacht. »Lass ihn los!«, zische ich und schlage auf den Arm, der jetzt hart wie Stein ist. Sein Kiefer mahlt und seine grauen Augen wirken jetzt beinahe schwarz. »Bitte«, setze ich deutlich leiser und sanfter hinterher. Meine Hand, die ihn eben noch geschlagen hat, liegt jetzt einfach auf seinem Arm. Tief durchatmend setzt er den Alten wieder hinab und geht einige Schritte zurück, lässt ihn aber keine Sekunde aus den Augen.

Kurz sammle ich mich, bevor ich wieder meine Maske aufsetze, und mich lächelnd zu meinem Kunden umdrehe. Mit kreisenden Bewegungen, glätte ich sein Hemd. »Sorry. Der Kerl ist unsterblich in mich verliebt, und kann mit meiner Zurückweisung einfach nicht umgehen.« Ich seufze schwer. »Bemitleidenswerte Gestalt, oder?« Das Gesicht vor mir hellt sich wieder auf, als ein erleichtertes Lachen von dem Mann ausgeht, er mir einige Dollar zusätzlich zusteckt und sich schnellstmöglich vom Acker macht. Erst dann kann ich wieder durchatmen. Was zur Hölle ist eben passiert?

Ich drehe mich auf dem Absatz um, und marschiere auf Drake zu. Obwohl ich sauer sein müsste, bin ich es nicht. Und *das* ist ärgerlicher als alles andere.

»So, da du gestern meine Ansprache vergessen zu haben scheinst, nochmal von vorne und ganz einfach, sodass du es dieses Mal auch verstehst: Ich - Frau.« Ich deute erst auf mich, dann gezielt auf meinen

Mund. »Frau - Mund. Mund kann reden, wenn Frau etwas nicht passt.«
Er atmet lautstark aus und sieht mich beinahe entschuldigend an. Seine
Augen haben wieder dieses helle Grau angenommen, was mir deutlich
besser gefällt als dieses Dunkle. »Sei doch nicht so biestig.« Er kommt
einen Schritt auf mich zu, doch um meine Position zu verteidigen, mache
ich ebenfalls einen zurück. »Hey, tut mir leid, ich würde dich gerne zum
Essen einladen.«

Ich muss lachen, werde dann aber wieder ernst und stoße übertrieben
die Luft aus. »Leider habe ich absolut keine Zeit.«

Zu meinem Unglück sehe ich aus dem Augenwinkel einen Wirbelwind
aus Türkis herbeieilen »Du kannst gerne Pause machen«, zwitschert Sky
mit einem Lächeln auf dem Gesicht, das ich allzu gut kenne. Sie will mich
verkuppeln.

Als Drake sich erhebt und ihr einen zwanzig Dollar schein reicht, sende
ich ihr Blicke zu, die töten könnten. »Gern geschehen« sagt sie tonlos, und
ich zeige ihr den Mittelfinger, kann mein Grinsen aber nicht komplett
kaschieren. Sie kennt meine Schwäche für böse Jungs. Obwohl ich
reichlich von ihnen Tag für Tag begegne, und ich eigentlich längst kapiert
haben müsste, dass sie nur Ärger bringen, wollen Herz und Körper eben,
was sie wollen. Der Verstand hat da kein Mitspracherecht. Zu leicht mache
ich es meinem Herz aber bestimmt nicht. Zu oft wurde es schon gebrochen
und manchmal lag es so sehr in Scherben, dass ich es nur noch mit großer
Mühe zusammenflicken konnte. Ich weiß, dass es besser wäre, diesem
Exemplar von Mann fern zu bleiben. Es wäre so viel besser …

Nachdem ich mich ein bisschen geziert habe, folge ich Drake, der in der
Tür verharrt und sie mir offenhält. Als ich mich ein letztes Mal umdrehe,
entdecke ich nur Zoe, die kaum merklich den Kopf schüttelt.

Nebeneinander schlendern wir durch die Fußgängerzone unserer Stadt, die seit Jahren wie ausgestorben ist. Vor einiger Zeit war das hier ein Platz, an dem Familien sich versammelt haben. Pärchen Eis aßen, oder sich beim ersten Date verträumt in die Augen gesehen haben. Jetzt sind die meisten Geschäfte geschlossen und immer wieder findet man achtlos hingeworfene Spritzen. Kein Wunder, dass diese Stadt ein einziger Müllhaufen ist, wenn die Bewohner nicht besser sind. Wir holen uns einen Burger, den wir unterwegs essen, weil der Laden keine Möglichkeit bietet, sich hinzusetzen. Er schmeckt fad und fettig, aber zumindest verbringe ich meine Mittagspause an der frischen Luft.

Drake und ich reden nicht viel miteinander, dennoch spüre ich ein Knistern zwischen uns, das mich nur umso mehr dazu verleitet, den Mund zu halten. Das hier war eine schlechte Idee. Ich habe schon kaum genug Zeit, mich um mich selbst und meine Schwestern zu kümmern. Mir um einen Mann den Kopf zu zerbrechen, kommt da nur ungelegen. Andererseits …

Völlig unerwartet nimmt er meine Hand, und zieht mich in eine Nebengasse. Sein Blick ist auf einmal gehetzt, und ich frage mich, ob ich etwas verpasst habe. Mit dem Rücken lehne ich an der kalten Häuserwand, während ich ihn beobachte. Immer wieder wirft er Blicke an mir vorbei, die Straße entlang. Sein Körper verspannt sich, seine Augen werden wieder dunkler, und auch sein restliches Gesicht verdüstert sich.

Wie kann man nur so verdammt sexy aussehen? Ich beiße mir auf die Lippe, als er einen Schritt nach vorne macht, um besser an mir vorbeisehen zu können, dabei aber gleichzeitig näher an mich herantritt. So nah, dass ich nur die Hände heben muss, um ihn zu berühren. Als ich das tatsächlich tue, springt sein Blick zu mir. Zu meinem Mund. Er zieht scharf die Luft ein, während er mich weiterhin anstarrt. Meine Hände liegen seitlich an seinen Hüften, und das ist uns beiden mehr als bewusst.

»Ich weiß ja mittlerweile, dass du schon groß bist und dich selbst verteidigen kannst, aber pass in Zukunft noch ein bisschen besser auf dich auf, okay?«, sagt er nah an meinem Ohr. Seine Stimme, sein Atem, sein Duft nach Regen nach einer langen Trockenzeit. Alles zusammen vermischt sich zu einer Kombination, die mich beinahe aufstöhnen lässt.

»Wieso?«, frage ich atemlos, und lasse die Hände wandern. »Weil deine Gangkollegen mir auflauern könnten?«

»Wer weiß«, knurrt er. Sein Gesicht ist dem Meinem nun so nah, dass unsere Lippen sich beinahe berühren. »Und wir sind keine Gang. Wir sind ein Club.«

»Das ist ja so viel besser«, versuche ich es mit einem sarkastischen Kommentar, um meiner Situation zu entgehen, doch meine Stimme und mein Herzschlag verraten mich. Belustigt heben sich seine Mundwinkel. Er tritt noch einen Schritt näher. Unsere Körper berühren sich an Stellen, von denen nun elektrische Blitze ausgesandt werden.

Seine rechte Hand legt sich um meinen Kopf, vergräbt sich in meinem Haar, während er die andere an meiner Hüfte platziert. »Wir haben Ehre«, raunt er.

Ich befeuchte meine Lippen. Spüre seinen Blick, der dieser Bewegung ganz genau folgt. Seine Hand an meiner Hüfte zieht mich ein kleines bisschen näher an sich. Mein Atem kommt schwer und auch seine Brust bewegt sich deutlicher als zuvor. Langsam lasse ich meine Hände über seinen durchtrainierten Bauch nach oben gleiten, bis sie an seiner Brust gelandet sind. Sie ist hart und versteift sich zusätzlich durch meine

Berührung – wie vermutlich etwas ganz anderes auch – doch dann drücke ich ihn langsam von mir. »Und meine Ehre verlangt, dass ich jetzt zurück zur Arbeit gehe. Das Geld verdient sich nicht von allein.« Mit wild klopfendem Herzen lasse ich Drake stehen und laufe schnurstracks zurück. *Ehre.* Dass ich nicht lache. Weder er noch ich kennen die Bedeutung dieses Wortes.

viertes Kapitel

Drax

Nachdem sie – fuck, ich kenne ihren Namen immer noch nicht – mich alleine gelassen hat, war ich kurz versucht, ihr noch einmal nachzulaufen. Doch wäre ich dann nicht wirklich sowas wie ein Stalker? Außerdem habe ich noch etwas vor.

Ich folge dem Kerl, der mir in letzter Zeit immer öfter begegnet. Mein Instinkt rät mir, mich an seine Fersen zu heften. Es kann kein Zufall sein, dass er mir immer wieder auflauert. Gerade jetzt, wo die *Black Slayers* wieder in der Stadt sind. Zwar musste ich Becks versprechen, keine Scheiße zu bauen, aber diese Sache kann ich nicht auf mir sitzen lassen. Sollte ich herausfinden, wo diese Ratten sich aufhalten, kann ich sie vielleicht vertreiben. Das, was ich ihr erzählt habe, stimmt. Doch das mit der Ehre ist eine komplizierte Sache. Man muss sie sich verdienen, man muss dafür kämpfen. Und für jeden bedeutet sie etwas anderes.

Der Club hat sich in letzter Zeit verändert. Ins Positive. Früher jedoch waren wir im Drogen-, und Waffenschmuggelgeschäft tätig. In dieser Zeit haben wir uns viele Feinde gemacht. Unter anderem die *Black Slayers*. Sie wollten unser Gebiet einnehmen, und obwohl wir seit dem Tod meiner Mutter vor 15 Jahren ausgestiegen sind, will Becks das Revier nicht aufgeben. Die Drogen und Gewalt haben sich in dieser Stadt eingenistet wie ein Geschwür, das man nicht mehr entfernen kann, doch würden die *Slayers*, oder ein anderer Club hier einfallen, wäre bald nichts mehr übrig, was gerettet werden muss. Meine Gedanken wandern zu *ihr*, doch ich verscheuche sie schnell wieder aus meinem Kopf. Dafür habe ich keine Zeit. Es ist schwierig, jemandem unauffällig auf einer Harley zu folgen, weshalb ich ihm zu Fuß nachgehen muss, und den Typen verliere, sobald er auf seine Maschine steigt. Die beiden gekreuzten Revolver auf seiner Lederkutte beweisen mir jedoch, dass ich recht hatte: Er gehört zu den *Black Slayers*.

Zu den Bastarden, die meine Mutter erst wochenlang gefoltert und dann verbluten haben lassen. Ein alles umfassender Hass auf sie hat sich schon vor Jahren in mir aufgebaut und von Tag zu Tags zugenommen.

Sobald ich seine Spur verloren habe, mache ich mich auf den Weg zurück zum Clubhaus. Vermutlich werde ich erklären müssen, wieso ich mich heute Morgen einfach von der Gruppe entfernt habe, aber zumindest habe ich jetzt etwas zu berichten.

Ich finde sie im Hinterhof um den runden Tisch sitzen. Daisy wirft mir sofort einen Blick zu, der mir verdeutlichen soll, dass Becks nicht besonders glücklich über mein Verhalten ist. Ich nicke ihr dankend zu, obwohl ich mir dessen längst bewusst bin.

»Wo warst du?«, fragt er aufgebracht und pustet mir den Qualm seiner Zigarre ins Gesicht.

»Ich hatte einen Verdacht«, erkläre ich mit starker Stimme.

»Und du kleiner Pisser denkst, dass du dich dann einfach so meinen Anweisungen widersetzen kannst?« Er lehnt sich weiter nach vorne, sodass seine Nase meine fast berührt. »Du warst es doch, der mich angebettelt hat, mitzukommen.«

Ich ignoriere seine Beleidigung, weil ich sie nicht ernst nehmen kann. Becks ist vielleicht ein harter Kerl, doch er würde mir niemals wirklich Schaden zufügen. Dafür hat er seine Schwester viel zu sehr geliebt.

»Einer von den *Black Slayers* bespitzelt mich. Ich habe versucht, ihm zu folgen, aber ohne aufzufallen war das unmöglich«, erzähle ich ihnen von meiner Entdeckung. Becks lehnt sich wieder lässig auf seinem Stuhl zurück und zieht Daisy auf seinen Schoß.

Während Jo mit seinem aktuellen Betthäschen beschäftigt ist, lässt Jasper mich nicht aus den Augen. Ich erkenne darin, dass er mich später noch zu einem Einzelgespräch zitiert. Obwohl er und sein Bruder nur ein Jahr älter als ich sind, tun sie manchmal so, als hätten sie so viel mehr erlebt. Und wer weiß, vielleicht stimmt das sogar. Kurz nach dem Tod meiner Mutter hat Becks die beiden aus einem der anderen Clubs freigekauft. Sie waren unterernährt, übersät mit Narben und sprachen kaum ein Wort. Die letzten 15 Jahre sind wir zusammen aufgewachsen und sind inzwischen so viel mehr als nur Freunde.

Abel, der mir gegenübersitzt, knallt inzwischen seine Bierflasche auf den Tisch. »Diese verfluchten Drecksäcke!«

»Was wollen sie?«, fragt Jo, schickt sein Mädchen mit einem Klaps auf den Arsch fort, und setzt sich die Sonnenbrille auf den Kopf. Seine dunklen Augen sind blutunterlaufen. Obwohl die *Havoc Hearts* nicht mehr mit Drogen und Waffen handeln, bedeutet das nicht, dass plötzlich alle brave Bürger geworden sind.

»Das Übliche vermutlich. Sie wollen unser Chapter einnehmen.« Becks sagt dies mit einer Gelassenheit, als sehe er keine große Sache darin. Dabei wissen wir alle, dass dem nicht so ist. Die *Slayers* haben viele Mitglieder und sie scheuen den Krieg nicht. Nur, weil sie ein vergleichsweise junger Club sind, sieht Becks keine Bedrohung in ihnen. Ein großer Fehler.

»Bisher waren sie nicht so zimperlich«, werfe ich in den Raum, und die anderen nicken zustimmend.

»Drax hat Recht«, murmelt Tiny. »Wieso haben sie uns noch nicht angegriffen?«

Trish, die meistens eher eine stumme Zuhörerin ist, meldet sich zu Wort. Ihre Stimme ist so sanft, dass sie meistens ohnehin in der Masse der grölenden Männerstimmen untergeht. Sie zwirbelt ihre Haare zu einem Knoten und befestigt ihn am Kopf. »Wahrscheinlich wollen sie erst herausfinden, wie wir uns immer noch über Wasser halten können, nachdem wir das Waffenbusiness aufgegeben haben.«

»Aber wieso sollten sie dann ausgerechnet Drax beschatten? Er ist ja nicht einmal in dem neuen Geschäft mit drin«, wirft ihre Schwester in die Runde mit einem mahnenden Blick. Daisy liebt Trish, doch ebenso wie mich, will sie auch sie immer beschützen. Was einfacher ist, wenn sie unsichtbar bleibt.

»Vielleicht glauben sie, dass unser Goldjunge leichter zu knacken ist, was natürlich nicht der Fall ist!«, schlägt sie vor und lächelt mich an. Trish ist Ende Vierzig, sieht aber aus wie Anfang Dreißig. Sie ist wohl die einzige dieses Clubs, der die ganzen Strapazen der letzten Jahre nicht zugesetzt haben.

»Was tust du überhaupt hier?«, fragt Daisy an mich gewandt und unterbricht damit die Diskussion. »Das sollte dich alles nicht verrückt machen.«

Ich schnaube. »Ich bin Teil des Clubs, richtig?«

»Richtig, aber -«

Demonstrativ hebe ich die Hand. »Und deshalb werde ich mich immer verrückt machen.«

Mit einem liebevollen Lächeln beugt sie sich vor, um mir über die Wange zu streichen. Sie sieht immer noch den zehnjährigen Jungen vor sich, den sie beschützen muss, doch der bin ich nicht mehr. »Hab ein wenig Spaß und vergiss die Scheiße. Die Jungs kümmern sich schon darum.« Ich nicke, weil ich Daisy nicht verstimmen will, aber ich werde die Scheiße nicht vergessen.

Niemals.

Drei Tage vergehen, an denen mir die Decke beinahe auf den Kopf fällt. Becks und die anderen haben mich dazu überredet, das Haus nicht zu verlassen. Sie mussten meiner Mutter versprechen, dass sie auf mich aufpassen. Dass sie es nicht zulassen, dass ich wie sie ende. Wütend dresche ich auf den Boxsack vor mir ein, bis mein ganzer Körper schmerzt. Mein Kopf schwirrt, meine Muskeln zucken. Dennoch fühle ich mich wie betäubt. Ich kann nicht hier herumsitzen und nichts tun. Sollen diese Typen mich doch beschatten. Ich habe nichts zu verbergen. In einem unbeobachteten Moment schnappe ich mir meinen Hoodie und verschwinde in die dunkle Nacht. Ich weiß nicht, wo ich hinlaufe, bis ich vor dem Restaurant stehe, in dem *sie* arbeitet. Da es 24 Stunden geöffnet ist, hoffe ich, sie hier anzutreffen. Kurzerhand trete ich in das Lokal, das nur noch von Besoffenen und Männern, die vor ihrer Familie fliehen, besucht ist. Das Licht ist gedämmt, die Luft geschwängert von Alkohol. Meine Augen fliegen über die Gesichter der Kellnerinnen, doch kann ich kein bekanntes erkennen. Weil ich nicht aufgeben will, bahne ich mir einen Weg zur Bar durch, und mache den schmächtigen Kerl dahinter auf mich aufmerksam. »Ich suche eine junge Frau mit langen weißen Haaren und Augen so blau wie der Himmel.«

Matt lächelnd deutet er mit einer Kopfbewegung wieder in die Richtung, aus der ich gekommen bin. »Da kannst du hier lange suchen. Sie arbeitet nachts im *Red Moon*.«

»Dem Stripclub?« Er zuckt die Achseln und wendet den Blick wieder ab. Obwohl es mich nichts angeht und im Prinzip auch nicht wundert, dass jemand, der hier arbeitet, auch strippen würde, gefällt mir diese Entwicklung nicht. Der Club befindet sich nur drei Blocks weiter und grenzt an den Park an, in dem ich ihr das erste Mal über den Weg gelaufen bin. Im wahrsten Sinne des Wortes. Eigentlich hätte ich mir schon denken können, dass sie dort arbeitet. Welche vernünftige Frau würde andernfalls mitten in der Nacht durch den Park spazieren? Ich spüre das Lächeln, das sich auf meinem Gesicht ausbreitet, als ich an sie denke, und lasse es sofort wieder verschwinden. Was ist los mit mir?

Um mir selbst zu beweisen, dass mir nichts an dieser Frau liegt, mache ich mich nur gemächlich auf den Weg zum *Red Moon*. Schon von draußen hört man die laute Musik, zu der die Mädchen tanzen. Ich selbst war noch nie hier, weil ich das nicht nötig habe. Im Clubhaus steigen regelmäßig Partys, bei denen massenweise hübscher Frauen anwesend sind, die nur zu gerne bereit sind, für einen von uns blank zu ziehen. Wieso auch immer scheinen sie auf die bösen Jungs zu stehen. Oder in unserem Fall auf die scheinbar bösen Jungs.

Ich drücke die schwere Holztür auf und werde schon im Eingang von einer knapp bekleideten Rothaarigen angegraben. »Du bist das erste Mal hier«, erkennt sie mit lasziven Augenaufschlag und tätschelt meine Brust. Ich umfasse ihre Hände und löse sie von ihr.

»Genau. Und nicht auf der Suche nach dir.«

Seufzend lässt sie den Blick an mir herabgleiten. »Schade aber auch.« Ihre gemachten Lippen plustern sich zu einem Schmollmund auf, während sie einen Schritt näher an mich herankommt. »Ich würde dir aber mehr bieten, als die anderen Mädchen.«

Stur gehe ich an ihr vorbei, ohne sie auch nur eines weiteren Blickes zu würdigen. Dass dies kein Puff ist, wird zwar immer wieder betont, doch einige der Frauen sehen das Ganze nicht so eng. Ich spüre Übelkeit in mir hochkommen beim Gedanken, dass *sie* das genauso sehen könnte. Nicht, dass ich jemanden verurteilen würde. Jeder tut, was er tun muss, um zu überleben, doch ich wünsche mir, dass sie nicht dazugehört.

Ich laufe an den Frauen vorbei, werfe keiner einen zweiten Blick zu.

Ich erkenne sie, wenn ich sie sehe.

Am Tresen steht sie dann. Das weiße Haar fällt ihr in großen Locken über den Rücken und enden knapp über ihrem Knackarsch. Dieser steckt in engen roten Shorts, die schon jetzt kaum Raum für die Fantasie lassen.

»Störe ich?«, frage ich lässig und lehne mich neben ihr an die Theke.

»Drake«, entfährt es ihr erstaunt, als hätte sie jeden erwartet, nur nicht mich. Ihre eisblauen Augen liegen auf meinem Gesicht. Und obwohl sie im nächsten Augenblick so tut, als würde meine reine Anwesenheit ihr alles abverlangen, wirkte sie am Anfang alles andere als abgeneigt. Es schien sie viel eher zu freuen, mich zu sehen. Mein schiefes Lächeln lässt sie die Augen verdrehen. Ob sie meine Gedanken liest?

»Nenn mich Drax. Und du bist?«

»Schwer beschäftigt.« Kurz zwinkert sie mir zu, bevor sie das Glas Wasser mit einem großen Schluck leert. Ihr Hals glänzt vom Schweiß, den sie sich mit einem Handtuch abtupft. Nie hätte ich gedacht, dass dieser Anblick so scharf sein kann, doch mein Schwanz belehrt mich eines Besseren.

»Was muss ich tun, damit du kurz Zeit hast?«

Sie lacht und wirft mir einen herausfordernden Blick zu. »Dafür bezahlen, dass ich mit dir beschäftigt bin.« Als ich tatsächlich in meine Hosentasche greife und aus meinem Geldbeutel einen Stapel Scheine raushole, wirkt sie überrascht. Ein Mann beobachtet uns, der ganz offensichtlich der Besitzer des Clubs ist. Nach einem fast unauffälligen Blick zu ihm, wendet sie sich wieder mir zu, führt mich zu einem der im Raum verteilten Sofas, und drückt mich darauf nieder. Alleine schon ihr Gesicht und der Ausdruck darauf lassen mich hart werden, dabei hat sie sich noch nicht einmal ausgezogen. Ihre Augen sind umrandet von einem schwarzen Kajal, der seitlich spitz zuläuft. Doch sie bräuchte nicht das kleinste bisschen Make-Up, um eine der schönsten Frauen zu sein, die ich je gesehen habe. Mein Blick wandert über sie, während sie langsam beginnt, zur Musik zu tanzen. Ihr Gesicht ist fein, so grazil, als wäre es gezeichnet. Normalerweise stehe ich nicht auf Piercings im Gesicht, aber das dünne Septum nimmt ihr ein bisschen von dem grazilen, und verleiht ihr etwas Verruchtes. Sie lächelt, als sie meine Blicke bemerkt. Es ist in ihrem Job nichts Ungewohntes, von Kerlen angestarrt zu werden – schließlich bezahlen sie genau dafür – aber ich habe den Verdacht, dass es ihr ebenso gefällt wie mir.

Sie wirft sich das weiße Haar über die rechte Schulter, sodass es mich am Arm kitzelt, als sie sich kurz zu mir vorbeugt, und etwas in mein Ohr flüstert: »Eigentlich mag ich ja keine Stalker, aber ich bin froh, dass ich für dich statt für den, der eben reinkam, tanzen muss.«

»Wieso?« Ich werfe einen Blick über die Schulter und beobachte den Typen Mitte Vierzig, der den ganzen Raum abscannt.

»Der Kerl ist in mich verliebt«, sagt sie mit einem schweren Seufzen.

Ich kann mein Grinsen nicht unterdrücken, als ich daran denke, dass sie genau dasselbe vor ein paar Tagen über mich behauptet hat. »Achja? Unsterblich? Und kann mit der Zurückweisung nicht umgehen?«

»Das war doch nur ein Scherz«, lacht sie, schaut aber immer wieder zu dem Typen hinüber. »Das hier ist die Wahrheit. Er kommt jede Woche, und wartet, bis ich frei bin.«

»Also ist er ein echter Stalker?« Das Grinsen ist aus meinem Gesicht verschwunden.

Wieder lacht sie unbekümmert. »Tja, ich ziehe die Psychos wohl an.«

Obwohl sie sich offenbar keine großen Sorgen um diesen Typen macht, sehe ich ihn mir genauer an. Langes, blondes, fettiges Haar. Ein Kinn, so spitz, dass er jemanden damit erdolchen könnte. Im Großen und Ganzen ein Kerl, der wohl nur an diesem Ort einer Frau näherkommen kann. Ich verziehe angeekelt das Gesicht. Eigentlich müsste es eine Regel geben, dass man zumindest eine Grundhygiene mitbringen muss. Er lässt uns keine Sekunde aus den Augen. Ich kann die Eifersucht und den Hass auf mich regelrecht spüren. Weil ich sie nicht beunruhigen will, behalte ich mein schlechtes Gefühl für mich, aber ich beschließe, ihn im Auge zu behalten.

Sicher ist sicher.

Sich vor mir bewegend, zieht sie sich das Top über den Kopf, sodass ich ihre Titten in einem sexy Spitzen-BH bewundern kann. Währenddessen wandern ihre eigenen Blicke gierig über meinen Körper und wirken so, als würde auch sie sich vorstellen, was sich unter dem Stoff verbirgt. Ich stecke ihr einige Dollar zu, die sie sofort in ihrem Strumpfband verstaut.

Passend zur Musik wirft sie ihren Kopf nach vorne, sodass ihre Haare wie ein weißer Vorhang vor meinen Knien schweben. Als sie ihn sofort wieder hebt, ist ihr Blick stechend. »Woher hast du eigentlich so viel Geld?«

»Verdient«

»Aha, verdient also. Und womit?« Ich höre ihrer Stimme an, dass sie mich sofort in eine Schublade voller Vorurteile gesteckt hat. Und darauf steht ganz groß: *Kriminell.* Weil sie nicht wirkt, als würde sie davon abgeschreckt werden, spiele ich mit.

»Das variiert. Manchmal muss ich Autos aufbrechen. Oder ich mache mich am Motor zu schaffen.« Ich lege die Hände an ihre Hüfte, doch sie schlägt sie mit einem bestimmten Kopfschütteln weg. »Oder an den Bremsen«, füge ich meinen Tätigkeiten hinzu.

»War ja klar.« Sie funkelt mich an, doch ich erkenne noch etwas anderes in ihren Augen: Verlangen. Gelenkig tanzt sie an mir herab, bis sie direkt vor mir hockt. Ihr Gesicht vor meinem Schritt, ihre Hände an meinen Unterschenkeln. *Scheiße ist das geil.*

»Und jetzt? Was denkst du über mich?«, frage ich und spüre das Blut durch meinen Körper brodeln. Ohne Anstrengung erhebt sie sich wieder und platziert sich so über mir, dass ihr Arsch wenige Zentimeter über meinem Unterleib schwebt. Wenige quälende, nervenzerreibende Zentimeter. Ich kann meinen Blick nicht von dieser Zone abwenden, und als sie sich endlich hinabsinken lässt, stöhne ich beinahe auf.

»Ich kenne Typen wie dich. Eingebildete Egoisten. Ihr denkt, dass euch keiner etwas anhaben kann.« Trotz ihrer harten Worte, bewegt sie sich auf meinem Schoß mit einem lasziven Grinsen. In dem Moment ist mir egal, dass das ihr Job ist, ich sehe ihr an, dass sie dieses Spiel genauso genießt wie ich. Mein Schwanz drückt fest gegen den Stoff meiner Jeans, die ich mir am liebsten sofort vom Leib reißen würde. Sie erkennt meine Gedanken und presst sich noch ein bisschen fester an mich. Die Musik hat längst gewechselt, was bedeutet, dass sie sich einen neuen Kunden suchen oder mehr Geld verlangen müsste, doch sie tut nichts dergleichen. Wie ich hat sie die Welt um sich ausgeschaltet.

»Ich kenne nicht einmal deinen Namen und du hast mich schon vollkommen durchschaut. Ich bin begeistert.« Weil ich meine Hände nicht länger von ihr lassen kann, vergrabe ich eine in ihrem Haar und ziehe leicht daran, sodass sie den Kopf stöhnend in den Nacken legt. Dieses Mal wehrt sie sich nicht gegen meine Berührung. »Wieso läufst du denn nicht vor mir davon?«

»Vielleicht tu ich das noch«, raunt sie und streichelt meine Brust. Was gäbe ich dafür, mit ihr alleine zu sein. Sie zu nehmen und zum Schreien zu bringen.

»Vielleicht solltest du«, raune ich zurück und küsse ihren Hals. »Ganz weit weg.«

Ihre Augen funkeln, während sie sich flüchtig umsieht. Sie beißt sich auf die Unterlippe, die in diesem Moment so verführerisch wirkt. Und dann presst sie sie auf meine. Schnell und gierig gleitet ihre Zunge in meinen Mund, umspielt die meine. Sie knabbert mit einem Seufzen, das nur ich hören und spüren kann, an meiner Lippe und presst sich nur noch fester an mich. Was gäbe ich nicht dafür, um diese unbedeutend vielen Lagen Stoff zwischen uns wegzuschaffen.

Als sie diesen Kuss so plötzlich beendet, wie sie ihn begonnen hat, leuchten ihre Wangen rot, und ich … ich drohe zu explodieren. Ich will sie nicht loslassen, darf sie nicht gehen lassen. Nicht jetzt! Doch ich kann auch nichts dagegen unternehmen, als sie mit einem Augenzwinkern von meinem Schoß springt.

Ein letztes Mal beugt sie sich vor zu meinem Ohr. Ihr heißer Atem jagt mir Schauer über den Rücken. »Ich heiße übrigens Luna«, flüstert sie und sprintet regelrecht in die hinterste Ecke des Raumes zu einem Vorhang. Mit einem letzten Blick auf mich, zieht sie ihn zu. Und taucht nicht mehr dahinter auf.

Luna. Was für ein perfekter Name.

So wie sie.

Strahlend und geheimnisvoll wie der Mond.

fünftes Kapitel

Luna

An diesem Tag bin ich nach langer Zeit mal wieder voller Elan und Lebensfreude aufgestanden. Sogar mein Vater hat es nicht geschafft, mich aus der Ruhe zu bringen. Jay hat mich für meinen Tatendrang, alles blitzblank zu putzen, sogar schon gelobt an diesem Morgen. Lob von Jay ist kostbares Gut. Ich glaube sogar, dass ich in all den Jahren nicht einmal gelobt wurde. Ob das wirklich alles nur an Drax liegt? Meine Güte, ich benehme mich wie ein Teenie, der zum ersten Mal verliebt ist, dabei bin ich alles andere als verliebt! Höchstens erregt. Und auch ganz sicher das nicht. Nein!

Selbst, wenn ich ihn gut finden würde, so könnte ich nicht nach ihm suchen. Ich habe seine Nummer nicht, ich weiß nicht, wo er wohnt, doch er kennt beinahe alles von mir. Wenn er mich wiedersehen will, wird er auftauchen. Und was, wenn nicht? *Luna, reiß dich zusammen!*

»Erde an Luna.« Sky winkt mit beiden Händen vor meinem Gesicht herum, während Zoe mich besorgt mustert.

»Was hast du gesagt?«, frage ich und verschlucke mich an dem Paprikastück, das ich mir eben in Gedanken an ihn in den Mund geschoben habe.

»Du bist heute verdammt schräg drauf. Wo bist du mit deinen Gedanken?« Zoe legt die Stirn in Falten. Ich befürchte, dass sie mir in wenigen Augenblicken auf die Schliche kommt. So, als wisse ich nicht, was sie von mir will, reiße ich die Augen auf und starre sie zurück.

Cam lehnt sich vor und schlägt mit einem Tuch nach mir. Kreischend springe ich vom Tresen. »Wahrscheinlich bei dem heißen Kerl, der sich gestern Nacht nach ihr erkundigt hat.«

Skys Augen leuchten. Sie hat wieder diesen Kupplerausdruck angenommen. »Kinnlanges Haar, graue Augen, Dreitagebart, Oberkörper tätowiert und gebaut wie ein Gott?«

»Passt ziemlich genau«, bestätigt Cam mit breitem Grinsen und hebt entschuldigend die Schultern. Er ist ebenso ein Klatschweib wie Sky. Ich bin erledigt.

»Du hast mit Drake Jackson geschlafen und uns noch nichts davon erzählt?«, unterbindet Zoe alles, was Sky dazu zu sagen hat. Sie sieht alles andere als erfreut aus.

»Ich habe nicht mit ihm geschlafen!«, protestiere ich und sehe hoffend zur Tür. Wo sind die Gäste, wenn ich sie so dringend brauche?

»Das ist ja noch schlimmer!«, mosert sie und wirft die Hände in die Luft.

»Hey, macht mal keine so große Sache draus! Drax ist okay.« *Scheiße.*

»Drax?«, fragen alle Drei wie aus einem Mund.

Ich seufze. »Ja. So soll ich … ach seht mich nicht so an! Ich bin ihm nicht verfallen!«

Als ich wütend davonstürmen will, packt Zoe mich am Handgelenk und zieht mich so nah an sich heran, dass nur ich sie hören kann. »Schütz dein Herz, bitte.« Ihre Stimme ist besorgt und sofort vergeht meine Wut. Wir alle haben viel durchgemacht, viel erlebt und gesehen. Manche versuchen sich hinter derselben unbekümmerten Fassade zu verstecken wie ich, doch andere haben keine Rolle angenommen, sondern eine Wand um das eigene Herz gebaut.

»Das tue ich doch!«, antworte ich leise und nehme sie in den Arm. Zoes Arm krallt sich fest um mich, und ich bringe es kaum übers Herz, sie loszulassen. Als wir uns voneinander lösen, lächelt sie traurig. Ich streiche ihr über die Wange und eine ihrer knalllila Haarsträhnen aus dem Gesicht. Was gäbe ich nur dafür, dass sie versucht, weiterzumachen. Es ist nicht einfach, zu vergessen was war, doch manchmal ist das die einzige Möglichkeit, es zu überleben. Mit ihren Tattoos und dem auffallenden Aussehen, wirkt sie stark und unantastbar, doch hinter dieser Maske versteckt sich ein gebrochenes Wesen. »Ich habe dich lieb«, flüstere ich und ihr Gesicht hellt sich tatsächlich ein bisschen auf.

»Dann versprich mir, auf dich aufzupassen.« Ich nicke, greife an ihr vorbei zu meinem Tablett und bediene die nächsten Gäste.

Eine Stunde später, als der Laden beinahe überquillt, bleibt mein Herz bei seinem Anblick für eine Sekunde stehen. Drax, der sich gerade an einen meiner Tische setzt, trägt eine tiefsitzende durchlöcherte Jeans, die ihm verdammt gut steht. Dazu ein schwarzes Shirt, das an den Armen stramm sitzt. In mich hineinseufzend lasse ich den Blick über ihn gleiten. Schließlich muss ich die Gelegenheit ausnutzen, solange er mich noch nicht bemerkt. Ich setze mein Kellnerinnenlächeln auf, damit es das echte Lächeln überdeckt, und mache mich auf den Weg zu ihm. Dabei versuche ich meine Geschwindigkeit ein bisschen zu drosseln. So deutlich soll man mir meine Freude wirklich nicht ansehen.

»Mein Stalker hat mich erneut gefunden«, flöte ich mit einem schiefen Grinsen. Erst, als er aufblickt, erkenne ich, dass er es nicht erwidert. Seine Augen haben wieder diese dunkle Farbe angenommen, seine Züge wirken um so vieles kantiger und ernster als gestern.

»Darüber solltest du keine Witze machen«, knurrt er und lässt den Blick erst über mich und dann durch den Raum gleiten. Meine Mundwinkel ziehen sich abrupt nach unten. Mit verengten Augen mustere ich ihn. Was ist heute so anders als gestern?

»Was ist passiert?«, will ich aufrichtig wissen. Er und seine Launen sollten mir egal sein. Es wäre besser. Und doch ist es nicht so.

Drax wendet sich ab. Als er antwortet, ist seine Stimme so dunkel, dass eine Gänsehaut meinen Körper überzieht. »Nichts, was dich kümmern sollte.«

Schnaubend stecke ich den Stift, mit dem ich seine Bestellung notieren wollte, zurück in meine Gesäßtasche. »Na gut, wenn das so ist, rufe ich jemanden, der dich bedienen soll. Aber nur so als Hinweis: Es gibt noch andere Orte, an denen du essen und den Kellnerinnen die Laune verderben kannst.«

Drax seufzt, lässt die Schultern ein kleines Stück sinken. »Warte«, knurrt er und hält mich ohne hinzusehen am Handgelenk zurück. »Ich hätte heute nicht kommen sollen. Es ist gerade mächtig viel los, das ist alles.«

»Und wieso bist du doch gekommen?« Ich schlucke meine Hoffnung runter. Sie hat hier nichts zu suchen. Dennoch weiß mein Herz, welche Antwort ich hören will. Drax hebt den Blick, sucht den meinen. Seine Augen liegen wie gebannt auf meinem Gesicht, fahren die Linien und Konturen nach, taxieren mich regelrecht. Etwas liegt darin, das ein Kribbeln durch meinen Körper jagt. So viele Geheimnisse und unaussprechliche Dinge liegen in seinen begraben. Und obwohl es nicht sein sollte, es völlig schwachsinnig und dumm von mir ist, ziehen mich diese Dinge an. Ich will sie bergen aus diesen Tiefen. Ich schlucke, weil ich mir seiner Berührung mehr als bewusst bin. Sein Daumen streicht sachte über mein Handgelenk. Ob es Absicht ist, oder automatisch passiert, weiß ich nicht, aber es lässt mein Herz höherschlagen. An meinem Ausdruck versuche ich mir diese Tatsache jedoch nicht anmerken zu lassen.

»Weil ich dich sehen wollte.«

»Okay«, stoße ich hervor und halte seinem Blick weiterhin stand.

»Okay.« Er zieht seinen Mundwinkel hoch, sodass es beinahe wie ein Lächeln aussieht und gibt seine Bestellung auf. Was zur Hölle hat dieser Kerl an sich, dass ich nicht sofort abhaue und ihn seinen Launen überlasse?

Zwei Wochen vergehen, in denen Drax jeden Tag zum Mittagessen herkommt. Weil ich versuche, auf Zoes Rat zu hören, lasse ich ihn immer wieder abblitzen, sobald er mich irgendwohin einlädt. Auch, wenn es mir mit jedem Tag schwerer fällt. Würde sie mir nicht jedes Mal mit ihren Blicken folgen, wäre ich vermutlich längst eingeknickt. Drax ist nicht nur superscharf, er bringt mich auch immer wieder zum Lachen. Und gleichzeitig hat er eine verschlossene Seite an sich. Eine düstere Seite, die mich beinahe noch mehr anzieht als die andere. Er reizt mich. Und das könnte mein Untergang sein.

Heute habe ich nachgegeben, als er mich auf ein Eis eingeladen hat. Dass Zoe heute frei hat, spielt dabei wohl eine klitzekleine Rolle.

Die Sonne brennt den ganzen Tag bereits auf uns herab und durch die Fensterwand kommt ätzend heiße Luft herein. Da unsere Klimaanlage – wieder einmal – den Geist aufgegeben hat, sind bis auf uns Kellnerinnen nur die absoluten Stammgäste hier. Als ich meinen Geldbeutel und den Schreibblock hinter dem Tresen verstaue, winkt Jay mich zu sich heran.

»Wo willst du hin?«

Ich halte ein Seufzen zurück, versuche mich stattdessen an einem freundlichen Lächeln, welches mir nur mäßig gelingt. »Ich habe jetzt Pause.«

»Okay, dann kannst du dich schonmal darauf vorbereiten, dass du heute Abend länger bleiben musst«, sagt er ohne Umwege, und ohne mich dabei anzusehen. Und natürlich ohne den Hauch eines schlechten Gewissens. Sein Haar ist akkurat nach hinten gegelt und sieht einfach nur fettig aus. Aber ich bin sicher sie Letzte, die ihm dies unter die Nase reiben wird. Von mir aus kann dieser Kerl sich so lächerlich machen wie er will.

»Wieso?«, seufze ich stattdessen nur, und lehne mich mit dem Rücken an die Wand. Zitternd schließe ich die Augen und genieße für wenige Sekunden ihre Kühle.

Sein stechender Blick heftet sich auf mich. »Weil ich es dir sage. Eine ganze Footballmannschaft hat Tische reserviert.«

»Ich kann aber nicht.« Es ist nur ein schwacher Versuch, denn ich weiß, dass er mich nicht anders behandelt als die anderen. In dieser Scheißstadt gibt es so wenige Jobs, bei denen man nicht mit irgendwelchen Kerlen vögeln muss, dass wir es nicht ernsthaft darauf anlegen, gefeuert zu werden.

»Wenn du heute nicht länger bleibst, brauchst du morgen nicht wiederzukommen.« Mit dieser Ansage wirft er eine neue Speisekarte auf den Tisch vor uns und lässt mich stehen. Kaum zu glauben, dass noch niemand dieses kleine Arschloch erschossen hat. Genervt und zugegebenermaßen ein wenig enttäuscht mache ich mich auf den Weg zurück zu Drax, der vor der Tür auf mich wartet. Gerade, als ich sie öffne, pustet er den Rauch seiner Zigarette in die ohnehin schon stickige Luft. Als er mich hört, dreht er sich zu mir um, schnippt sie weg, und lächelt mich schief an. »Bereit für das beste Eis deines Lebens?« In seiner rauen Stimme liegt etwas Verführerisches. Etwas, das mir nicht nur ein Eis verspricht, sondern etwas ganz anderes. Und mit einem Mal bin ich sogar noch enttäuschter. Weil ich ihn nicht gleich vertrösten, und mir den Spaß damit verderben will, verrate ich nicht sofort, dass sein Versprechen warten muss.

Kokett lege ich den Kopf schief, sehe ihm von unten tief in die Augen und befeuchte meine Lippen. »Ich kenne jede Eisdiele hier und kein Eis davon hat diese Bezeichnung verdient.«

Sein Lächeln wird dunkler, berauschender, als er einen Schritt auf mich zukommt. Die Tür liegt in meinem Rücken, den Griff habe ich immer noch in den Händen, sodass sie hinter mir verschränkt sind. »Zufälligerweise habe ich Zuhause verdammt gutes Eis.« Drax steht nur noch einen winzigen Schritt von mir entfernt. Wie zur Hölle schafft er es nur, mit nur einer Bewegung, meinen ganzen Schutzmechanismus lahmzulegen? Zum Glück habe ich noch so viel Würde, dass ich mich ihm nicht sofort um den Hals werfe.

»Bei dir Zuhause, ja?« Mir wird heiß, und das liegt nicht nur an der Hitze des Tages. Nein, Drax ist heißer als die Sonnenstrahlen. Er ist das pure Feuer. Nur zu dumm, dass ich mich schon oft genug am Feuer verbrannt habe. »Und wieso sollte ich mit zu dir kommen?«

Offensichtlich steht er auf die Herausforderung, denn seine Augen funkeln verräterisch. Langsam lässt er den Blick über meine Kurven wandern. »Wenn du nicht mitkommst, wirst du es bereuen.«

Allein der Klang seiner Stimme, die mit einem Mal noch verführerischer und rauchiger wird, zieht sich mein ganzer Unterleib zusammen. »Denkst du das?« Ich habe Mühe, meine Fassung zu bewahren.

Als er jedoch noch näherkommt, so nahe, dass sein Körper meinen berührt, seine Hände an meiner nackten Taille liegen, kann ich meinen Seufzer nicht länger unterdrücken.

Drax grinst zufrieden, während er sich näher zu mir herabbeugt und nah an meinem Ohr flüstert: »Ohja, das denke ich.«

Mich zusammenreißend, mache ich einen Schritt zur Seite und gehe an ihm vorbei. »Das klingt verlockend, aber leider muss ich dir absagen.«

Mit nur einem Schritt steht er wieder vor mir und versperrt mir mit seinem breitgebauten Körper und verschränkten Armen den Weg. »Das kommt nicht in Frage. Morgen ist deine Freundin sicher wieder da, und du weist mich erneut zurück.« Mit einem Augenzwinkern lässt er die Arme fallen und beugt sich zu mir. »Und du weißt doch, dass ich unsterblich in dich verliebt bin und nie lockerlasse.«

Ich lächle. »Ja ich weiß. Und ich befürchte ganz, dass du recht behältst, und ich es mehr als bereuen werde, dein Angebot auszuschlagen.« Seufzend wage ich es erneut und gehe um ihn herum. »Aber ich muss nach Hause.«

Seine Augen fixieren mich, suchen nach der Lüge in meinem Gesicht. Mit gerunzelter Stirn und zusammengekniffenen Augen nickt er dann. Wie gütig von ihm, mir zu glauben. Kurz stößt er die Luft durch die Nase aus, dann nimmt er eine aufrechte Haltung an. »Na gut. Dann fahr ich dich.«

Ich zucke zusammen. Mit geweiteten Augen und einem rasenden Herzen suche ich nach einer Ausrede. Er kann mich nicht nach Hause fahren. Er darf nicht sehen, in welcher Drecksgegend ich lebe. Obwohl es mir egal sein sollte, was er über meine Familie und mich denkt … ist es das nicht. »Das musst du -«

Bevor ich meinen Protest jedoch beenden kann, hebt er die Hand, um mich zu unterbrechen. »Keine Widerrede«, sagt er in einem so ernsten Tonfall, dass ich überhaupt nicht erst auf die Idee käme. Auch, wenn das bedeutet, dass ich ihn in meine Welt lasse. Und alleine der Gedanke daran, lässt meinen Magen rebellieren. Es ist einfach, der Mensch zu sein, der man sein will, wenn niemand weiß, wie man wirklich ist. Sobald Drax einmal hinter meine Maske blickt, gibt es kein Versteckspiel mehr. Und wenn ich mich nicht mehr verstecken kann, ist mein Herz völlig ungeschützt.

Drax führt mich um die Ecke des Schuppens, der sich Restaurant betitelt, und bleibt vor einem mattschwarzen Motorrad stehen. Ich kenne nichts davon, muss mir aber trotzdem eingestehen, dass es eindrucksvoll ist. Der schwarze Lack ist erhitzt von der Sonne und hinterlässt ein warmes Kribbeln auf meiner Haut, als ich andächtig darüberstreiche. Drax beobachtet mich derweil. Ich kann nicht erkennen, was er gerade denkt, kann nicht erahnen, was er fühlt. Ich habe das Gefühl, dass ihm diese Maschine mehr bedeutet, als es ein Stück Blech tun sollte. Er reicht mir einen Helm, den ich nur belustigt mustere. Es ist eine Nussschale, die alles andere als scharf aussieht. »Das ist nicht besonders sexy!«, lache ich, setze sie mir dennoch auf den Kopf. Nachdem Drax sich seine Sonnenbrille auf die Nase gesetzt hat, und jetzt schon beinahe furchterregend aussieht, da seine Augen tatsächlich das Wärmste an ihm sind, stellt er sich vor mich und schließt den Verschluss. »Oh Baby, es geht beim Fahren nicht um Sexiness.« Er steigt auf die Maschine und deutet mir an, hinter ihm Platz zu nehmen. »Es geht um Freiheit.« Mit diesem Satz schmeißt er den Motor an. Mit zittrigen Knien schwinge ich mich über die Maschine und schlinge die Arme um Drax' Bauch. Seine Muskeln spannen sich kurz an, bevor wir uns in Bewegung setzen.

Mit einigen knappen Handzeichen lotse ich ihn die Straßen entlang, schließe aber immer wieder die Augen, um die Luft in meinem Gesicht zu genießen. Ein Hauch wird zu einem Sturm. Ein Gefühl wird zu einem Rausch. Mein Inneres brodelt, während Drax seine Maschine immer schneller antreibt. Immer mehr Gas gibt, immer wieder seine neuen

Grenzen austestet. Die Häuser werden immer schäbiger, die Straßen immer dreckiger, die Gruppen vor den Häusern immer häufiger. Doch nichts davon macht mehr einen Unterschied. Alles, was ich spüre, ist dieses Chaos, das ich mit offenen Armen empfange. Es fließt durch meine Adern wie heißes Benzin.

Angst, Adrenalin, Leben. Freiheit.

Erst, als ich unser Haus in der Ferne entdecke, kommt die Beklemmung zurück. Mir wird übel, mein Bauch stellt sich auf den Kopf, mein Herz rast. Alles, was ich will, ist umkehren, doch das ist unmöglich. Ich schlucke, bevor ich Drax mit einer Handbewegung verdeutliche, dass wir da sind. In meiner persönlichen Hölle.

sechstes Kapitel

Luna

»Alles in Ordnung?« Erst, als Drax mir eine Hand auf die Schulter legt, registriere ich, dass ich unser Haus mit dem von Dreck übersäten Wellblechdach anstarre. Mit einem künstlichen Lächeln sehe ich zu ihm hoch. Ich weiß nicht, ob Drax versteht, wie schwer mir das hier fällt und wie sehr ich mich für mein Zuhause schäme, doch wenn er es tut, verbirgt er es sehr gut. Eigentlich hätte ich Mitleid in seinem Blick erwartet, aber das ist nicht der Fall. »Du musst nicht mit reinkommen.«

Seine Lippen haben sich zu einem schmalen Lächeln zusammengepresst. »Glaub mir, ich habe schon Schlimmeres gesehen.« Ich nicke, weil ich nicht weiß, was ich sonst machen soll. Dass die *Havoc Hearts* ein schönes und vergleichsweise ordentliches Clubhaus haben, ist in der ganzen Stadt bekannt. Viele Gangs wollten es bereits für sich beanspruchen, doch bisher hat sich niemand getraut, sich mit ihnen anzulegen.

Weil ich mich immer noch nicht rühre, geht Drax an mir vorbei und öffnet ohne ein weiteres Wort – und ohne anzuklopfen – die moosgrüne Tür, die ich eben aufgeschlossen habe und von der bereits die Hälfte der Farbe abblättert. Wären unsere Fenster eingeschlagen oder vergittert, könnte man beinahe denken, diese Bruchbude wäre verlassen. Ehe ich ihn aufhalten kann, ist Drax im Dunkel des Hauses verschwunden und lässt nichts als ein unangenehmes Kribbeln in mir zurück. Dies ist der Eingang zur zerbrechlichsten Ecke meiner Seele, und er ist ohne Zögern hineinmarschiert.

Tief durchatmend folge ich ihm hinein, wohlwissend, dass es jetzt ohnehin zu spät ist. Der übliche schale Geruch verpestet den

Eingangsbereich, in dem Drax stehengeblieben ist, und mich abschätzend mustert. Zumindest ist er nicht kopflos in die Räume meines Vaters gestürzt. Obwohl dieser gegen Drax nicht die geringste Chance hätte, kann ich einen Kampf nicht gebrauchen. Vor allem nicht, wenn Dad am Ende irgendetwas gebrochen hätte und ich mich auch noch um ihn kümmern müsste. Als ich neben Drax stehen bleibe, nickt er mir Mut machend zu, dabei kennt er meine Dämonen noch nicht einmal.

»Warte hier«, bitte ich flüsternd und öffne die Tür zum Wohnzimmer nur so weit, dass ich mich hindurch schieben kann.

Noch bevor er und die Person neben ihm mich bemerken, habe ich mir einen Weg über die Klamotten und Müllberge gebahnt, um das Fenster zu öffnen. Die Luft von draußen ist zwar nicht unbedingt frisch, übertüncht jedoch vielleicht den Gestank, der hier drin herrscht. Sobald die erste Brise die Beiden erreicht, schnaubt die Frau, die neben meinem Vater auf dem versifften Sofa liegt. Sie trägt nur Unterwäsche, die vor einiger Zeit wohl weiß gewesen ist, und ist so dünn, dass ich ihre Rippen zählen könnte.

»Was zur Hölle willst du hier?«, schimpft mein Vater, beachtet die Drogen vor sich auf dem Tisch jedoch bei weitem mehr als mich.

»Wer ist die kleine Bitch?«, giftet die Frau und wirft mir vernichtende Blicke zu. Vermutlich sieht sie in mir Konkurrenz. Oder jemanden, mit dem sie ihren Stoff teilen muss. Zweiteres ist bei genauerem Nachdenken wahrscheinlicher.

»Niemand.«

Ich ignoriere das Gespräch und stelle mich direkt vor meinen Vater, damit er mich ansehen muss. »Dad, ich schaffe es nicht, die Mädchen heute von der Schule abzuholen.«

»Und das ist mein Problem?«, fragt er schnaubend und drückt mich an der Hüfte zur Seite, sodass er sich wieder seinem Stoff widmen kann. Ich muss an die kleine Luna zurückdenken, die so sehnlichst von ihrem Vater beachtet werden wollte, alle ihre Bilder vorgezeigt und Lieder vorgesungen hat, und doch keine Sekunde seiner Zeit geschenkt bekam. Wieso zur Hölle fühle ich mich immer noch so, obwohl ich ihn doch mittlerweile kenne?

Seufzend beobachte ich ihn, während ich wiederum von seiner Freundin taxiert werde. »Kannst du bitte nur heute versuchen, ein sich sorgender Vater zu sein?«

»Mhm«, murmelt er, und zieht sich noch währenddessen eine Line Koks durch die Nase.

»Bitte.« Meine Stimme zittert und ich hasse mich dafür. Ich sollte es wissen. Ich sollte mittlerweile stark und abgebrüht sein. Aber ich bin es nicht. Nicht, wenn es um meine Schwestern geht.

Mit geschlossenen Augen lehnt er sich lässig nach hinten und verschränkt die Arme hinter dem Kopf. Ich wünschte, er könnte auch ohne das Koks so entspannt sein. »Schon klar! Jetzt hau ab, dein Boss bezahlt dich nicht fürs Pause machen.«

Als ich einen Körper hinter mir auftauchen spüre, zucke ich zusammen und presse die Augen zusammen. Wieso konnte er nicht einfach draußen warten? »Sie sollten sich überlegen, ob Sie wirklich so mit Ihrer Tochter reden wollen.« Drax' Stimme ist gespannt wie die Sehne eines Bogens. Er scheint wie ein Fels hinter mir Position eingenommen zu haben, denn als ich einen Schritt zurück mache, remple ich ihn an, ohne, dass er sich rührt.

»Und du bist?«, fragt mein Vater und mustert ihn mit glasigem Blick. Wäre er bei vollem Bewusstsein, würde er vielleicht kapieren, dass er besser den Mund halten sollte, doch in diesem Zustand habe ich ihn seit Jahren nicht mehr gesehen.

Drax ignoriert seine Frage und fährt ungerührt mit derselben Härte in der Stimme fort. »Ich habe einen Freund, der von dem Stoff runtergekommen ist. Es war nicht einfach, und er musste erst in den Knast, ehe er kapiert hat, dass dieses Zeug nur Unheil anrichtet. Sie können es auch schaffen und nicht mehr so ein Arschloch sein.«

Mein Vater winkt mit seiner knochigen Hand ab und schließt abermals die Augen. Die wenigen Haare, die ihm geblieben sind, kleben fettig an der Kopfhaut, sein Körper wirkt faltig und fahl. Vor mir sehe ich eher einen Toten als einen Mann, der sich um seine Töchter kümmern kann. »Halts Maul und verschwindet.«

Weil ich weiß, dass ich nichts mehr tun oder sagen kann, was diesen Mann auf dem Sofa davon überzeugen kann, aus der verkorksten Welt, die er sich geschaffen hat, auszubrechen, wende ich mich wortlos ab und stolpere beinahe hinaus. Draußen angekommen muss ich mich auf meine Beine abstützen, versuche gleichmäßig zu atmen, versuche zu vergessen. Doch wie sonst auch gelingt mir das nicht. Ich stecke fest in diesem Kreislauf aus Hass, Angst und Wut. Dieses Elend ist mein Leben, meine Welt. Und gäbe es meine Schwestern nicht, hätte ich dem längst ein Ende gesetzt. Auf die eine oder andere Art. Ich atme heftig, kann mein wild schlagendes Herz in meiner Brust spüren, sowie die aufkommenden Tränen.

»Alles okay?« Drax' Stimme ist ein leises Brummen, das mir durch Mark und Bein geht.

Mit geschlossenen Augen schüttele ich den Kopf. Ich bringe es nicht über mich, das Mitleid in seinen Augen zu erkennen und akzeptieren. »Es tut mir leid, dass du das mit ansehen musstest.«

»Hey, ist schon gut. Wie gesagt: Ich habe schon Schlimmeres gesehen.

Niemand kann etwas dafür, wo er geboren wurde. Du kannst nur bestimmen, wo du sterben wirst.«

Ich lache matt und schaffe es endlich, ihn anzusehen. Diese grauen, tiefen Augen in mein Herz blicken zu lassen. »Das ist ja beinahe philosophisch.«

Drax lächelt ein wenig, bevor er mir eine Hand aufs Kreuz legt, und mich in Richtung seines Motorrads lotst. »Komm, ich bringe dich zurück.«

Den Rest des Tages kann ich nur an Dad und meine Schwestern denken. Je näher die Zeiger an die Uhrzeit rücken, an der sie Schulschluss haben, umso sicherer bin ich mir, dass er sie nicht abholt. Es wäre nicht das erste Mal, dass die Mädchen einige Stunden auf mich warten. Sie verlassen sich auf mich, vertrauen mir, und immer wieder muss ich sie enttäuschen.

Der Laden füllt sich mit einem Mal so schnell, dass ich keinen einzigen Gedanken mehr an sie verlieren kann, ohne einen Fehler zu machen. Und das ist das letzte, was ich mir erlauben darf. Erst, als alle Gäste versorgt sind, und die ersten sich bereits auf den Heimweg machen, wage ich es, Jay zu bitten, mich gehen zu lassen. »Hast du keine Augen im Kopf? Es sind immer noch Gäste da, die du bedienen sollst.«

Frustriert raufe ich mir die Haare und werfe einen Blick über die Schulter hinaus, wo die Sonne allmählich untergeht. »Bitte, Jay! Meine Schwestern warten auf mich.«

»Ich übernehme ihre Kunden«, meldet sich Zoe hinter mir zu Wort. Sie sieht müde und ausgelaugt aus. Tiefe Augenringe blitzen unter den Schichten ihres Make-Ups hervor, die sie in wenigen Augenblicken wieder überschminken wird. Mit weit aufgerissenen Augen sehe ich zwischen Jay und Zoe hin und her. Er sieht nicht besonders begeistert aus, nickt dann aber schließlich, und mir fällt ein Stein vom Herzen. Seufzend werfe ich mich meiner Freundin um den Hals und danke ihr von tiefstem Herzen, bevor ich meine Klamotten aus dem Spind fische und in die Dämmerung laufe. Gerade will ich im Laufschritt um die Ecke biegen, als ein Bär von einem Mann sich mir in den Weg stellt. Da ich nicht schnell genug bremsen kann, remple ich ihn mit meinem ganzen Körper an, doch der Mann gibt keinen Zentimeter nach. Hastig sauge ich die Luft, die durch den Aufprall aus meinen Lungen gepresst wurde, wieder ein und erstarre sogleich, als ich ihn mir genauer ansehe. Schwarze Augen. Ein dichter Vollbart umrahmt das vernarbte Gesicht und lässt ihn wie einen Barbaren aussehen. Auf dem kahlgeschorenen Schädel prangt das riesige Bild einer schwarzen Witwe. Mir stockt der Atem, meine Haut beginnt zu prickeln und alles in mir ruft mir zu, brüllt mich an, abzuhauen. Doch der Kerl umfasst mit beiden Händen meine Arme, als wären sie nicht dicker als Streichhölzer.

»Hilfe!«, rufe ich, oder ist es doch eher ein Wispern? Ich versuche, mich aus seinem Griff zu befreien, doch es ist zwecklos. Seine Hände umklammern mich wie Schraubzwängen. »Loslassen!«, versuche ich es erneut mit zusammengebissenen Zähnen und klinge ein kleines Bisschen ernstzunehmender als vorher.

»Ich soll dich abholen«, knurrt der Riese, völlig unbeeindruckt von meinem Versuch, mich von ihm zu lösen. Bei seinen Worten jedoch halte ich inne und hebe verwirrt eine Augenbraue.

»Abholen?«

»Wie deine Schwestern«, sagt er und will mich bereits mit sich ziehen, als etwas in mir stirbt … oder gerade erst zum Leben erwacht. Meine Schwestern. Mein Blick trübt sich, sowie meine Furcht. Alles, was bleibt, ist mein Beschützerinstinkt. Ich weiß nicht, wie ich es schaffe, aber ich reiße ihm meine Arme aus den Händen und schlage wie eine wild gewordene Furie auf ihn ein. Wahrscheinlich fühlt es sich für ihn an, als würde ein Welpe auf ihm herumtrampeln, aber das ist mir egal. Was zur Hölle hat dieser Typ mit meinen Schwestern gemacht? Ich sehe rot. Sehe sie vor mir, male mir die schlimmsten Szenarien aus.

Mir wird schlecht.

Aber ich schlage immer weiter. Kratze über seine stahlharte Haut.

Doch der Kerl unternimmt nichts dagegen. Ich glaube, er lächelt sogar.

»Beruhig dich. Drax schickt mich.« Ich versteife mich und starre ihn an. Das schiefe, schmale Lächeln liegt immer noch auf diesem furchteinflößenden Gesicht und scheint völlig fehl am Platz zu sein.

»Drax?«, frage ich und klinge sicher wie eine Idiotin.

»Genau. Komm mit!« Ohne auf eine Antwort zu warten, marschiert der Riese vor zu einem giftgrünen Motorrad und reicht mir, wie Drax heute Mittag einen Helm.

»Ich versteh das nicht«, sage ich, während ich mir die Nussschale aufsetze. Obwohl ich immer noch skeptisch bin und dem Kerl nicht wirklich über den Weg traue, werde ich ihm wohl folgen müssen, oder? In diesem Augenblick ist egal, was mein Bauchgefühl sagt, oder mir irgendwelche Instinkte raten. Ich muss zu meinen Schwestern. Und wenn Drax etwas damit zu tun hat, kann es ja nicht so schlimm sein. Zumindest hoffe ich das.

»Deine Schwestern sind bei uns.« Der Riese wirft den Motor an und fährt so abrupt los, dass ich mich erst im letzten Moment an ihm festkrallen kann.

»Und wieso hast du das nicht gleich gesagt, anstatt mich so zu erschrecken?«, rufe ich dem Fahrtwind entgegen. Geschwindigkeitsvorschriften scheinen diesem Typen noch mehr am Arsch vorbei zu gehen als Drax, denn innerhalb von ein paar Sekunden ist das Restaurant außer Sichtweite.

Er zuckt mit den Schultern »Ich bin Tiny.«

Tinys Fahrstil ist so geschmeidig wie rasant, dass es nur wenige Minuten dauert, bis ein großes, weißes Gebäude in unser Sichtfeld rückt. Es ist sogar größer als der Sitz der Stadtverwaltung. Noch bevor die Maschine steht, hieve ich mich hinunter und laufe zum Eingang. Den Helm klemme ich mir unter den Arm. Während ich noch an die Tür hämmere wie eine Verrückte, marschiert Tiny wortlos an mir vorbei und drückt die Klinke hinab. Offensichtlich haben sie nicht die Befürchtung, ausgeraubt zu werden. Mit einer Handbewegung weist er zu einer Tür, direkt neben dem Eingang, die ich stürmisch öffne.

Im Innern finde ich ein gemütliches Fernsehzimmer wieder. Auf dem beigen Teppich, der den ganzen Raum einnimmt, hocken meine Schwestern und zwei Frauen, die ich noch nie gesehen habe.

»Hallo Schätzchen«, begrüßt eine der Frauen mich lächelnd, sodass der Kopf meiner jüngsten Schwester, die auf ihrem Schoß sitzt, sich abrupt hebt. Ein so breites Lächeln liegt auf Emilias Gesicht, wie ich es schon lange nicht mehr gesehen habe, als sie aufspringt und mir in die Arme läuft. Ich knie mich hin, damit ich sie nicht tragen muss. »Hallo Spätzchen, geht's euch gut?«

Emilia nickt und schmiegt sich eng an mich, während Celia und Gemma ebenfalls von ihren Plätzen aufstehen. Gemma schiebt sich mit beiden Händen ihre blonde Haarpracht aus dem Gesicht und bleibt direkt vor mir stehen, sodass ich zu ihr hochblicken muss. »Daisy und Trish haben mit uns Hausaufgaben gemacht und dann durften wir mit der Katze spielen -«

»Und malen«, unterbricht Celia ihre ältere Schwester, die ihr nur böse Blicke zuwirft.

»Ich war dabei, Luna zu erzählen, was wir gemacht haben.«

Ein sanftes Lachen erinnert mich daran, dass wir nicht alleine sind. Ich richte mich wieder auf, ziehe meine Hotpants ein Stückchen tiefer, obwohl das kaum einen Unterschied macht, und gehe auf die beiden Frauen zu. Ich kenne sie nicht, doch sie haben eine Wärme in ihren Augen, dass ich mich sofort wohl fühle. »Wir haben uns ganz fantastisch amüsiert, nicht wahr?«, fragt die Ältere meine Schwestern, die sofort im Einklang nicken. So langsam entspanne ich mich wieder und registriere, wie verrückt es von mir war, einfach mit Tiny mitzufahren. Er hätte ein Irrer sein können, der mir irgendeine Geschichte erzählt. Als ich daran denke, dass auch meine Schwestern ihm einfach vertraut haben, schüttelt es mich. Darüber werde ich noch mit ihnen sprechen müssen!

»Und wir würden auch noch ein bisschen länger auf die Mäuse aufpassen, wenn du …« Die beiden Frauen, die offensichtlich ebenfalls Schwestern sind, sehen sich verschwörerisch an, dann lächeln sie in meine Richtung. »Wenn du noch mit Drax reden willst.«

Mit einem fragenden Blick will ich von meinen Schwestern wissen, ob das für sie in Ordnung ist, doch diese sitzen bereits wieder neben Trish am Boden und kritzeln etwas auf ein Blatt.

Daisy springt auf, nimmt mich bei der Hand und führt mich ohne auf eine Antwort zu warten, durch ein großes Wohnzimmer eine Treppe hinab. Ich bin mir sicher, dass ich noch nie im Leben in einem so schönen Haus war. Obwohl das hier offenbar ein Kellergeschoss ist, ist der Flur hell und großzügig aufgeteilt. Aus der einen Ecke höre ich laute Stimmen und

Musik, doch Daisy führt mich in die andere Richtung und zeigt auf eine Tür. »Wahrscheinlich sind Jo und Jasper bei ihm, aber geh einfach rein. Er erwartet dich.« Mit einem Zwinkern kneift sie mich in die Seite und lässt mich alleine zurück. Ich zupfe an meinem Top und der Hose, und richte mein Haar, das von der Motorradfahrt völlig durcheinander ist. Die Stimmen im Innern des Zimmers dringen nur leise zu mir hindurch, dennoch verstehe ich jedes Wort.

»Becks will davon nichts wissen, aber ihr wisst ja, dass ich es nicht ignorieren kann.«

»Wir verstehen dich, Bro.«

Weil ich befürchte, dass ich noch ewig vor dieser Tür stehen könnte, klopfe ich an und öffne sie ein Stückchen. »Hey, Drax.«

»Hey.« Er wendet sich den beiden Kerlen zu, die mich mit einem schiefen Grinsen begutachten. Sie sind eindeutig Zwillinge. Beide ebenso muskulös und doch sehniger als Drax. Der eine hat die Haare lang, der andere auf wenige Millimeter gekürzt, dennoch sind ihre Gesichter identisch. »Falls ihr etwas herausfindet, sagt mir Bescheid, okay?« Sie nicken, bevor sie uns alleine im Zimmer – in *seinem* Zimmer – lassen.

Drax stößt erschöpft die Luft aus. »Tut mir leid, dass ich dich nicht selbst abholen konnte, aber mein Onkel brauchte mich.«

Ich winke ab und sehe mich in dem Raum um. Es ist aufgeräumter als ich gedacht hätte und doppelt so groß wie mein eigenes. »Ich wollte dir danken.«

Lässig lehnt er sich gegen die Wand und beobachtet, wie ich mich unverhohlen in seinem privaten Reich umsehe. »Das musst du nicht.«

Ich bleibe stehen, drehe mich in seine Richtung und versuche herauszufinden, ob er das ernst meint. »Das ist nicht selbstverständlich,

Drax. Sowas Nettes hat noch nie jemand für mich gemacht.«

Er zuckt die Schultern. »Vielleicht bin ich doch nicht so egoistisch, wie du dachtest.«

»Sieht ganz so aus.« Langsam gehe ich einen Schritt auf ihn zu. Sein Mundwinkel zuckt, er kommt wie ich einen Schritt näher, sagt aber kein Wort. Meine Mundwinkel ziehen sich ebenfalls hoch, doch anders als Drax, kann ich es nicht verhindern, während wir uns einander immer weiter nähern. Das dämliche Grinsen auf meinem Gesicht wird von meinem pochenden Herzen begleitet. Als ich nur noch einen Schritt von ihm entfernt stehen bleibe, vergeht mir das Lächeln und alles was bleibt, ist dieses Pochen. Wieso schlägt mein Herz so schnell? Wieso fühlt es sich an, als würde gerade etwas Wichtiges geschehen? Und wieso ziehe ich mich nicht zurück, wie ich es sonst immer tue, wenn es ernst wird? Als ich den Blick hebe und dabei zusehen kann, wie aus dem Grau Schwarz wird, weiß ich wieder wieso. Diese Augen hatten mich seit dem ersten Blick in ihrer Gewalt. Langsam hebe ich die Hände und lege sie auf Drax' stählerne Brust. »Und außerdem bekomme ich dein Versprechen nicht mehr aus dem Kopf.«

»Luna« sagt er mit verkniffenem Blick und hält meine Hände fest umschlossen, sodass sie nicht weiter über seine Brust streichen können. »Ich habe das nicht getan, um eine Wiedergutmachung von dir zu bekommen.«

»Ich weiß«, hauche ich, befreie meine Hände, um sie demonstrativ hinter seinem Nacken zu verschränken. Sein Gesicht ist so nah, sein Duft, der mich jetzt nicht mehr an Regen, sondern an Sommer erinnert, steigt mir in die Nase und vernebelt mir die Sinne. Ich muss schlucken und auch Drax' Kehlkopf hüpft verräterisch.

»Ich bekomme immer, was ich will«, hauche ich, während ich die weiche Haut in seinem Nacken streichle. »Und seit Wochen will ich nur Eines!« Ehe ich es mir anders überlege, senke ich meine Lippen auf seine nieder. Ich habe nie geglaubt, dass ein Kuss die Macht hat, einem den Atem zu rauben, doch in dieser Sekunde werde ich eines Besseren belehrt.

Drax zieht scharf die Luft ein und fixiert mich mit seinen eindringlichen Blicken. »Das wird nicht gut ausgehen«, murmelt er an meinem Mund.

»Wieso sollten wir schon daran denken, wie es ausgeht, wo es doch gerade erst begonnen hat?« Wieder ziehe ich seinen Kopf näher und presse meinen Mund gegen seinen. Endlich und ohne weitere Widerworte umfasst Drax meine Hüfte, zieht mich sanft zu sich heran und öffnet meine Lippen, sodass seine Zunge meine eigene umspielen kann. Ich seufze, weil ich niemals gedacht hätte, dass es sich so befriedigend anfühlen kann, von jemandem zurückgeküsst zu werden. Alleine dieses vorsichtige Spiel und das Versprechen auf mehr lassen mich feucht werden. In einer geschmeidigen Bewegung hebt er mich hoch, trägt mich ein Stück und setzt mich auf seinem Schreibtisch ab. Es dauert nicht lange, bis sich unsere Zungen wiederfinden und nun in einen feurigen Tanz verfallen. Seine rechte Hand liegt auf meinem Kreuz und presst meinen Unterkörper immer fester gegen seinen, sodass ich die Härte in seiner Hose unvermittelt spüren kann, während die andere Hand in meinem Nacken liegt und mich fixiert. Ich bin dankbar, dass er mich hält, weil ich sonst zittrig auf der Platte liegen würde. Seine Küsse sind tief, energisch und unfassbar prickelnd. Als ich meine Gedanken und Gefühle endlich soweit geregelt habe, übernehme ich selbst auch wieder einen Teil der Kontrolle und vergrabe die Finger in seinem wirren Haar, während ich beginne, meinen Unterleib langsam kreisen zu lassen. Drax stöhnt in meinen Mund und lässt mich damit beinahe vor Verlangen aufschreien. Ein elektrisches Kribbeln durchströmt meinen Körper. Immer fester presse ich mich an ihn, will ihn überall spüren. Immer wieder lösen wir uns voneinander, um Sekunden später wieder diesem leidenschaftlichen Spiel miteinander zu verfallen. Wir necken uns, fordern uns heraus, genießen. Als Drax seine Hand von meinem Kreuz löst, um sie ebenfalls an meinem Hals abzulegen, erschaudere ich am ganzen Körper. Kurz nimmt er meine Unterlippe zwischen die Zähne, bevor er seinen herrlichen Mund komplett von meinem löst. Stöhnend werfe ich den Kopf in den Nacken, als er beginnt, sich meinen Hals hinab zu küssen. Ich weiß, dass ich das hier unterbinden muss. Ich bin nicht so leicht zu haben, auch, wenn es mir in diesem Moment mehr als schwerfällt, meinen Prinzipien treu zu bleiben. »Drake«, hauche ich.

»Mh«, knurrt er, während er sich weiter an meinem Hals hinabküsst. »Ob ich das so gut finde, wenn du mich so nennst?«

Ein raues Lachen entfährt meinem Hals. »Ich befürchte nicht.«

Drax' Gesicht taucht wieder vor mir auf und spiegelt höchstwahrscheinlich genau das wider, was auch ich fühle. Lust, Leidenschaft, aber auch die Einsicht, dass es besser so ist. »Es kommt nie etwas Gutes dabei raus, wenn man mich beim Namen nennt.« Ein letztes Mal ziehe ich ihn wieder an mich, um seinen Geschmack und die Wärme seiner Haut in Erinnerung zu bewahren, bevor ich vom Schreibtisch springe und rückwärts die Zimmertür ansteure. Die ganze Zeit über liegen seine Augen auf mir. »Hast du nicht noch etwas, wofür du dich bedanken musst?« Er kommt lachend ein Stück näher. »Ansonsten finde ich bestimmt einen Grund, mich bei dir zu bedanken.«

Ich spüre, dass meine Mundwinkel wieder dieses dämliche Grinsen auf mein Gesicht zeichnen wollen, und sich meine Wangen rot färben, was nicht zu mir passt und meinem Vorhaben die Macht nehmen. »Vielleicht musst du dich ein bisschen mehr anstrengen, damit es nächstes Mal reicht.« Ich stoße mit dem Rücken gegen die Tür, während Drax immer näherkommt. Bedrohlich. Verführerisch. Er stoppt erst, als sein Körper meinen berührt, mich federleicht gegen das Holz drückt.

»Einverstanden«, flüstert er in mein Ohr, und drückt die Klinke hinab. Eiskalte Schauer überströmen meinen Körper und hinterlassen eine Gänsehaut. Die Tür öffnet sich, wodurch es sich plötzlich so anfühlt, als würden wir eine Blase verlassen. Drax geht vor, sodass ich ihm folgen kann. »Ich bringe euch nach Hause«, sagt er und führt mich wieder den Flur und die Treppe hinab.

»Wir kommen schon klar, danke.«

»Das war keine Bitte«, murmelt er und öffnet die Tür, hinter der meine Schwestern warten. Lächelnd drehe ich mich um, schiebe ihn so zur Seite, dass niemand uns sehen kann, und küsse ihn flüchtig. »Und von mir war es kein verpflichtetes Ablehnen. Wir kommen schon klar«, flüstere ich, drehe mich auf den Fersen um, und betrete das Zimmer. Wenn er mich noch einmal wiedersehen will, wird er meinem Wunsch nachkommen. Ich stehe auf Autorität und manchmal auch darauf, die Macht abzugeben, doch niemals wird ein Mann mich bevormunden. Niemals werde ich einem Menschen so sehr verfallen, dass ich meine Eigenständigkeit aufgebe.

siebtes Kapitel

Drax

Die halbe Nacht habe ich kein Auge zugetan, weil ich erstens ununterbrochen an Luna denken musste, und zweitens im Internet nach Hinweisen zum Aufenthaltsort der *Black Slayers* gesucht habe. Über kurz oder lang werden sie wieder auftauchen, oder ihren Standpunkt preisgeben, doch wenn dieser Zeitpunkt kommt, werden wir im Nachteil sein. Tiny hat den Kerl, der sich an meine Fersen geheftet hatte, aufgespürt und ihn am eigenen Leib spüren lassen, was es bedeutet, sich mit einem von uns anzulegen. Hätte ich gewusst, dass sie ihn suchen, wäre ich selbst losgezogen, doch immer noch behandeln mich alle wie ein Kind. Becks will nicht einsehen, dass die Zeit weitergelaufen ist. Ist wie besessen, dem Versprechen meiner Mutter gegenüber standhaft zu bleiben, dass er die Wahrheit nicht sehen will. Diese Männer sind gefährlich. Sie wollen unser Chapter einnehmen und da wird sie ein bisschen Rumgeprahle und Machthaberei nicht lange aufhalten. Jo und Jasper sind die einzigen im Club, denen ich in dieser Sache vertrauen kann. All die anderen kämen nie auf die Idee, Becks' Entscheidungen anzuzweifeln.

»Drax!«, säuselt Jo, der wie ein Schatten hinter mir auftaucht.

Genervt stoße ich die Luft aus. Ich hasse es, wenn er das tut. »Du sollst nicht einfach in mein Zimmer kommen, Arschloch!«, brumme ich, während ich weiter eine Spur verfolge.

Jo lacht kehlig. »Wegen deiner Neuen? Du hast verdammtes Glück, dass die Frauen der Brüder tabu sind.«

Mit gehobener Augenbraue und verschränkten Armen drehe ich mich auf dem Stuhl zu ihm um. »Ach, und du denkst, du könntest sie mir andernfalls wegnehmen?«

Sein breites Grinsen entblößt eine weiße Zahnreihe. Der rechte Schneidezahn fehlt und der nebendran ist halb abgebrochen. »Immerhin hast du sie nicht zum Schreien gebracht.«

»Halts Maul«, lache ich und wende mich kopfschüttelnd wieder meiner Recherche zu.

»Hey! Was hast du eigentlich vor, wenn du einen der Dreckssäcke findest?«, fragt er und kniet sich neben mich, um ebenfalls auf den Bildschirm sehen zu können. Mein Magen verkrampft sich, wenn ich daran denke. Am liebsten würde ich einen dieser Kerle umlegen, aber es reicht mir nicht, einen der Handlanger dranzukriegen. Denjenigen, den ich tot sehen will, ist Miguel Ramirez. Der Präsident der *Black Slayers*. Allerdings agiert der Kerl schon seit Jahren im Untergrund und wurde von niemandem außerhalb seines Clubs jemals gesehen. Sein Sohn hingegen hinterlässt Spuren, wo auch immer er auftaucht.

»Lass das mal meine Sorge sein«, murmle ich, als plötzlich meine Tür aufgerissen wird. Privatsphäre ist in diesem Haus ein Fremdwort.

»Ich habe was!«, ruft Jasper, der sich grinsend zwischen dem Türrahmen abstützt, und ist sich unserer Aufmerksamkeit sicher. Abwechselnd gleitet Jos Blick von seinem Bruder zu mir, und als ich ihn ebenfalls ansehe, breitet sich ein breites Grinsen auf seinen Zügen aus. »Lasset die Party beginnen.« Etwas rührt sich in mir. Ein Gefühl, eine Beklemmung, die mich vor Jahren befallen und bisher nicht mehr losgelassen hat, beginnt sich zu regen. Zu zerbrechen und lässt etwas frei, was ich so lange Zeit versucht habe zu unterdrücken. Rachegelüste.

»Ihr wisst, dass ihr hiermit den Club verratet. Becks hat uns schwören lassen, die *Slayers* in Ruhe zu lassen.« Ich ziehe meine Kapuze über den Kopf, nachdem ich den Van am Straßenrand geparkt habe. Es war nicht einfach, den Transporter zu besorgen, ohne dass einer unserer Leute etwas davon mitbekommt. Jeder von ihnen hätte uns sofort bei Becks verraten. Loyalität und Treue sind die wichtigsten Grundsätze im Club.

Jasper, der auf dem Beifahrersitz hockt, lächelt mir aufmunternd zu. Mehr kann ich nicht erwarten. Er war nie jemand, der große Gefühle offenbart. »Nur, weil er es deiner Mutter versprochen hat.«

»Ich weiß.«

Jo steckt schnaubend den Kopf nach vorne und sieht mich unverhohlen an. »Er würde ihnen am liebsten eigenhändig die Ärsche aufreißen!« Er lässt den Blick nach vorne schweifen. Hat, wie ich, die Tür im Blick, die unter den roten Leuchtstoffröhren eine unnatürliche Farbe angenommen hat. »Dann heißt es jetzt wohl abwarten.«

Die *Black Slayers* haben ihre eigenen Schlampen, weshalb ich eigentlich nicht damit gerechnet hätte, den Sohn des Präsidenten in einem Puff aufzufinden. Zumindest nicht, ohne seine Bewacher. Doch offensichtlich sollen seine Brüder nicht wissen, dass es Ramon eher zu männlichen Betthäschen hinzieht als zu Frauen. »Wer hätte gedacht, dass uns Freunde im Schwulenpuff jemals zugutekommen würden«, lacht Jo, lehnt sich wieder glucksend in seinem Sitz zurück und verschränkt die Hände hinterm Kopf.

Anderthalb Stunden lassen wir die Tür nicht aus den Augen. Männer gehen hinein und kommen wieder hinaus. Als wir bereits glauben, dass unser Informant uns beschissen hat, entdecken wir ihn endlich. Jedes Mal, wenn sich die Tür öffnete und ein sich verräterisch umsehender Kerl in die Dunkelheit lief, zog sich alles in meinem Innern zusammen, doch jetzt, da er es wirklich ist, bin ich ganz ruhig. Eine Gelassenheit hat von mir Besitz genommen, die beinahe an Sorglosigkeit herankommt. »Seid ihr bereit, Jungs?«

Nickend geben sie mir zu verstehen, dass sie hinter mir stehen und auf meinen nächsten Zug warten. Mit angespannten Schultern öffne ich die Fahrertür und höre Sekunden später auch die andere Tür zuschlagen. Langsam und geräuschlos huschen Jasper und ich an der rotbeleuchteten Tür vorbei in die dahinterliegende Dunkelheit, während Jo den Van wieder startet und zu unserem Treffpunkt fährt. Die Luft ist schwül und droht Regen an, dessen Abkühlung ich liebend gerne annehmen würde. Meine Fußsohlen kitzeln, weil ich den Drang unterdrücke, zu laufen. Dem Kerl hinterher, um die ganze Sache hinter mich zu bringen. Wortlos folgen wir der schmalen Gasse. Hohe, alte Häuserwände umringen uns und lassen Ramons Schritte laut widerhallen. Er ist nicht besonders darauf bedacht, ruhig zu sein. Offensichtlich hat er nicht die Befürchtung, dass ihm hier jemand auflauern könnte. Er ist einer der Kerle, die denken, niemand könne ihnen etwas anhaben. Niemand würde ihnen jemals das Wasser reichen können. Und genau diese Selbstüberschätzung wird ihm heute zum Verhängnis. Mit jedem Schritt, jedem Gedanken darüber, was er für ein Typ ist, wächst die Wut in mir. Sie überschwemmt alles, nimmt meinen ganzen Geist und mein Denken ein, sodass mir die Aktion immer besser gefällt. Ramon Ramirez gehört zu der Sorte Mensch, für die ein Menschenleben nichts zählt, wenn es ihm keinen Nutzen einspielt. Sie vergewaltigen und töten, ohne mit einer Wimper zu zucken. Vielleicht fiel mir die Entscheidung, Ramon zu entführen, deshalb leichter als sie es sollte.

Sobald wir unserem Ziel langsam aber stetig näherkommen, nicke ich meinem besten Freund zu, damit er sich von mir entfernt. Wir werden ihn einkesseln.

Jasper schwingt sich im Laufschritt eine an der Wand hängende Feuerleiter hoch. Kurz quietschen die Scharniere und drohen uns zu entlarven, doch zu unserem Glück bellt in genau jenem Moment ein Hund in der Nachbarschaft und übertönt das verräterische Geräusch. Ich kann mir ein gewinnendes Grinsen nicht verkneifen.

»Ich hoffe, du hast dich gut amüsiert!«, rufe ich, als ich nur noch wenige Schritte von Ramon entfernt bin. Er bleibt auf der Stelle stehen und wirbelt mit der ausgestreckten Waffe zu mir herum. Weil ich weiß, dass für Typen wie ihn das Image manchmal wichtiger ist als das eigene Leben, lache ich matt und wedle mit einem Handy herum, auf dem einige verräterische Fotos von ihm zu finden sind.

»Schieß, und die ganze Nachbarschaft wird wissen, wo du dich nachts herumtreibst. Meine Freunde und ich haben Beweise, wo du deine Zeit verbringst.« Ich sehe das Flackern in seinen Augen, während ich ihm immer näherkomme. Ein Moment, in dem er erwägt, was schlimmer wäre. Doch wie er sich entscheidet, erfahre ich nicht, da ich im nächsten Augenblick beschleunige, sodass ich in wenigen Schritten an seiner Seite bin und die Waffe aus seiner Hand schlage.

»Fick dich, Arschloch!«, ruft er mit spanischem Akzent und greift ebenfalls an. Mit Fäusten drescht er auf Jasper ein, der hinter ihm auftaucht, während er sich aus meinem Griff freikämpft. Eines muss man diesem Wichser lassen: Kämpfen kann er. Gegen uns hat er dennoch keine Chance. Jo kommt jetzt ebenfalls um die Ecke gerannt, holt noch ehe er bei uns ist aus und schlägt mit der geballten Faust in Ramons Gesicht. Wieder und wieder.

»Verschwindet!«, knurrt Ramon und spuckt Blut. Ich schubse ihn von mir, damit die Jungs ihn fesseln können, doch obwohl sein Gesicht blutverschmiert ist, und er röchelnd auf den Knien vor uns hockt, bleibt noch so viel Überlebenswille, dass er sich in einer geschmeidigen Bewegung erhebt, Jos Messer aus dessen Scheide zieht und brüllend auf mich losgeht. Bevor wir reagieren können, sticht er damit auf mich ein und trifft mich am Bauch. Ächzend schnappe ich nach Luft. Instinktiv stoße ich Ramon von mir, was mich zusammenzucken lässt. Wie von Sinnen stolpere ich rückwärts, bis ich mit dem Rücken gegen die raue Hauswand pralle und lasse mich daran hinabsinken. Die Stelle, an der mich das Messer getroffen hat, fühlt sich an, als bestünde sie aus loderndem Feuer. Sterne tanzen in der sonst so dunklen Nacht vor meinen Augen. Ich schüttle den Kopf, um sie zu verscheuchen. Um klar zu bleiben. Mir wird schlecht, doch ich reiße mich zusammen, um nicht meinen ganzen Mageninhalt auf dem Pflaster zu verbreiten. Im nächsten Moment höre ich ein dunkles Knurren und Jasper wirft sich mit ganzem Körpereinsatz auf Ramon, dessen Hände rot gefärbt sind. Von meinem Blut.

Fluchend taucht Jo neben mir auf, beugt sich herab und sieht mich mit aschfahlem Gesicht an. »Drax! Fuck! Alles okay?«

»Stopf ihm einfach sein Maul!«, presse ich zwischen zusammengebissenen Zähnen hervor. Ich bekomme nur bruchstückhaft mit, wie Jo und Jasper Ramon fesseln und ihn mit gezielten Schlägen K.O. setzen. Erst, als ich sie sich entfernen sehe, zwinge ich mich wieder auf die Beine und folge ihnen zu dem Van, den Jo an dieser Seite der Gasse abgestellt hat.

Ramon unbeobachtet in den Van zu verfrachten ist in einer Gegend wie dieser einfacher als man vielleicht denkt. Selbst, wenn jemand uns gesehen haben sollte, hat sich niemand die Mühe gemacht, uns aufzuhalten. Wer weiß, wie oft sowas hier vorkommt. »Du solltest in ein Krankenhaus!«, protestiert Jasper, als ich zum wiederholten Mal beteuere, dass es mir gutgeht. Ein Krankenhaus steht nicht auf der Liste der Orte, die ich heute besuchen will. Als ich den Kopf erneut schüttele, scheinen sie ihre Versuche endlich aufzugeben.

»Was hast du jetzt mit Ramon vor? Ballern wir ihm 'ne Kugel durch den Kopf und werfen ihn den Schweinen als Warnung vor die Haustür?« Die Kuppe seiner Zigarette leuchtet rot, als Jo daran zieht, und seinem Bruder dann ebenfalls eine Zigarette reicht.

»Ich will Rache.« Zitternd fahre ich mir mit der Hand übers stoppelige Gesicht. Die Wunde an meinem Bauch brennt tierisch, aber das Adrenalin, das in diesem Moment meinen Körper durchflutet, lindert den Schmerz. Vorübergehend zumindest. Zum Glück hatten wir die nötigen Utensilien im Auto, um mich zu versorgen. Schon auf den ersten Blick habe ich erkannt, dass die Wunde nicht tief genug ist, um irgendwelche Organe zu verletzen. »Aber er ist nicht derjenige, den ich will.« Es wäre viel zu einfach, wenn es so wäre.

Jo tigert vor dem Van hin und her. Er schnippt bereits seinen dritten Zigarettenstummel in kürzester Zeit von sich und pustet den Qualm aus. »Ihn hat es auch nicht interessiert, als sein Vater deine Mutter gefoltert und zum Sterben weggeworfen hat.«

»Was ist dein Plan, Drax?«, unterbricht ihn sein Bruder, der ihn ebenso wie ich beobachtet, und wie immer ein bisschen pragmatischer denkt. Irgendwie hat Jos nervöse Art jedoch etwas Beruhigendes. Jasper und Jo wirken taff und stark, doch in Wahrheit ist das Schlimmste, was auf ihrer Liste steht, ein bisschen Drogendealen.

Ich atme tief durch, was mich zusammenzucken lässt. »Wenn Miguel seinen Sohn wiedersehen will, muss er sich für ihn opfern.«

Jo stoppt und starrt mich wie versteinert an. »Und du verlässt dich darauf, dass er das tut? Wir sollten ihm lieber den Kopf seines Sohnes vor die Tür legen, dann wird er schon aus seinem Loch hervorkommen!«

Mein Kiefer mahlt. »Ich will nicht Ramon umbringen, ich will Miguel in die Finger bekommen. Denkst du, er wird sich mir stellen, wenn sein Sohn tot ist?« Ich starre ihn an, lasse ihn keine Sekunde aus den Augen, bis er einknickt und wegsieht. »Entweder wir machen es auf meine Art, oder ihr haut ab.«

Als sie nichts erwidern und nur betreten auf den Boden starren, öffne ich die Beifahrertür und hieve mich umständlich hinein. Mit Schweißperlen auf der Stirn lehne ich mich erschöpft gegen die Kopflehne und schließe die Augen. So war das weiß Gott nicht geplant.

Schweigend durchqueren wir die Straßen. Wir haben den Ortsteil der Stadt erreicht, in dem nur noch sporadisch ein paar Häuser auftauchen. Wobei Ruinen das passendere Wort wäre. Und diese Ruinen gehören alle dem Club. Aus dem Augenwinkel erspähe ich mehrere Häuser, die von Gerüsten umstellt sind und den Anschein erwecken, als würden diese Bruchbuden renoviert werden. So verdient der Club sein Geld. Das ist es, was wir machen. Mit ihnen waschen wir Geld für jeden, der uns engagiert.

Nur noch vereinzelte Straßenlampen funktionieren und erhellen uns den Weg. Unser Ziel ist eines der zu renovierenden Häuser, bei dem gerade die ersten Arbeiten getan wurden. Daran wird also so bald keiner mehr weiterarbeiten. Die Firmen, die wir anstellen, beginnen nur grob mit den Arbeiten, damit wir den Schein wahren können. Hin und wieder wird an einigen der Häuser weitergearbeitet, doch dieses Schmuckstück wird vermutlich nicht so bald wieder in seinem Glanz erstrahlen.

»Werft ihn in den Keller und bindet ihn an. Wir kümmern uns die Tage um ihn!«, knurre ich, als wir ankommen, und versuche die Schmerzen zu verdrängen.

Erschöpft und mit geschlossenen Augen, lasse ich mich gegen die Kopflehne sinken, während Jo und Jasper den immer noch ohnmächtigen Ramon in das verlassene Haus tragen. Wir haben eine Kette im Keller angebracht, an die wir ihn fesseln, solange wir nicht anwesend sind. Ich hänge meinen Gedanken nach. Frage mich, ob ich mir vorgestellt habe, dass es sich so anfühlt. Habe ich nicht Befriedigung und Genugtuung erwartet? Habe ich nicht gedacht, dass ich glücklich wäre, endlich – nach all den Jahren – die Rache zu bekommen, die ich so lange herbeisehne? Dass es mich befreit, mir endlich zu nehmen, was ich will? Ihnen antue, was sie verdienen? Wieso nur fühle ich mich immer noch wie davor. Leer, verloren, machtlos?

Seit dem Überfall auf Ramon ist mittlerweile eine Woche vergangen. Eine Woche, in der wir versucht haben, ihn irgendwie zum Reden zu bringen. Wenn jemand weiß, wo Miguel sich aufhält, dann ja wohl sein Sohn. Ramon jedoch ist zäher als gedacht. Er schweigt mit geschlossenen Augen. Egal, wie sehr wir ihm zusetzen.

Sobald ich die Haustür laut krachend hinter mir ins Schloss fallen lasse, höre ich Daisys Stimme, die über die laute Musik hinwegdröhnt. »Luna wartet in deinem Zimmer auf dich!«

»Fuck!« Hastig stürme ich ins Bad, zerre mir mein Shirt über den Kopf, krame ein neues aus dem Wäschekorb und streife es über. Dann suche ich in den Schränken nach sauberen Verbandsmaterialien, die hier zu genüge herumliegen, da immer irgendwer von uns verletzt ist. Doch sobald ich den alten blutdurchtränkten Stofffetzen von meiner Wunde gelöst habe, höre ich die verräterische Diele im Wohnzimmer knarren, die wir alle schon kennen und gekonnt übersteigen. Plötzlich fühle ich mich ertappt und verstecke das Verbandszeug wie ein kleiner Junge hinter meinem Rücken, während Luna vor der Tür auftaucht und mich lächelnd mustert.

»Hat Daisy dir nicht gesagt, dass ich hier bin?« Weil ich hoffe, dass ich sie von meinem Zustand ablenken kann, gehe ich näher auf sie zu, schiebe sie sanft wieder zurück auf den Flur. Ihre eisblauen Augen liegen währenddessen ununterbrochen auf meinem Gesicht, und ein kleines Grübchen bildet sich an ihrem rechten Mundwinkel, das ich am liebsten sofort küssen würde. »Du hast dich seit einer Woche nicht blicken lassen.« Ihre Stimme klingt ein kleines Bisschen anklagend, ansonsten jedoch so verführerisch wie sonst.

»Hast du mich vermisst?«, frage ich mit einem schiefen Lächeln, das sich bei ihrem Anblick wie von selbst auf meinem Gesicht auszubreiten scheint.

»Ich würde nicht sagen vermisst, aber vielleicht war ich etwas enttäuscht.« Sie legt eine Hand auf meine Brust und bleibt stehen, sodass auch ich innehalten muss, und nimmt mir wie selbstverständlich das Verbandszeug aus der Hand, die immer noch hinter meinem Rücken ruht. Mit prüfendem Blick mustert sie die Verpackung und hält sie mir mit gerunzelter Stirn unter die Nase.

»Was ist passiert, Drax?« Es fällt mir schwer, einzuschätzen, ob sie sauer oder nur neugierig ist. Oder vielleicht eine Kombination aus beidem?

Weil ich weiß, dass ich ihr früher oder später ohnehin von der Wunde erzählen muss, beschließe ich, dass ich es ebenso gut jetzt tun kann. Also hebe ich nur flüchtig mein Shirt an und winke ab, als sei es eine Nichtigkeit.

»Ich bin unglücklich gefallen.« Das ist jedoch vermutlich die dämlichste Ausrede, die mir einfallen konnte, und ich rechne jeden Moment damit, dass Luna mir irgendetwas gegen den Kopf schmettert, oder wutentbrannt wegläuft, doch sie hebt nur ungläubig die Augenbrauen und kneift die Lippen zusammen.

»Mit einem Messer in der Hand? Drax, ich weiß, wie Stichwunden aussehen.« Es beunruhigt mich, dass sie nicht ausflippt und das Geschehene offensichtlich nicht so schlimm aufnimmt, als ich erwartet habe. Vielleicht hat diese Frau schon mehr gesehen, als ich dachte. Fast sanft nimmt sie meine Hand und zieht mich hinter sich her wieder zurück ins Badezimmer. Sie bewegt sich in meinem Zuhause, als wäre es ihres und aus irgendeinem Grund bringt mich das zum Lächeln. Vorsichtig lehnt sie mich rückwärts gegen das Waschbecken, kramt in den Schubladen, und positioniert sich wieder vor mir. Ihre tiefen Augen liegen auf meinem Gesicht, während sich ihre Hände unter mein Shirt schieben. Sie blickt auch nicht weg, als meine Augen tiefer gleiten. Zu ihrem Wahnsinnsmund, der halb geöffnet nur auf mich zu warten scheint. Ihre Hände bewegen sich bewusst. So, dass sie die Wunde nicht berühren. Mit einer fließenden Bewegung helfe ich ihr dabei, mir das Shirt, das ich eben erst angezogen habe, wieder über den Kopf zu streichen. Diese Frau schafft es, mich so sehr zu überraschen, dass mein Verstand sich zwischenzeitlich abschaltet. Immer noch steht sie ungerührt vor mir, die Hände wieder hinabwandernd. Ein Schauer läuft über meinen Rücken, und die kleinen Härchen an meinen Armen stellen sich augenblicklich auf, als sie den Bund meiner Hose erreichen und die Fingerspitzen sich langsam darunter schieben. Luna lächelt verführerisch, beugt sich vor, sodass ihre Lippen meine Brust berühren und langsam hinab zu ihren Händen gleiten. Währenddessen geht sie langsam in die Knie. Scheiße, am liebsten würde ich ihren Kopf umfassen und sie noch weiter hinab leiten, doch sie hält inne und sieht mich von unten an. Sie bereitet mir einen Anblick, der meiner Phantasie hätte entspringen können. Dieses wunderschöne Wesen, vor mir auf den Knien mit einem Blick, der jeden Kerl hart werden lassen würde. Während sie mich so ansieht, betasten ihre Finger sanft das heiße Fleisch. Ich zucke kaum merklich zusammen, halte ihrem Blick aber stand. Luna lächelt schief, sieht dabei ein bisschen zu schadenfroh aus.

»Das wird schon wieder«, diagnostiziert sie, tränkt das Tuch mit Desinfektionsmittel und drückt es auf die Stelle. Scharf ziehe ich die Luft ein und kralle mich mit beiden Händen in das Waschbecken in meinem Rücken. Dann greift sie um mich herum, nimmt das Verbandszeug und versorgt die Wunde, während ich nur dabei zusehen kann. Die Schmerzen sind schnell vergessen, weil ihre Finger immer wieder in Richtungen streichen, in denen sie von mir aus länger verweilen dürften. Als sie ihre Arbeit beendet hat, küsst sie meinen Bauch, meine Brust, streicht meinen Hals hoch, bis sich ihre Hände in meinem Haar vergraben und ihr Mund vor meinem schwebt. Dort bleibt er einige Augenblicke. Quälende Sekunden, in denen ich nur darauf warte, dass sie sich vorbeugt, um den Abstand endlich zu überwinden, doch Luna leckt sich nur kurz über die Lippen, ehe sie sich auf die Zehenspitzen stellt, um ihren Mund neben meinem rechten Ohr zu positionieren. Ihr heißer Atem streift mich, und ich beschließe, nicht länger zu warten. Sie will mich. So, wie ich sie will. Also umgreife ich ihre Hüfte und dränge sie gegen mich. Ein kurzes Keuchen entfährt ihrem Mund, der meinem Ohr immer näherkommt. Ich vergrabe die Nase in ihrem weißen Haar, das nach Sonne und ihrem Shampoo riecht, und streiche langsam ihren Rücken empor, bis sie erschaudert. Mit funkelnden Augen löst sie sich soweit von mir, dass sie wieder so vor mir zu stehen kommt, dass sich unsere Lippen wieder unerträglich nahe sind, ohne sich jedoch zu berühren.

»Ich muss jetzt gehen«, flüstert sie.

»Wieso?« Ist alles, was ich hervorbringe, und es klingt eher wie ein Knurren als wie ein Wort.

Ein spitzbübisches Lächeln umspielt ihren Mund, der den meinen immer noch nicht berührt. Dann beugt sie sich ein letztes Mal vor. »Das kommt davon, wenn man mich für dumm verkauft«, haucht sie mir verführerisch ins Ohr und wendet sich ab. Zähneknirschend und mit einem gewaltigen Ständer in der Hose lässt sie mich alleine zurück. Obwohl ich es vermutlich verdient habe, werde ich ihr das heimzahlen.

achtes Kapitel

Luna

»Das muss Schicksal sein, Mädels!«, ruft Sky zum wiederholten Mal an diesem Mittag aus. Während sie gerade die passende Haarfarbe für Zoe anmischt, schaut diese ihr prüfend über die Schultern. Sky hat bei sich selbst ein wenig herumexperimentiert und das Resultat sind kaugummiblaue Haare. Nicht ihre beste Wahl, doch in Wahrheit könnte sie auch gelbe Haare mit roten Punkten tragen und würde hinreißend aussehen. Grinsend versuche ich einen Rubiks Cube zu lösen, den ich unter Skys Bett gefunden habe. Seit wir drei uns kennen, kam es kein einziges Mal vor, dass wir alle gleichzeitig einen freien Tag hatten. Das grenzt eindeutig an ein Wunder. »Oder Jay ist einem Regenbogen so lange gefolgt, bis er den Topf voller Gold gefunden hat«, lache ich. Seit langer Zeit habe ich mich nicht mehr so unbeschwert gefühlt.

Zoe stößt Luft durch die Nase aus, was bei ihr einem Lachen am nächsten kommt. »Zuzutrauen wäre es ihm!«

Sky scheucht Zoe von sich und deutet ihr an, sich hinzusetzen. Ich freue mich schon darauf, wenn auch ich endlich meine Ansätze wieder blondiert bekomme. Das habe ich in letzter Zeit zu sehr schleifen lassen, und ich kann Drax deutlich ansehen, wie sehr ihm meine Haare gefallen.

»Aber jetzt erzähl mal!«, schnurrt Sky, als hätte sie in meinen Gedanken gelesen, dass ich gerade an ihn denke. Okay, besonders schwer ist das nicht, da mein verräterisches Gehirn – und ganz eventuell auch mein Herz – viel zu oft an ihn denken. Gekonnt steckt sie Zoes Haar zusammen und beginnt, die Farbe darauf zu verstreichen, während diese mich mit Argusaugen beobachtet.

»Was denn?«, frage ich und setze eine Unschuldsmiene auf. Natürlich weiß ich ganz genau, was meine Freundinnen wissen wollen.

Zoe verzieht die Lippen. Setzt diesen Sherlock Holmes Blick auf. Sie durchschaut mich. Hat es schon längst. »Du weißt, dass ich das Ganze für keine gute Idee halte, aber du weißt ebenfalls, dass ich fast so neugierig bin wie unser kleiner Schlumpf hier.«

Sky stößt ein lautes Krächzen aus und zwickt sie in den Nacken. »Meine Güte! Ich habe nur den falschen Ton getroffen!«

Ich ignoriere ihre Fragen, doch als ich langsam das Gefühl bekomme, in einem Verhör festzusitzen, frage ich mich, ob die Beiden sich vielleicht wirklich Sorgen um mich machen.

Sobald Zoes Kopf über und über in lila Farbe getränkt ist, beginnt Sky, die Blondierung für mich anzumischen. Auch, wenn meine Freundin manchmal tollpatschig und hibbelig wirkt, kann sie sich ebenso gut auf eine Aufgabe konzentrieren, der sie mit Leidenschaft nachgeht. »Hast du ihn schon einmal gefragt, womit die *Hearts* ihr Geld verdienen?«, fragt Zoe wie nebensächlich und pult imaginären Dreck unter ihren Fingernägeln hervor. Verräterischer geht es ja wohl kaum. Ich antworte nicht.

Immer wieder blickt Sky von der Schüssel, in der sie aus den verschiedenen Tuben einen blauen Chemiecocktail zusammenmischt, zu mir. Weil keine der beiden den Eindruck macht, als wollen sie das Thema wechseln, antworte ich seufzend. »Nein. Naja, einmal. Aber da war er im *Red Moon*. Wir haben nicht viel geredet.«

Sky schiebt die Schüssel zur Seite und lehnt sich so über den Tisch, dass ihre schlumpfblauen Haare über ihre Schulter fallen. »Ich habe gehört, sie fordern Schutzgeld ein«, flüstert sie geheimnisvoll.

Zoe schnalzt mit der Zunge und schüttelt den Kopf. Lila Farbe landet auf dem staubigen Linoleumboden neben ihr, doch niemand macht sich die Mühe, sie wegzuwischen. Skys Zimmer ist ein einziges Chaos. Und ihr scheint es zu gefallen. »Quatsch! Sie sind im Drogenbusiness!« Beide werfen mir fragende Blicke zu. Ich zucke nur augenzwinkernd mit den Schultern. Sollen sie sich doch ihren wilden Fantasien widmen. Weil es mir jedoch unangenehm ist, dass ich tatsächlich so gut wie nichts über Drax weiß, nehme ich mir vor, ihn heute Abend auszuquetschen. Da meine Schwestern auf einem Schulausflug sind, für den ich Monate lang gespart habe, habe auch ich heute zum ersten Mal seit Jahren einen freien Abend. Als ich Drax vor etwa zwei Wochen davon erzählt habe, hat er mich zu einer Party im Clubhaus eingeladen. Eigentlich hat er sogar meine Freundinnen und mich eingeladen, doch ich glaube nicht, dass ich schon bereit bin, die beiden mit dorthin zu nehmen. Im Moment lebe ich vielleicht noch in einer Blase, in der ich die Schwierigkeiten, die dort lauern, noch nicht ernst nehme. Doch ich befürchte, dass nur ein kleiner Piecks fehlt, um die Blase zum Platzen zu bringen. Und dazu bin ich ganz sicher noch nicht bereit. Ich bin noch nicht bereit, Drax und unsere gemeinsame Zeit aufzugeben. Die Angst, dass ich es selbst sein werde, die die Nadel zückt, beschäftigt mich seit Tagen. Seit dem Abend vor zwei Tagen, an dem ich ihn mit der Stichwunde gefunden habe, haben wir nicht mehr darüber geredet. Zwar habe ich so getan, als würde ich mir keine Sorgen machen, doch nur, damit ich nicht ausflippe. Ich bin nicht bereit, ihn gehen zu lassen, aber ich bin ebenso wenig bereit, mehr in ihm zu sehen als ein kleiner Flirt. Und diese Gefühle drohen diese Mauer zum Bersten zu bringen. Also seufze ich und versuche das Thema zu wechseln. »Könnten wir bitte über ein anderes Thema reden als über die kriminellen Geschäfte meines -«

»Deines?«, beginnt Sky.

»Freundes?«, ergänzt Zoe. Beide überrascht. Die eine erschütterter als die andere.

»Wir kennen uns noch gar nicht!« Ich schüttle hastig den Kopf. Zu eifrig, zu gewollt. »Unsere Körper harmonieren gut, das ist alles!«, rechtfertige ich mich mit einem tiefen Seufzer und lasse mich rückwärts in die Kissen fallen. Vielleicht ist es gar nicht so schlimm, dass wir nie am gleichen Tag frei haben.

»Süße! Das kannst du erst beurteilen, wenn ihr wirklich miteinander geschlafen habt!« Sky kommt zu mir hin, hockt sich im Schneidersitz vor mich und legt ihre frisch manikürten Finger auf meine Knie. »Ich glaube, dass ihr im früheren Leben unsterblich ineinander verliebt wart. Es war tragisch.« Sie nickt über ihre eigene Vermutung und kneift die Augen zusammen. »Aber ihr habt euch gegen die Gepflogenheiten hinweggesetzt und habt ein Leben im Versteckten geführt. Verboten, aber voller Leidenschaft.«

Zoe lacht auf. Ein viel zu unvertrautes Geräusch. »Wie zur Hölle kommst du auf so eine Idee?«

Skys weiße Zähne strahlen, als sie zu unserer Freundin hochsieht, die mit gekreuzten Armen gegen die Wand gelehnt steht. Sie zuckt mit den Schultern. »Ich habe viel Zeit zum Nachdenken, wenn ich mich um meine Mutter kümmere.«

Obwohl sie das ganz sicher nicht gewollt hat, hat dieser Satz die Stimmung im Raum verändert. »Wie geht es ihr?«, frage ich leise, während Zoe sich neben Sky sinken lässt und einen Arm um ihre Schultern legt. Sanft nehme ich Skys Hand. Obwohl die Farbe auf ihren Nägeln noch nicht trocken ist, verschränkt sie ihre Finger mit meinen. Sie lächelt matt. Falsch. Erschöpft.

Dann senkt sie den Blick zu meinen Beinen, auf denen nun blaue Nagellackflecken sind. »Mit jedem Tag ein bisschen beschissener.«

Den Rest des Tages verbringen wir mit Mädelskram, zu dem keine von uns normalerweise kommt. Chillen, eine eigene Pizza essen, ohne teilen zu müssen, tratschen, Maniküre, Pediküre und alles drum herum. Rundum: Wir genießen das Leben.

Nachdem ich mich von meinen Freundinnen verabschiedet habe, stürme ich in mein Zimmer. Im Moment will ich es dringend vermeiden, meinem Vater unter die Augen zu treten. Ist es egoistisch? Ja! Aber er würde mir nur den besten Tag seit Monaten verderben, und in dem Fall bin ich gerne einmal egoistisch. Vor meinem Kleiderschrank und der Frage, was ich anziehe, kommt dann jedoch die Ernüchterung. In dem notdürftig mit Panzertape zusammengeflickten Schrank befinden sich hauptsächlich Arbeitsklamotten. Knappe Shorts, noch knappere Oberteile. Dessous. Über Klamotten habe ich mir eigentlich immer reichlich wenige Gedanken gemacht, doch jetzt frage ich mich, wieso. Ich krame in dem Schrank herum, schiebe rote, schwarze, grüne Tops von rechts nach links und wieder zurück. Als ich gerade aufgeben und mich rückwärts aufs Bett werfen will, erinnere ich mich an das einzige Erinnerungsstück, das ich von meiner Mutter aufbewahrt habe. All den Rest, den sie mir geschenkt hat, um sich somit für ihre Fehler zu entschuldigen, habe ich entsorgt. Kopfüber werfe ich mich aufs Bett und wühle darunter herum, bis ich die rote Schachtel mit einer schwarzen Schärpe finde. Ich erinnere mich noch gut an den Tag, an dem sie damit vor meiner Tür stand. Es war der Tag nach meinem High-School-Abschluss. Sie hatte ihn vergessen. Hatte mich vergessen. Und dachte, ein Kleid in einer schicken roten Schachtel würde alles wieder gut machen. Ich glaube, das war das letzte Mal, dass sie sich überhaupt entschuldigt hat.

Mit zittrigen Fingern hieve ich die Kiste aufs Bett, puste den Staub vom Deckel und starre sie an. Mein Herz pocht, meine Arme fühlen sich mit einem Mal tonnenschwer an. So, als habe ich hier die letzte Erinnerung an eine Frau, die meine Mutter mal gewesen ist. Jetzt sitzt sie im Knast und schert sich einen Dreck darum, was mit ihren Mädchen passiert. Damals hatte sie zumindest noch ein bisschen mütterliche Gefühle. Ich schlucke den Kloß, der droht immer größer zu werden, herunter und reibe mir fahrig übers Gesicht. Mein Vater soll diesen Tag nicht verderben, und meine Mutter erst recht nicht. Mit angehaltenem Atem hebe ich den Deckel an und blicke auf ebenso rotes Papier, das seit Jahren unverändert darin liegt. Das Kleid darunter habe ich in einem neugierigen Moment angeschaut, doch niemals angezogen. Es fühlte sich falsch an. Und auch jetzt noch ist da etwas in mir, das den Deckel am liebsten sofort wieder auf die Kiste packen und alles unter dem Bett versauern lassen will. Doch dann wandert mein Blick wieder zu meinem Schrank und ich greife nach dem weichen Stoff. Es ist ein knielanges, schwarzes Kleid. Eigentlich viel zu schick, um in dieser Gegend damit herumzulaufen. Obwohl es keine Verzierungen hat, ist es wunderschön. Genau, wie in meiner Erinnerung. Schnell schäle ich mich aus meinen Klamotten – wohlbedacht, meine Frisur nicht zu vernichten – und steige in das Kleid. Der weiche, kühle Stoff fühlt sich angenehm und wundervoll auf meiner Haut an. Perfekt schmiegt es sich dagegen, folgt meinen Rundungen, legt sich um mich wie eine zweite Haut. Der Ausschnitt ist tiefer als gewöhnlich und lässt den

Spitzen-BH ein wenig hervorblitzen.

Langsam drehe ich mich vor meinem Spiegel und muss zugeben, dass mir der Anblick gefällt. Meine Mutter hatte Geschmack, das muss ich ihr lassen. Weil ich mich so jedoch nicht zu 100 Prozent wohlfühle, werfe ich mir eine schwarz-weiße College Jacke über und schlüpfe in meine Lieblingsschuhe. Schwarze, ausgeleierte Chucks. Hastig trage ich noch Wimperntusche und roten Lippenstift auf und hetze die Treppen hinunter zur Haustür. Als ich sie aufreiße, erstarre ich. Den Türgriff noch in der Hand, mustere ich das schwarze Motorrad, das sich königlich auf der sonst so schäbigen Straße präsentiert. Ein Lächeln schleicht sich auf mein Gesicht, das ich verberge, indem ich mich umdrehe, um die Tür abzuschließen.

»Wie lang stehst du schon hier?«, rufe ich über die Schulter. Ich höre Schritte, die schnell auf mich zukommen. Obwohl ich versuche cool zu bleiben, durchzuckt mich ein elektrisches Kitzeln, als seine Hand mich berührt. Es gefällt mir, wie sich seine Hand von hinten um meine Hüfte legt und nach vorne zu meinem Bauch wandert. Genüsslich schließe ich die Augen und dränge meinen Rücken gegen seinen festen Bauch. Auch, wenn ich ihn nicht sehen kann, spüre ich, dass es ihm gefällt.

»Seit einigen Minuten«, murmelt Drax in mein Ohr. Seine Lippen berühren es leicht und wieder durchfährt mich ein Schauder. Sein Atem riecht nach Pfefferminz.

Ich lecke mir unbemerkt über die Lippen, ehe ich mich umdrehe und ihn spielerisch anfunkle. Meine Hände wandern dabei über seine Brust. Es ist mir egal, wer uns beobachten könnte. In diesem Moment gibt es nur ihn und mich. »Und was, wenn ich noch Stunden gebraucht hätte?«

Sein rechter Mundwinkel zieht sich hoch. Ein einfach unwiderstehliches

Lächeln umspielt seine Lippen, als er sich erneut vorbeugt. »Dann hätte ich noch Stunden gewartet.«

neuntes Kapitel

Luna

Dass der Helm meine Frisur zerstört, interessiert mich nicht mehr. Alles, was ich spüre, ist die Aufregung und die Angst vor diesem Abend. Und das Adrenalin, das durch meine Adern pumpt. Die Fahrt ist so schnell vorbei, dass ich mir nicht einmal überlegen kann, wie genau ich Drax auf seine Wunde anspreche. Sobald er sich vom Motorrad hinabgeschwungen hat und neben mir steht, atme ich tief durch und nehme meinen Mut zusammen. »Drax?« Mist, ich klinge wie meine kleinen Schwestern, wenn sie mir etwas beichten wollen. Ich recke das Kinn.

»Luna?«, sagt er und nimmt mir den Helm ab. Ohne ein Wort geht er den gepflasterten Weg entlang, an dessen Seiten gleich mehrere Motorräder stehen. Wir befinden uns offensichtlich in einem Hinterhof. Das Gras der Wiese ist lang und ist durch die Hitze der letzten Wochen schon an einigen Stellen bräunlich verfärbt. Bis auf unsere Schritte ist es totenstill hier draußen. Eine Tatsache, die ich bei einer großen Party nicht erwartet hätte. Ich hole tief Luft. »Auf die Gefahr hin, dass du mich rausschmeißt und nichts mehr mit mir zu tun haben willst ...« Drax bleibt stehen, sodass ich in seinen Rücken hineinrenne. Er dreht sich um, und mustert mich argwöhnisch. Ich schlucke und binde mir rasch einen Zopf. Eine nervöse Angewohnheit. Die Locken, die Sky mir gemacht hat, sind damit endgültig hinüber. Drax' Blick liegt unverändert auf mir. »Woher stammt deine Verletzung?«

»Das kann ich dir leider nicht erzählen.«

»Üble Typen?«, mutmaße ich, befürchte aber im selben Moment, dass er mir nichts verraten wird.

»Luna!« Seine Stimme ist düster, fast drohend. Ich erzittere unter einem Schauder, der meinen Rücken hinabläuft. Seine Augen funkeln, genauso wie meine. Er will mich nicht einweihen, aber ich spüre, dass es gefährlich ist.

Meine Stimme klingt belegt. Belegter, als sie sollte. Belegter, als ich will.

»Du spielst mit dem Feuer, stimmt's?«

»Nein Luna, ich bin das Feuer.« Mit einem gequälten Gesichtsausdruck lässt er den Daumen über meine Unterlippe streichen, bis sie erzittert. »Und ich will nicht, dass du dich verbrennst.« Drax' Miene verändert sich. Seine starrköpfige Art fällt in sich zusammen.

»Ich bin verdammt resistent«, sage ich mit so tapferer Stimme wie möglich.

Er lacht kurz und matt. »Das glaube ich dir aufs Wort.«

»Hast du Angst, dass mir etwas zustößt, wenn du mir davon erzählst?« Drax fixiert mein Gesicht. Er beißt sich kurz auf die Lippe, verlagert sein Gewicht von einem Bein aufs andere. Ich habe das Gefühl, dass ich ihn jetzt soweit habe. Dass ich ihn jetzt dazu bringe, mir zumindest einen kleinen Anhaltspunkt zu geben, was ihn so sehr beschäftigt, doch dann öffnet sich die Tür und zwei Kerle gesellen sich lautstark zu uns auf den Hof. Drax lehnt sich noch einmal kurz vor, sodass seine Lippen beinahe mein Ohr berühren. »Pass bloß auf, wem du welche Fragen stellst. Diese Männer sind meine Brüder, aber auch Brüder haben Geheimnisse, die besser verborgen bleiben.« Ich erkenne die beiden Kerle. Es sind die Zwillinge, die ich vor ein paar Tagen in Drax' Zimmer gesehen habe. Sie kommen mit schiefem Grinsen auf uns zu. Der mit dem längeren Haar verbeugt sich feierlich vor mir und reicht mir die Hand. »Ich bin Jo. Freut mich, dich kennenzulernen.« Eine große schwarze Spinne ziert seinen

Handrücken, deren eklige Beine sich über die Finger erstrecken. Mit eben dieser Hand zeigt er auf seinen Bruder. »Das ist Jasper. Der böse Zwilling.«

»Ich zeige dir gleich, was der böse Zwilling draufhat«, lacht Jasper und schubst Jo zur Seite, sodass dieser ins Stolpern gerät, sich aber im letzten Moment noch gefangen bekommt. Beide sind offensichtlich angetrunken, doch solange sie friedlich sind, habe ich mit Betrunkenen kein Problem.

»Ich bin Luna«, stelle ich mich mit einem Lächeln vor und strecke Jasper ebenfalls die Hand hin, während Jo etwas torkelnd danebensteht.

Jo grinst breit, sodass ein Grübchen in seiner Wange entsteht, in dem bereits ein Piercing sitzt. »Schon klar. Drax ist unser bester Freund. Denkst du, wir wissen nicht, wovon er nachts träumt?«

Jaspers grüne Augen funkeln amüsiert, bevor er sich vorbeugt, um mir etwas ins Ohr zu flüstern. »Oder an wen er kurz vorm Schlafen denkt.«

»Ey! Ruhe jetzt«, droht Drax und zieht seinen Freund am Shirt von mir weg. Während Jo nicht mehr aufhören kann zu kichern, stemmt Jasper die Hände in die Hüfte und sieht mich mit einem halben Grinsen, halb ernst an. »Das ist echt nicht fair, Mädel! Den armen Kerl so lange zappeln lassen.«

»Komm wir gehen.« Drax greift nach meiner Hand, die so perfekt in seine zu passen scheint, und zieht mich sanft aber bestimmt hinter sich her. Dann dreht er den Kopf so, dass seine Freunde ihn noch hören. »Wenn ihr bereit seid, über eure eigenen erbärmlichen Liebesleben zu reden, könnt ihr ja wieder zu uns kommen.«

»Wir wollten doch nur helfen!«, ruft einer der beiden uns lachend hinterher, wird jedoch lediglich mit einem ausgestreckten Mittelfinger belohnt.

Ich folge Drax in das Kellergeschoss. Auf dem Weg dorthin strömen immer wieder ein paar Leute an uns vorbei. Kurz entdecke ich auch Daisy und ihre Schwester, welche schwere Kisten mit leeren Bierflaschen an uns vorbeischleppen. Sie nicken mir lächelnd zu, als wäre es überhaupt nicht überraschend, dass ich hier bin.

Bis auf Drax' Zimmertür stehen alle sperrangelweit offen. Laute Musik ertönt aus allen Zimmern, zum Glück jedoch immer dieselbe. Dieselbe dunkle Country-Rock-Musik, die so perfekt zu diesem Ort passt. Raue Stimmen, vibrierende Gitarrenklänge und eine Atmosphäre, als befände man sich in einer anderen Zeit. Einer anderen Welt. Die Gerüche von Gras und Alkohol liegen in der Luft und vermischen sich zu einer einzigen Duftwolke, die mir sofort den Hals verengt. Sie kommt genau aus dem Raum, den wir gerade zusteuern. Eine große Kneipe, in der mindestens zwanzig Männer und Frauen lauthals lachen und reden. In einer Ecke steht eine halbnackte Frau auf einem der Tische und bewegt sich zu ihrem eigenen geträllerten Lied. Nur ein paar Männer sitzen um sie herum, ignorieren sie aber weitestgehend. Erst, als sie umzukippen droht, hält einer sie mit seiner großen Pranke fest und bringt sie wieder ins Gleichgewicht. Wie angewurzelt bleibe ich stehen und versuche all diese Eindrücke in mir aufzunehmen. Die Luft ist stickig, obwohl auf der anderen Seite des Raumes eine Tür ins Freie führt. Drax, der immer noch meine Hand hält, bleibt ebenfalls stehen und wirft mir besorgte Blicke zu.

»Alles okay?«

Ich nicke und setze mich wieder in Bewegung. Solange er bei mir ist, kann mir schließlich keiner dieser Kerle etwas antun. Oder?

»Was willst du trinken?«, fragt er über die Musik hinweg und dirigiert mich auf einen der leerstehenden Hocker an der Bar.

»Ein Bier.« Er zieht eine Augenbraue hoch, geht um die Theke herum und befördert ein eiskaltes Bier auf einen Untersetzer vor mir. Ich muss lachen, weil ich kaum glaube, dass diese Untersetzer hier irgendeinen Nutzen haben werden. Dennoch lächle ich ihm dankend zu, während ich mich weiter umsehe. Den meisten dieser Männer würde ich nicht gerne in der Dunkelheit über den Weg laufen. Naja, eigentlich auch ungerne bei Helligkeit. Lange Bärte, bedrohlich aussehende Lederkutten, löchrige Jeans, und die meisten von ihnen sind nur so von Tattoos übersät. Eine kichernde Gruppe von jungen, knapp bekleideten Frauen torkelt in den Raum. Eine rothaarige Schönheit lässt ihre grasgrünen Augen über die Menge schweifen, bis sie schlussendlich bei Drax innehält. Das Strahlen, das ihre Lippen schmückt wird noch breiter. »Hallo, Hübscher! Lange nicht mehr gesehen!« Sie breitet die Arme aus und hüpft wie ein junges Reh auf ihn zu. Alles, was ich tun kann, ist sie anstarren. Und alles, was ich empfinden kann, ist Empörung. Ich arbeite in einem Stripclub, dennoch habe ich eindeutig mehr Würde als diese Person. Angewidert rümpfe ich die Nase, sage jedoch nichts, als sie sich um seinen Hals wirft und sich wie eine Python um ihre Beute schlingt. Drax mustert sie ungerührt, ehe er den Blick zu mir wandern lässt und langsam seine Hände um ihre Oberarme legt. Sie ist so schlank, dass sie komplett drumherum reichen. »Jessy«, sagt er und eine Mischung aus Verwirrung und Erinnerung schwingen in seiner Stimme mit. Langsam wendet er ihr das Gesicht zu und mein Inneres erbebt. Will er sie etwa küssen? Immer noch rege ich mich keinen Zentimeter. Zu meiner Überraschung jedoch schiebt er sie ohne die winzigste Regung seines Gesichts von sich. »Das mit uns ist längst vorbei. Ich dachte, das wäre klar.«

Überrascht hebt sie die viel zu stark geschminkten Augenlider. »Vorbei?« Sekunden später wandert ihr Blick von Drax zu mir. Anders als erwartet sieht sie nicht aus, als wolle sie mir die Augen auskratzen. Sie wirkt lediglich verwundert und ein wenig überrumpelt. »Hast du etwa eine Freundin, Süßer?« Ihre Mundwinkel zucken amüsiert, doch keineswegs gehässig. Ich starre sie mit offenem Mund an, ehe ich ihn genauso dämlich ansehe. Okay, das habe ich jetzt nicht kommen sehen! Ich habe damit gerechnet, dass sie die Krallen ausfährt und ihr Revier verteidigt, doch tatsächlich scheint sie sich für Drax zu freuen. Auch, wenn ich nicht wirklich seine Freundin bin. Aber so genau haben wir über diese ganze Sache ja noch nicht gesprochen. Als Kind war es in dieser Angelegenheit so viel einfacher. Man hat sich Briefchen geschrieben, die man dann ausgefüllt wieder zurückgeben konnte und jeder wusste, woran man war. Jetzt ist sowas schon deutlich schwieriger. Aber vielleicht ist es so auch besser. Solange Drax mir keinen Brief zusteckt, auf dem ich Ja, Nein oder Vielleicht ankreuzen muss, kann ich weiterhin so tun, als wäre das hier nichts weiter als ein kleiner Flirt. Ehe er auf Jessys Frage antworten kann, taucht ein fast zwei Meter großer Mann mit rotem Haar und einem ebenso roten Bart neben Drax auf und umfasst dessen Arm.

»Da bist du ja! Wir haben eine Nachricht von den *Black Slayers* bekommen. Vielleicht weißt du etwas darüber?«

»Ich kann gerade nicht, Becks.« Drax ist angespannt. Sobald dieser Typ neben ihm aufgetaucht ist, haben sich seine Muskeln angespannt und wirken bereit, zuzuschlagen. Ich halte den Atem an. Sehe zwischen den beiden Männern hin und her. Jessy schlängelt sich gekonnt aus der Schusslinie und winkt mir mit einem Augenzwinkern zu, bevor sie sich mit ihren Freundinnen an einen der Tische setzt. Becks pustet Drax den Qualm seiner Zigarre ins Gesicht. »Denkst du, dass mich das interessiert?«

»Ich bin bald wieder da«, knurrt Drax in Becks' Richtung, doch ich verstehe, dass er mit mir spricht. Sein Timing allerdings könnte nicht schlechter sein. Mit jeder Sekunde, in der er mit Rotbart verschwunden ist, fühle ich mich unbehaglicher. Nervös nestle ich an dem sich langsam aufweichenden Papier des Untersetzers herum.

Ich weiß nicht, wie lange ich alleine an der Bar sitze, doch als ich höre, dass neben mir ein Stuhl zur Seite geschoben wird, liegt der Untersetzer in winzig kleinen Schnipseln vor mir. Ich wage es kaum, den Blick zu heben, doch dann stupst mich etwas Nasses, Kaltes an. Ein Kätzchen. Klein und grau. Und auf dem Arm einer dieser Männer. »Hey Tiny!« Ich atme erleichtert aus, als ich ihn erkenne. Ist es paradox, dass ich mich gerade über das Auftauchen des Mannes freue, der mir schon einmal einen Heidenschrecken eingejagt hat und aussieht, als könne er mich mit nur einem Bissen runterschlucken?

»Luna.« Seine Stimme klingt wie ein dunkles Donnergrollen.

»Die ist ja süß«, sage ich lächelnd und streiche der Katze über den Kopf, bis sie beginnt wohlig zu schnurren. Er lacht rau, als die Kleine sich meiner Hand entgegenstreckt. »Willst du sie mal halten? Sie ist erst acht Wochen alt.«

Begeistert halte ich jetzt beide Hände hin, sodass er das Kätzchen mit leisem Miauen zu mir rüberreichen kann. Vergessen ist das Unbehagen, das ich eben noch gespürt habe. Menschen, die Babykatzen mögen, können überhaupt nicht so böse sein. »Ich liebe Katzen. Meine Schwester ist allergisch, deshalb haben wir unsere weggegeben. Aber wahrscheinlich war es auch besser für sie.« Tiny beobachtet uns mit verschränkten Armen und lächelt. Zumindest vermute ich, dass dieser Ausdruck auf seinem Gesicht, ein Lächeln sein könnte. Er sieht immerhin nicht mehr so aus, als wolle er mich verspeisen.

»Willst du auch ihre Geschwisterchen sehen?«

Nach reichlichem überlegen, ob es wirklich so klug ist, mit ihm mitzugehen - schließlich ist das doch der älteste Trick den es gibt, oder? - beschließe ich, dass es kaum schlimmer werden kann, als hier alleine zurückzubleiben. »Gerne.«

Ich bin erleichtert, dass Tiny mich nicht in eines der Schlafzimmer führt, sondern in das kleine Fernsehzimmer, in dem meine Schwestern gespielt haben. In der Ecke liegt die stolze Katzenmama auf einem rosa Handtuch und putzt ihre Kleinen. Kein Meter daneben wartet ein hübsches, kuschelig aussehendes Katzenbett auf die Familie, wird jedoch völlig ignoriert.

Als dieser Zwei-Meter-Mann sich im Schneidersitz vor den Kätzchen runterlässt, muss ich mein Lachen unterdrücken. Er wirkt wie ein kleiner Junge im Körper eines Bären.

»Wie viele Mitglieder habt ihr eigentlich?«, frage ich unauffällig, während ich ebenfalls neben ihm Platz nehme. Wenn Drax mir schon keine Informationen über sein Leben geben will, muss ich sie mir woanders besorgen. Wieso also nicht bei meinem Katzenbuddy?

»So genau weiß ich das gar nicht. Der Club ist mittlerweile so groß, dass man leicht den Überblick verliert.«

Ich sehe ihn verwundert an. »Und die leben alle hier im Haus?«

Tiny lacht. Eine Regung, die so gar nicht zu ihm passen will, ihn dennoch liebenswert wirken lässt. »Nein. Es gibt mehrere kleine Clubs.«

»Aha.« Weil ich nicht wirklich verstehe, was er mir damit sagen will, ich aber auch nicht wie eine völlige Idiotin dastehen will, nehme ich mir vor, Drax irgendwann darauf anzusprechen. »Gibt es auch Regeln im Club? Das alles wirkt für mich irgendwie so chaotisch.«

Tiny nickt knapp. »Ich bin der Sergeant at Arms.«

Ich hebe anerkennend eine Augenbraue, obwohl ich keine Ahnung habe, was ein Sergeant at Arms überhaupt macht. »Oh! Klingt wichtig!«

»Das ist es auch.« Er lächelt. Das war eindeutig ein Lächeln! »Ich kümmere mich um die Sicherheit und die Disziplin im Club.«

Schnaubend denke ich an die chaotische Meute aus der Kneipe. »Scheint mir eine schwierige Aufgabe.«

Er zuckt mit den Schultern. »Eigentlich nicht. Die Regeln sind klar und alle wissen, dass es Konsequenzen hat, wenn man gegen sie verstößt.« Weil seine Stimme bei der letzten Hälfte des Satzes einen finsteren Unterton angenommen hat, verzichte ich auf genauere Schilderungen. Es schüttelt mich allein bei der Vorstellung.

»Und welche Stellung hat Drax?«, frage ich stattdessen.

»Wenn es nach Becks ginge, hätte unser Goldjunge gar keine Stellung.« Rotbart!

Wäre ich ein Hund, würde ich die Ohren spitzen. So jedoch drehe ich mich nur in Tinys Richtung und beobachte ihn genau. »Verstehen sie sich nicht gut?«

Tinys dunkle Augen liegen unbeweglich auf meinem Gesicht und ich befürchte ganz, dass meine kleine Fragerunde bald ein Ende finden wird. Schließlich will ich nicht, dass er Rotbart erzählt, ich würde zu viele Fragen stellen. »Becks ist sein Onkel und macht sich ständig Sorgen um ihn.«

Überrascht hebe ich meine Augenbrauen. »Das hätte ich nicht erwartet.« Vor allem nicht, nach seinem Auftritt von vorhin. Ein sich sorgender Onkel sieht in meinen Augen anders aus. Doch in Wahrheit besteht mein Bild eines fürsorglichen Familienangehörigen völlig aus Filmen und Serien.

»Weil er so furchteinflößend aussieht?«, fragt Tiny mit einem rauen

Lachen, während er das Kätzchen zu seinen Geschwistern an die Zitzen seiner Mutter hängt.

»Nicht so furchteinflößend wie du ... aber ja.«

»Manchmal trügt der erste Anschein.« Als sein Gesicht weicher wird und er erneut offensichtlich lächelt, lächle ich zurück. Dann reden wir nicht mehr, streicheln nur die Katzen und schlürfen unsere Getränke. Wenn ich ehrlich bin, könnte ich den ganzen Abend hier sitzen bleiben. Mit einem Blick auf die Uhr stelle ich jedoch fest, dass wir schon eine halbe Stunde hier sitzen. Schweren Herzens beuge ich mich vor und gebe den Kätzchen Küsse auf den Kopf, bevor ich mich aufrichte und ein paar Krümel von Moms Kleid abklopfe. »Ich sollte jetzt zurück. Drax wartet sicher schon auf mich.«

Kurz hebe ich die Hand und verschwinde aus dem Zimmer. Wer hätte gedacht, dass es hier gar nicht so übel sein würde? Gedankenverloren laufe ich durch den Flur hinunter, wo immer noch großer Trubel herrscht, da werde ich am Arm gepackt und in ein Zimmer gezogen. Genaugenommen in Drax' Zimmer. »Da bist du ja! Ich dachte, du wärst gegangen.«

»Ich habe nur mit Tiny über den Club gequatscht.« Das Wort Club betone ich mit einem Zwinkern, und auf Drax' Gesicht entsteht ein schelmisches Grinsen. »Wieso willst du das alles wissen?«

»Weil ich mich für dein Leben interessiere«, erkläre ich schulterzuckend. Er soll auf keinen Fall denken, dass ich mich mehr als nötig um ihn bemühe.

»Ach, ist das so? Verliebst du dich jetzt etwa in mich?«, fragt er mit einem Augenzwinkern und legt die Hand um meine Hüfte. Aus der Berührung drehe ich mich jedoch schnell raus und starre ihn entsetzt an. Vor allem, weil ich spüre, wie ich rot werde. Eine Eigenschaft, die ich an anderen und auch an mir hasse. Es zeigt nur, wie schwach man in Wahrheit ist. Wie wenig Kontrolle man über seine Gefühle hat. Schnaubend wende ich ihm den Rücken zu und blicke mich trotzig in dem Zimmer um. »Du bist ein Idiot!«

Ich erschrecke, als er eine Sekunde später hinter mir steht, seine Hände an meine Hüfte legt und die Nase in meinem Haar vergräbt. »Das war ein Scherz. Es tut mir leid, okay?«, murmelt er. Der Schreck und meine falsche Wut weichen schnell etwas anderem. Etwas, das sich nach seinen Berührungen sehnt. Weil ich viel zu stur bin, sage ich immer noch nichts, doch als seine Hände langsam meine Arme hinunter streicheln, gebe ich dem Drang nach, mein Gesicht an seines zu lehnen. Er hat mich in seiner Macht. Er verändert mich. Lässt mich Dinge fühlen und tun, von denen ich nicht einmal weiß, wie sehr ich sie will. Ich fühle mich schwach, und doch will ich nichts dagegen unternehmen, sondern jeden Moment davon genießen. Immer weiter gleiten seine Hände über mich. Über die Arme, meine Hüfte, meinen Bauch. Als er mich an sich presst und ich die Härte in seiner Hose spüre, die sich drängend an meinen Arsch drückt, lege ich den Kopf stöhnend in den Nacken. »Das ist nicht fair.«

»Ich habe nie behauptet, fair zu sein.« Seine Hand streicht wieder nach vorne an meinen Bauch und zieht elektrische Blitze hinter sich her. »Sag mir, dass ich aufhören soll.«

»Nein«, hauche ich und gebe damit meine Abwehr auf. Die Hand, die immer noch auf meiner Hüfte liegt, wandert nun hoch zu meiner Brust und knetet diese sanft, während die andere hinab gleitet. Ohne Vorwarnung bahnen Drax' Finger sich einen Weg unter den Tanga, streicheln zärtlich über meinen Kitzler, und lassen mich keuchen. Ich spüre, wie sich mein Unterleib zusammenzieht. Ein Prickeln breitet sich von meiner intimsten Stelle aus und überdeckt bald meinen ganzen Körper. »Ich stehe auf dieses Kleid. Zieh es öfter an!«

Ich lehne den Kopf zur Seite, erwarte seine Lippen, die mich nicht lange zappeln lassen. Unsere Zungen suchen sich, verlangen nacheinander wie zwei Magnete. Als er einen Finger in mich hineingleiten lässt, stöhne ich in seinen Mund. Meine Knie zittern, mein Herz jagt in meiner Brust. Mein Körper spielt verrückt. Und dies alles nur dank ihm.

Dieses intensive Gefühl in mir ist mir so fremd, macht mir Angst und ist gleichzeitig unendlich belebend. Nie zuvor habe ich mich energiegeladener und schwacher zugleich gefühlt.

»Und du bist so schön feucht für mich.« Seine Stimme ist ein heiseres Raunen, das mich beinahe um den Verstand bringt.

»Das übt sich hoffentlich nicht zu sehr auf dein Ego aus«, presse ich hervor, während ich mich langsam bewege. Für ihn und für mich.

»Hat es längst.« Mit einem Ruck entfernt er sich aus mir, dreht mich um und hält mich fest umschlungen, sodass ich nicht unter meinen wackeligen Knien einknicke. Sein Mund befindet sich direkt vor meinem, doch es sind seine grauen Augen, die mich gefangen halten. »Wir müssen jetzt leider aufhören.« Er hält mich noch einen Moment, um sicherzustellen, dass ich von alleine stehen kann, küsst mich auf die Stirn und lässt mich dann alleine zurück. War das seine Strafe dafür, dass ich ihn vor ein paar Tage ebenfalls habe stehenlassen? Mein Körper brennt, es pulsiert zwischen meinen Beinen, verlangt nach ihm, doch er lässt es nicht zu, dass ich Befriedigung erlange. Wer hätte gedacht, dass man sich tatsächlich sein eigenes Grab schaufeln kann? Grummelnd folge ich ihm hinaus. Diese Schlacht ist vielleicht unentschieden ausgegangen, aber der Krieg ist noch lange nicht entschieden.

Als ich die Kneipe wieder erreiche, stehen vor Drax zwei Gläser schäumendes Bier. Er sieht nicht hoch, als ich mich zu ihm setze, sondern zieht nur meinen Hocker ein kleines Stück näher zu sich. »Tu so, als würden wir uns unterhalten.« Drax lehnt sich vor, nippt immer wieder an seinem Bier, hört aber offenbar dem Gespräch hinter uns zu.

»Willst du etwa jemanden belauschen?« Unauffällig drehe ich den Kopf, um zu schauen, wen er ausspionieren will, doch da umfasst er meine Hand und zieht so meine Aufmerksamkeit auf sich. Wie kann eine einzige Berührung mich derart aus dem Konzept bringen?

Drax bedenkt mich mit einem Blick, der mir zu verstehen gibt, jetzt nicht weiter nachzufragen – was mich natürlich nur noch neugieriger macht. Ich konzentriere mich darauf, ganz unschuldig zu wirken, während ich mich in dem Qualm-gefüllten Raum umsehe. Direkt hinter uns entdecke ich Rotbart, der mit einem weißhaarigen Mann redet. Dieser Kerl kommt mir seltsam bekannt vor, doch ich kann nicht einordnen, wo ich ihn schon einmal gesehen habe. Während er von einem der Kerle ein Glas Bier in die eine Hand gedrückt bekommt, tupft er sich mit der anderen immer wieder Bluttropfen vom Gesicht. Dieser Anblick ist merkwürdig, weil das Rot die einzige Farbe an dem ganzen Typen zu sein scheint. »Sie hatten mich in die Ecke gedrängt. Ich konnte im letzten Moment entwischen, aber sie wollen wissen, wo Ramon ist.« Stöhnend lehnt er den Kopf gegen die Wand hinter sich. »Ich habe gesagt, dass wir nichts wissen. Sie werden trotzdem denken, dass wir ihn entführt haben und werden keine Ruhe geben, bis sie ihn wiederbekommen!«

»Das ist doch Bullshit!«, ruft Rotbart wutentbrannt und knallt sein Glas mit voller Wucht auf die Theke. »Ich wüsste es ja wohl, wenn einer dieser Wichser hier wäre!«

»Wenn wir es nicht waren, wer dann?«

»Komm!«, knurrt Drax, steht auf und nimmt meine Hand.

»Wo gehen wir hin?« Ich ziere mich, weil ich wissen will, wie die Sache ausgeht, doch er lässt keine Widerrede zu und dirigiert mich zur Tür, die hinausführt.

»Raus!«

»Was ist los?«

»Nichts!«

Wütend reiße ich mich los und bleibe stehen, bis er ebenfalls anhält und mich ansieht. Mit in die Hüfte gestemmten Händen starre ich zurück. Ich spüre einige Blicke der Kerle in der Kneipe auf mir ruhen, doch das interessiert mich nicht. »Erst verschwindest du für eine halbe Stunde, als du wiederkommst, bist du anscheinend auf einem Machttrip und jetzt bist du so Einsilbig wie sonst was. Also: Was ist verdammt nochmal los?«

»Nichts«, antwortet er erneut und ich spüre, dass ich gleich die Beherrschung verliere.

Stöhnend werfe ich die Hände in die Luft. »Gott! Weißt du was? Fick dich, Drake! Ich habe seit Monaten auf diesen freien Abend hin gefiebert und jetzt lasse ich ihn mir nicht von deinen blöden Launen verderben!« Ohne auf eine Antwort oder ein Protest oder eine verfickte Entschuldigung zu warten, stürme ich an ihm vorbei in den Hinterhof, auf dem sich nochmal doppelt so viele Männer und Frauen versammelt haben. Ich verstehe selbst nicht, wieso ich nicht sofort kehrtmache und zurück nach Hause laufe. Doch aus irgendeinem verqueren, völlig bescheuerten Grund, will ich diesen Idioten jetzt nicht alleine lassen.

Niemandem fällt auf, dass ich hier nicht hingehöre. Ich bin eine von vielen.

Eine jener, die hier alleine im hohen Gras sitzen und einem Kampf zusehen. Manche lachen, reden oder streiten. Andere ficken. Ich sehe einfach dabei zu, wie zwei halbnackte Kerle sich in einem Ring mitten im Hof die Köpfe einschlagen. Es interessiert keinen, dass ich hier nicht hingehöre, dass ich nur Zuschauer dieser Welt bin. Und das gefällt mir. Einmal nur keine Kontrolle zu haben, keine Macht, keine Pflichten. Gedankenverloren beobachte ich das seltsame Spektakel, das allen einen Heidenspaß zu verursachen scheint. Allen, bis auf Drax, der ganz woanders ist. Seit ein paar Minuten steht er regungslos da. Das leere Glas in der Hand und starrt einen Fleck an, an dem die beiden Kämpfer am Anfang noch standen. Jetzt jedoch sind die längst in der anderen Ecke angekommen. Mein kleiner Ausraster von vorhin tut mir mittlerweile leid und ich fühle mich schuldig, weil ich ihn nur noch tiefer in diese düstere Stimmung hineingetrieben habe. Mein Herz schlägt schmerzhaft gegen meine Brust. Es wäre besser, wenn ich jetzt gehen würde. Mit diesem seltsamen Kerl abschließen würde. Alles in mir schreit danach. Mein Instinkt sagt mir, dass er etwas Großes zu verbergen hat, und ich mich besser fernhalten sollte, doch wie von selbst bewegen sich meine Beine auf ihn zu. Es ist dumm, hierzubleiben. Dumm, an diesem Ort zu sein. Dumm, mich in Dinge einzumischen, die mich nichts angehen und mich in Gefahr bringen können. Doch selten hat sich Dummheit so richtig angefühlt.

»Und das ist also deine Welt?«, frage ich, um ihn von seinen Gedanken abzulenken und lehne mich vor »Muss aufregend sein, hier aufzuwachsen.«

»Nicht gerade das, was du dir vorgestellt hast, hm?« Er lächelt entschuldigend. Wofür die Entschuldigung sein soll, bleibt ungesagt, aber ich brauche auch gar keine Erklärung. Alles, was ich will, ist die Unbekümmertheit zurück, die ich in seiner Anwesenheit spüre. Ich lächle ebenfalls und lehne mich mit der Seite gegen ihn. Seine Haut ist warm und weich. Sein Duft lässt mich alles Üble des Abends vergessen. »Dachtest du, wir sitzen im Kreis und flechten uns Zöpfe?«

Ich verdrehe theatralisch die Augen. »Nee, ich dachte, ihr lest euch aus euren Tagebüchern vor.«

Tatsächlich stößt er ein kleines Lächeln aus. Doch schnell wird seine Miene wieder von dunklen Schatten überlagert.

»Was ist los?«, frage ich erneut und streiche ihm zärtlich über den angespannten Arm. Es fällt mir schwer, ihn nicht zu berühren. Ihm nicht die ihn plagenden Gedanken zu nehmen, indem ich ihn zu mir herunterziehe und ihn alles vergessen lasse. Nie zuvor war mir das Wohlbefinden eines Mannes so wichtig wie bei ihm. Und das jagt mir eine Heidenangst ein.

Drax atmet tief durch und senkt den Blick auf unsere Füße. »Ich frage mich, welche Opfer man für die Gerechtigkeit bringen darf.«

»Du machst mir Angst.« Er hebt den Kopf. Scheint mir überhaupt nicht zuzuhören. Ist in seiner eigenen Gedankenwelt gefangen. Ich kenne das. Manchmal ist es einfacher, dem hinterher zu trauern, was man verloren hat, als sich den möglichen Verlusten der Zukunft stellen zu müssen. Sein Blick ist nun unbeweglich auf einen Punkt im Dunkel des Himmels gerichtet.

»Becks musste meiner Mutter versprechen, dass wir mit den Dingen, bei denen Menschen entführt, gefoltert und zum Sterben weggeworfen werden, aufhören. Seit ihrem Tod – also seit 15 Jahren – haben wir von dem Ersparten meiner Eltern gelebt.«

»Das ist doch gut, oder?«

Sein Körper bebt wegen eines kleinen, matten Lachens. »Ja. Das war gut. Wir haben uns aus dem ganzen Kram der feindlichen Clubs herausgehalten, solange sie unserem Chapter ferngeblieben sind.«

»Also keine gefährlichen Aktionen? Keine Messerstechereien.« Er reagiert auf die kleine Stichelei, indem er mich kurz ansieht. Sein Mundwinkel zuckt.

»Genau. Keine Messerstechereien.« Er lächelt wehmütig. »Aber vor zwei Jahren hat es uns dann gereicht. Uns war langweilig, wir fühlten uns unwichtig und brauchten einen Sinn. Einen Zweck, Freiheit. Wir brauchten Macht. Und dann haben wir uns eine andere Beschäftigung gesucht.«

»Eine Kriminelle?« Ich schlucke. Meine Augen liegen ununterbrochen auf seinem Gesicht, das sich jetzt ein wenig erhellt.

»Nein, Luna. Wir haben uns einen Garten angelegt und pflanzen dort Blümchen.« Er stupst mich mit dem Ellenbogen an. »Ja, eine Kriminelle.«

»Und jetzt habt ihr die Scheiße wieder angezogen?«

Er stößt laut die Luft aus und sieht sich um. »Ich.«

Ich lasse den Blick über die Leute schweifen. Über seine Freunde. Seine Familie. »Können die anderen dir nicht helfen?«

Er schüttelt vehement den Kopf. »Sie dürfen nichts darüber wissen.«

»Wieso nicht?«, frage ich, doch Drax antwortet nicht mehr. Er geht. Er geht einfach weg. Mit zusammengekniffenen Augen beobachte ich ihn, bis er stehen bleibt und mich demonstrativ ansieht. »Kommst du?«

Nebeneinander laufen wir den schmalen Schotterweg entlang. Wir berühren uns nicht und doch kribbelt mein ganzer Körper, weil er weiß, dass es passieren könnte. Immer öfter fühle ich mich unfähig, etwas gegen diese Gefühle anzustellen, die langsam aber sicher in mir wachsen. »Wohin gehen wir?«, frage ich flüsternd.

»An einen Ort, an dem ich wieder denken kann.«

Bald laufen wir in völliger Stille und Dunkelheit nebeneinander her durch einen Wald, den wir vor ein paar Minuten betreten haben. Mit jedem anderen wäre mir diese Entwicklung nicht geheuer, doch in diesem Augenblick fühle ich keine Angst. Keine Zweifel. Ich fühle mich sicher. Vielleicht zum ersten Mal in meinem Leben. Drax und ich reden kein Wort. Wir atmen und gehen. Konzentrieren uns auf unsere Gedanken. Und obwohl wir dabei alleine sind, sind wir nicht einsam. Wir verlassen den Wald und laufen einen Weg entlang, an dem kein einziges Licht brennt. Ich weiß, was am Ende dieses Pfades liegt. Obwohl ich selbst niemanden dort besuchen muss, bin ich als Kind oft hergekommen, um Trost zu finden.

»Ich ...« Drax fährt sich fahrig durchs Haar, als wir an einem der unzähligen Grabsteine stehenbleiben. Dieser Friedhof ist mittlerweile voll und beinahe vergessen. Unkraut wuchert durch jede freie Ritze. Spritzen und Kondome liegen unter den Bänken, die früher jeden Sonntag besetzt waren. »Wenn ich aufgebracht bin, komme ich immer her.« Er beugt sich in die Knie und streicht liebevoll die Blätter und den Schmutz von dem grauen Marmor. Es ist eine schöne Platte.

»Wessen Grab ist das?«, frage ich, obwohl ich es längst weiß.

»Das meiner Mutter.« Drax stellt sich wieder aufrecht hin und schluckt, ehe er weiterredet. »Becks hat sie geliebt.« Er lacht traurig. »Wir alle haben sie geliebt.«

Ich warte darauf, dass er weiterredet, doch Drax steht nur mehrere Minuten regungslos da und starrt das Grab seiner Mutter an. Vorsichtig strecke ich die Hand aus, bis meine Finger seine berühren. Sofort umschlingt er sie. »Und dann ist sie gestorben?«, frage ich flüsternd.

Er nickt, doch dann schüttelt er heftig den Kopf, als wäre das nicht die ganze Wahrheit. »Sie wurde kaltblütig ermordet und der Mörder läuft immer noch frei herum.«

Fassungslos presse ich mir eine Hand auf den Mund. Ich spüre, wie sämtliche Farbe aus meinem Gesicht weicht. »Das ist furchtbar!«

»Und ich konnte nichts dagegen tun.« Drax Stimme ist nicht mehr als ein leises Flüstern im Wind. Kaum hörbar und doch geht mir jedes Wort durch Mark und Bein.

Ich drehe ihn so, dass er mich ansehen muss. »Konnte? Was hast du getan? Geht es um den verschwundenen Kerl?« Ein kalter Schauer durchströmt meinen Körper bei der Erkenntnis, die viel zu lange auf sich hat warten lassen. Der Mann, der hier vor mir steht ist nicht so unschuldig wie ich immer dachte. »Du hast ihn entführt, stimmt's?« Drax antwortet nicht, doch sein starrer Blick ist mir Antwort genug. Er dreht sich um, um wieder zurück zu gehen, doch das lasse ich nicht zu. Als ich realisiere, dass er großen Mist gebaut hat, laufe ich ihm hinterher und umfasse seine Arme, sodass er stehenbleiben und mich ansehen muss. Mit weit aufgerissenen Augen halte ich seinem Blick stand. »Wenn es so ist, lass ihn wieder frei!«

Er lacht, aber es klingt unglücklich. »Du weißt nicht, wie es sich anfühlt zu wissen, dass der Tod deiner Mutter nie gerächt wurde. Ich bin jetzt derjenige, der daran etwas ändern kann ...« Er schluckt. Sieht so verletzlich aus.

»Aber so bist du nicht!«, erkenne ich leise.

»Hass verleitet einen dazu Dingen zu tun, zu denen man sonst nicht fähig wäre.«

Mein Herz schlägt zu schnell, meine Gedanken rasen wie verrückt, doch mir will kein Grund einfallen, der ihn umstimmen könnte.

Ich kann mir nicht vorstellen, was einen Menschen zu sowas verleitet.

Obwohl mich alles zur Flucht veranlassen müsste, bleibe ich stehen. Jeder andere wäre jetzt schreiend weggerannt, oder hätte zumindest die Polizei gerufen. Wieso also habe ich nicht das Bedürfnis dazu? Ich bin in einer Welt aufgewachsen, in der böse Menschen immer siegen. Hass und Gewalt gehört zum Alltag und sogar die Guten werden dazu verleitet, böse Dinge zu tun. Genau wie Drax. Das einzige, das einen wieder zurückbringen kann, sind Menschen, die einen lieben. Also versuche ich ihn zurückzubringen. Weil er es verdient. Mit schönen Gedanken und Gefühlen, die er vielleicht viel zu selten an die Oberfläche lässt. »Erzähl mir von ihr«, bitte ich und folge den Konturen seines Gesichts. Kurz schließt Drax die Augen, was ihn noch gequälter aussehen lässt, und schmiegt sich gegen meine Hand. Als er die Augen wieder öffnet, sind sie ganz sanft. In ihnen tanzen die Bilder der Vergangenheit. Sein Pulsschlag verlangsamt sich, während er sich hinunter auf die feuchte Wiese sinken lässt und mich mit sich zieht. Mit ineinander verschränkten Händen starren wir in die Dunkelheit. Nur wenige Sterne bedecken das Himmelszelt und dennoch sieht es magisch aus. So, als wären wir dem Himmel näher denn je. Drax' Daumen zeichnet kleine Kreise auf meinen Handrücken. »Ich kann mich kaum noch an sie erinnern. Ich war ja noch ein Kind.«

»Ich wette, sie hat dich geliebt.« Obwohl ich versuche, jedes Fünkchen Neid aus meiner Stimme zu verbannen, bin ich mir nicht sicher, ob es mir gelungen ist. Drax jedoch lässt sich nichts anmerken.

»Ja. Das hat sie. Ich weiß noch, dass sie meine Heldin war. Ich wusste ja noch nichts von den ganzen kriminellen Machenschaften, aber selbst, wenn ich es gewusst hätte, wäre es mir egal gewesen.« Er lächelt und sieht in dem Moment so jung aus. So unschuldig. »Sie hat mir jeden Abend vorgesungen. Sie hatte eine so beruhigende Stimme.«

»Wieso nennen dich eigentlich alle Goldjunge?«, frage ich nachdem er eine Zeit lang geschwiegen hat, weil ich das Gefühl habe, dass er jetzt bereit ist, mit mir über seine Welt zu reden. Und ich werde diese Gelegenheit nicht verstreichen lassen.

»Mein Dad war reich. Ihm gehörte dieses Haus.« Obwohl ich ihn nicht ansehe, lacht er wissend. »Ja, da staunst du, was? Ob du es glaubst, oder nicht, er hat sich in meine Mutter verliebt. Es war ihm egal, woher sie stammt. Er kannte ihr Umfeld und wusste, dass sie nicht daraus abhauen würde. Also hat er sich dazu entschlossen, Teil ihrer Welt zu werden und wurde einer der *Hearts*. Genauer gesagt haben er, meine Mom und Becks die *Havoc Hearts* gegründet. Das ist jetzt dreißig Jahre her.«

»Was ist aus ihm geworden?«, frage ich leise. Da er ihn mir gegenüber nur dieses eine Mal erwähnt hat, gehe ich davon aus, dass die Beziehung zu ihm genauso ist wie meine zu meinem Vater.

Er räuspert sich, starrt in den Himmel. Als er spricht ist seine Stimme emotionslos. »Er hat nach dem Tod meiner Mutter sehr gelitten und den feigsten Weg gewählt.«

Ich atme tief durch, um nicht laut loszuschreien. Wie kann man einem Kind das antun, das eben erst seine Mutter verloren hat? Zögernd lehne ich den Kopf an seine Schulter. »Er konnte den Tod seiner großen Liebe nicht ertragen.«

Drax lacht matt und sieht mich von der Seite an. Er weiß, dass ich ihn nur aufmuntern will. »Er hat sein einziges Kind im Stich gelassen. Er war ein Feigling.«

Ich nicke, weil ich ihm insgeheim rechtgebe. Würde jeder, der leidet diesen Weg wählen, wäre die Welt bald ausgestorben. Mein Plan, Drax abzulenken scheint jetzt jedoch fast unerreichbar, weshalb ich das Thema wechsle. »Tiny hat mir erzählt, dass ihr nur ein Teil des Clubs seid?«

»Genau. Aber da wir im Gründungschapter leben, sind wir sozusagen die Mächtigsten. Sollten wir die Hilfe der anderen brauchen, werden sie kommen.«

»Wow.« Seufzend greife ich wieder nach seiner Hand, die sich sofort schützend um meine schlingt. Sie ist beinahe so kalt wie meine. Obwohl ich diesen Moment festhalten will, werden wir bald umkehren müssen. Drax umfasst meine Hüften, setzt mich so auf seinen Schoß, dass ich ihn ansehen muss und nimmt auch meine andere Hand. »Das war vielleicht ein bisschen viel für dich?«

Ich weiß, dass er nicht nur dieses Gespräch meint, sondern den ganzen Abend. »Im Gegenteil. Ich bewundere das. Ich wünschte, meine Familie würde so für uns einstehen.« Ich lache matt und schüttle den Kopf. »Aber meine Tanten, Onkel, sogar Großeltern scheren sich einen Dreck um uns.«

»Das tut mir leid.« Mit einem traurigen Gesichtsausdruck streicht er mir eine lose Strähne hinters Ohr. »Vielleicht bist du auch irgendwann Teil einer anderen Familie.«

»Vielleicht.«

Ich müsste ihn küssen. Ich will ihn küssen. Ich darf ihn sogar küssen. Doch dieser Augenblick ist so viel mehr wert als nur einen Kuss. Wir sehen uns an. Ich streichle seinen Hals, während seine Finger meinen Rücken hoch und runterfahren und einen Schauer nach dem anderen darüber jagen. Doch es geschieht nichts. Und das ist perfekt. Drax und ich sitzen mehrere Stunden neben dem Grabstein am Boden und reden über Belangloses. Die meiste Zeit jedoch schweigen wir, bevor wir fast gleichzeitig beschließen, dass wir zurücksollten.

Jetzt, wo niemand mehr kämpft, haben sich viele der Zuschauer hinein verzogen. Im Hof ist es ruhiger geworden, bis auf die Gäste, die an der Bar sitzen, die auch wir jetzt ansteuern. Ich bedauere es fast, dass wir unsere kleine Blase verlassen mussten, doch dann bleibt mir keine Zeit mehr dafür, da Drax' Freunde uns zu sich rufen.

Jo und Jasper haben vor sich eine fast leere Flasche Wodka stehen, deren Inhalt sie nicht einmal mehr in Gläser schütten, sondern direkt in den Mund. »Wo wart ihr beide denn die ganze Zeit?«

»Ernste Gespräche«, erklärt Drax geheimnisvoll. Die Zwillinge sehen sich lange an, als wollen sie absprechen, ob sie nachhaken. Ich hoffe nicht und glaube an Drax' Gesichtsausdruck zu sehen, dass es ihm ähnlich geht.

Da zuckt Jo mit den Schultern und klopft neben sich auf den freien Hocker. »Können wir uns denn jetzt einfach weiter betrinken?«

Drax lacht erleichtert und fährt sich durchs Haar. »Nichts lieber als das!«

»Schaut mal, was ich gefunden habe!«, ruft Jo begeistert aus, nachdem er eine neue Glasflasche hinter dem Tresen hervorbefördert und einen Baseballschläger gleich mit.

»Willst du jetzt eine Karriere als Baseballspieler einschlagen?«, fragt Jasper, während er unsere Gläser bis zum Rand volllaufen lässt.

Jo schnalzt mit der Zunge, sieht seinen Bruder an, als hätte dieser nicht mehr alle Tassen im Schrank, und legt sich den Schläger auf die Schulter. »Blödsinn! Das wird mein neues Image! Da stehen die Ladies drauf!«

Heftig fächere ich mir mit den Händen Luft zu und tue so, als stünde ich kurz vor einem Schwächeanfall. »Wenn du mich jetzt bittest, werde ich Drax auf der Stelle verlassen!«

»Gut zu wissen!« Jo lehnt sich grinsend vor, sodass sein Gesicht ganz nah an meinem ist, doch da lässt er den Blick zu Drax schwenken und richtet sich schnell wieder auf. »Nicht, dass ich dir das antun würde!«

Drax stößt ein Lachen aus. Ein angenehmer Laut, der mein Herz sofort berührt. Ich starre in das volle Glas, weil ich es nicht ertrage, in seine Augen zu sehen. Die Gefühle dort treffen mich viel zu tief. »Gut, denn ich würde das keineswegs zulassen.« Ich sehe auf. Schaue in seine funkelnden Augen, während er seine Hand besitzergreifend auf meinen nackten Oberschenkel legt und mit sanften Bewegungen immer weiter hochstreichelt. Dieser Mann wird noch mein Untergang sein! Und ich werde ihm lächelnd entgegenschreiten.

zehntes Kapitel

Drax

Mit schweren Lidern öffne ich die Augen und erstarre. Vor mir liegt das wohl schönste Geschöpf, das ich jemals gesehen habe. Mit zerzaustem weißen Haar, Augen dunkel umrandet wie die eines Waschbären und einem zerknitterten Shirt, das auf meinem Bett lag. Und doch sieht sie wunderschön aus. Das Letzte, woran ich mich erinnere, ist, dass wir eine ewig lange Zeit am Grab meiner Mutter saßen. Alles danach ist schwarz. Ich kann nur hoffen, dass Luna und ich nicht miteinander geschlafen haben, denn bei dieser Premiere wäre ich furchtbar gerne bei klarem Verstand. Ich fühle mich wie ein perverser Spanner, während meine Augen über ihre zarte Gestalt gleiten, aber ich kann mich nicht beherrschen. Es erschreckt mich, was dieser Anblick für Bilder in meinem Kopf weckt. Zu denen, die ich seit unserer ersten Begegnung habe, bei denen sie schreiend und stöhnend auf mir sitzt, sind plötzlich welche hinzugekommen, in denen ich jeden verdammten morgen beim Aufwachen diese Frau in meinem Bett vorfinde. Ich schüttle über diese lächerlichen Gedanken den Kopf. Seit wann bin ich so ein Weichei? Ihre Anwesenheit bringt mich dazu, mich völlig daneben zu benehmen. Sie schafft es, dass ich meine sensible Seite ans Licht lasse, und ich weiß nicht, ob mir das gefällt. Was mir jedoch mit hundert prozentiger Sicherheit gefällt, ist sie. Luna dreht sich seufzend um, sodass sie mit ihrem perfekten Prachtarsch, der in einem unverschämt knappen Tanga steckt, direkt in meine Richtung zeigt. Okay, jetzt fühle ich mich eindeutig wie ein perverser Spanner! Weil ich unmöglich länger so hier liegen bleiben kann, ohne wahnsinnig zu werden, lege ich ihr die Haare zur Seite und küsse ihren weichen Nacken. Ihr Atem geht schwerer und wie von selbst regt sich ihr Körper, sodass ihr Arsch sich allmählich immer fester gegen meinen Schwanz presst. »Hey«, seufzt sie mit rauer Stimme.

»Hey«, erwidere ich und küsse ihren Nacken erneut, lasse meinen Mund weiter hinabwandern, bis das Shirt mich daran hindert.

»Was tust du denn da?«, fragt sie keuchend. Endlich öffnet sie ihre Augen und sieht mich gierig an. Selbst, wenn sie wollte, könnte sie ihr Verlangen nicht verbergen. Ohne Eile streiche ich ihr das Shirt vom Körper, sodass sie fast nackt vor mir liegt. Ihre Augen wandern derweil unbeirrt über den meinen.

Ich küsse ihren Hals, wandere zu ihren Titten, die perfekt in meine Hände passen. »Ich habe noch etwas von gestern zu beenden.« Ihre Nippel stellen sich auf, recken sich meinem Mund entgegen.

»Hast du das?« Ihr Lachen ist rau und sexy, und verwandelt sich, je weiter ich mich hinabbewege, immer mehr in ein Stöhnen.

»Ja.« Ich bin unfähig, zu reden, oder gar zu denken. Mein Ständer drängt sich pochend gegen den Stoff meiner Jogginghose, aber ich kann ihm keine Erlösung verschaffen. Nicht heute. Würde ich auch nur eine Sekunde nachgeben, würde ich alles vergessen. All meine guten Prinzipien über Bord werfen. Ich würde sie nehmen und sie würde bleiben, bis ich sie hinauswerfe. Und dazu werde ich dann nicht mehr fähig sein, also verwende ich meine ganze Energie darauf, Luna glücklich zu machen. Sie zu verwöhnen. Sie meinen Namen rufen zu lassen. Mein Blick gleitet über ihre nackte Haut, die so verführerisch aussieht, dass ich sie überall berühren muss. »Du bist so schön!« raune ich, ehe ich meinen Weg von ihren Titten weiter hinab zu ihrem Bauch und immer tiefer fortsetze. Meine Fingerspitzen fahren sanft über die Muskeln, die durchs Tanzen fest und gleichmäßig sind. Als ich an dem letzten Stückchen Stoff angekommen bin, welches ihren Wahnsinns-Körper bedeckt, umgreife ich ihre Hüfte und zwinge sie, sich zu erheben, sodass ich den Tanga über ihren Arsch und die Oberschenkel hinabstreifen kann. Wieder lasse ich meinen Mund über ihren Bauch hinunterwandern. Ich quäle sie. Küsse ihre Lippen, umkreise ihren Kitzler mit der Zunge, bringe sie zum Keuchen. Bis ich einen, dann zwei Finger in sie schiebe. Sie schreit, bäumt sich meinem Mund entgegen.

»Drax!«, stöhnt sie und krallt ihre Finger in mein Haar. Zufrieden lächelnd küsse ich ihre Oberschenkel, während meine Finger sich weiter in ihr bewegen und ein Stöhnen nach dem anderen hervorlocken. Ich verwöhne sie so lange, bis sie zuckend und schwer atmend meine Arme packt und mich zu sich hinaufzieht. Ihre Augen funkeln verführerisch. Sie bugsiert mich auf den Rücken, küsst mich leidenschaftlich, doch als sich ihre Lippen einen Weg hinuntersuchen, umfasse ich schnell ihren Kopf und dirigiere sie wieder hoch, bis ihr Gesicht über meinem schwebt. »Du solltest jetzt nach Hause«, presse ich atemlos hervor. Kurz zuckt sie zusammen, als hätte ich ihr einen Schlag verpasst. Wenn sie wüsste, wie schwer mir diese Worte fallen, wäre sie sicher begeistert.

Mit dem entzückendsten Schmollmund, den ich je gesehen habe, streichelt sie meinen Hals. *Gott, lass mich das überstehen!* »Was ist denn mit dir? Willst du mich nicht?«

Ich schüttele lachend den Kopf, weil nichts auf der Welt absurder sein könnte. »Ich hoffe, diese Frage ist nicht ernst gemeint.« Sanft streiche ich ihr vom Hintern hoch zur Hüfte und presse sie hinab zu meinem Schwanz, der sie hoffentlich vom Gegenteil überzeugt. Scharf zieht sie die Luft ein und beugt sich zu einem gierigen Kuss zu mir herab, bevor ich mich wieder von ihr lösen muss, und meine Stirn gegen ihre presse. »Aber deine

Schwestern kommen in ein paar Stunden nach Hause, und wenn wir weitermachen, werde ich dich den ganzen Tag ficken und dich nicht mehr gehen lassen.« Bei meinen Worten starrt sie mich schwer atmend an. Ich muss mich mit jeder Sekunde mehr beherrschen, dieses Versprechen nicht in die Tat umzusetzen. Stattdessen küsse ich sie ein letztes Mal und schiebe sie sanft aber bestimmt von mir hinab. Fuck, wie dumm kann Mann eigentlich sein? Würde es einen Orden für Dummheit geben, hätte ich mit dieser Aktion alle Konkurrenten ausgeschaltet.

»Ich bringe dich nach Hause!«

Lachend hüpft sie aus meinem Bett und schlüpft so elegant in ihr Kleid, dass ich es ihr am liebsten sofort wieder hinunterreißen würde. »Ich bin eine erwachsene Frau und konnte die letzten 21 Jahre ganz gut auf mich alleine aufpassen.« Mit diesem Satz beugt sie sich zu mir herab und küsst mich leidenschaftlich. »Ich hoffe du weißt, was dir entgangen ist«, schnurrt sie und verschwindet so schnell wie eine Katze von meinem Bett. An der Tür angekommen wirft sie mir über die Schulter einen letzten Blick zu. Dass sie mir ihren Arsch praktisch unter die Nase reibt, ist dabei sicher kein Versehen. »Vielleicht erlaube ich dir, mich heute von der Arbeit abzuholen. Meine Unterwäsche darfst du bis dahin behalten.« Sobald die Tür ins Schloss fällt, lasse ich den Kopf rückwärts ins Kissen fallen. Was für eine verrückte Frau!

Es dauert keine fünf Minuten, bis jemand meine Zimmertür mit voller Wucht aufreißt. Jos breites Grinsen verrät, dass er Luna angetroffen hat. »Ich will jedes noch so versaute Detail wissen!«, raunt er, während Jasper sich an ihm vorbeidrängt und mit in den Hüften gestemmten Händen vor mir zum Stehen kommt. Er wirkt, als wolle er mich jeden Moment aus dem Bett prügeln.

»Alles klar?«, frage ich und reibe mir über das Gesicht. Scheiße, habe ich einen Kater!

»Wir müssen etwas unternehmen. Becks hat uns gestern alle zur Seite genommen und ...«

»Mich auch«, unterbreche ich ihn, schnappe mir meine Hose und das Shirt, das Luna in der Nacht trug, und streife mir beides über, bevor ich mich vor ihm aufbaue. »Denkst du, ich habe mir keine Gedanken darüber gemacht?«

»Wer weiß?« Sein Mund ist zu einem schmalen Schlitz zusammengekniffen, die Augen wirken müde, als hätte er die ganze Nacht nicht geschlafen. Diese ganze Sache setzt ihm mehr zu, als ich gedacht hätte. Ich atme erschöpft aus. Noch während ich mir überlege, ob meine nächsten Worte klug sind, laufe ich an meinen zwei besten Freunden vorbei und halte ihnen die Tür auf. Es ist besser, solche Dinge nicht hier im Haus zu besprechen. »Dann lasst uns nochmal zu Ramon fahren, und die ganze Sache endlich voranbringen.«

»Was hast du jetzt vor?«, fragt Jo, sobald wir unsere Bikes auf den Ständern aufgestellt haben. Seit unserem Aufbruch ist er erstaunlich still gewesen. Dass er keine dummen Sprüche reißt, verunsichert mich. Langsam lasse ich den Blick über die brüchige Fassade des Hauses gleiten. »Wenn er nicht kooperieren will, müssen wir zu unserer ursprünglichen Strategie zurückkehren.«

»Wie genau willst du vorgehen?«, fragt Jasper und tritt, den Helm unter dem Arm, neben mich.

Ich atme tief durch. »Wir geben ihnen eine Woche. Wir bestellen Miguel dorthin, wo wir seinen Sohn aufgegriffen haben. Sollte er nicht auftauchen, werden sie jede Woche ein Stückchen von Ramon vor der Tür wiederfinden.«

Ohne auf seine Antwort zu warten, mache ich einen Schritt zur Seite, sodass nur noch diese modrige Holztür zwischen mir und meinem Vorhaben steht. Ich erstarre mit dem Schlüssel in der Hand. Ich denke an Luna und daran, was sie gesagt hat. Dass ich kein schlechter Mensch bin, doch in diesem Moment überschreite ich die Grenze. Nur noch ein paar Minuten und mein Handeln wird nicht mehr ungeschehen zu machen sein.

»Was ist los?«, fragt Jo, der noch blasser ist als sonst. Während er an den Fingernägeln seiner einen Hand knabbert, wirbelt die andere den schwarzen Baseballschläger herum. Er wirkt wie ein Kind, das zu viel Zucker zu sich genommen hat.

Jasper packt mich an den Schultern. Seine Augen sind zu schmalen Schlitzen zusammengepresst. »Drax, ich sehe, dass du Gewissensbisse bekommst, aber die kannst du dir jetzt wirklich nicht leisten!«

»Ich bekomme keine Gewissensbisse!«, keife ich und reiße mich von ihm los. »Nur ist mir nicht alles Scheißegal!«

Jasper schnaubt und stellt sich zwischen mich und die Tür. »Na das hättest du dir früher überlegen müssen!«

»Ziehen wir das jetzt weiter durch, oder was?«, ruft Jo mit aufgerissenen Augen. Vermutlich wäre es ihm lieber, wenn wir unser Vorhaben canceln, doch das ist keine Option.

»Natürlich ziehen wir das durch!«, brumme ich. Ich halte Jaspers Blick stand, weiche keinen Schritt zurück. Er bewegt sich ebenfalls nicht. Sein Kiefer spannt sich an, sodass eine Ader an seinem Hals entsteht. Jasper war nie jemand, der etwas nur halbherzig erledigt hat. »Vielleicht solltest du dich von deiner Kleinen fernhalten!«, schlägt er mit düsterer Stimme vor, sodass es fast wie eine Drohung klingt.

»Sie hat nichts hiermit zu tun!«, zische ich.

»Sie lenkt dich ab und du bringst sie nur in Gefahr! Bevor sie kam, hattest du keine Bedenken«, wirft Jasper knurrend ein.

»Du redest Scheiße!« Ich stoße ihn ein Stückchen vor mir her, sodass er mit dem Rücken gegen das Holz prallt. Es gibt Laute von sich, als würde es jeden Moment freiwillig nachgeben.

»Kommt, lasst es uns jetzt einfach hinter uns bringen.« Jo versucht die Situation zu entschärfen. Es ist nicht schwer zu erraten, wovor er sich fürchtet. Wir sind eine Familie und wenn wir uns nicht mehr gegenseitig unterstützen, wer tut es sonst?

»Lass Luna aus dem Spiel, sonst wird es dir leidtun.« Jasper nickt, klopft mir auf die Schulter und lässt mich vorbei.

»Hast du dich im Griff?«, frage ich, und als er abermals nickt, schließe ich die Tür auf. Die Luft ist schwül. Modriger Geruch kommt uns entgegen, als wir die schmale Treppe hinunter zum Keller nehmen. Unten angekommen schließe ich noch die letzte Tür auf und sofort kommt uns der beißende Gestank von Ramon entgegen. Jasper geht an mir vorbei, wirft ihm eine Flasche Wasser auf den Schoß. Sein Gesicht ist fahl und weist gleichzeitig einige blaue Flecken auf. Ich gehe vor ihm in die Hocke, um ihn genauer mustern zu können. Das schwarze Haar klebt ihm fettig im Gesicht. Seine dunklen Augen verengen sich zu Schlitzen, bevor er das Wasser in meine spuckt. Ich rege mich nicht, starre ihn ungerührt an, doch Jasper springt vor und kickt ihm mit dem Fuß die Flasche wüst aus der Hand. Obwohl er nichts sagt, erkenne ich an seinem Blick, der an dem auslaufenden Wasser klebt, dass er sein Tun bereut.

»Was wollt ihr von mir?«, knurrt er, sobald er wieder mich ansieht.

Jasper öffnet die Fessel um sein Handgelenk und gemeinsam mit Jo schleifen sie ihn zu dem Stuhl, auf dem er in unserer Anwesenheit festgebunden ist. Ist er ganz und gar nicht kooperativ, bleibt er dort, bis wir das nächste Mal wiederkommen.

Neben uns taucht Jos grinsendes Gesicht auf. »Die Kakerlake kann reden?«

Ich ignoriere ihn, fixiere weiterhin Ramon, der mich ebenfalls nicht aus den Augen lässt. »Bist du denn jetzt auch bereit uns etwas über deinen Vater zu erzählen?«

Er verzieht das Gesicht zu einer hässlichen Fratze. So, als täte ihm diese Frage körperlich weh. »Nur über meine Leiche!«

»So weit wollen wir nicht direkt gehen.« Obwohl mein Herz wie wahnsinnig pocht, lasse ich mir meine Zweifel nicht anmerken, als ich mich umdrehe und Jasper zunicke. Dieser reagiert sofort und zieht aus seiner Tasche sein Klappmesser. Lässig wende ich mich wieder Ramon zu, der jetzt fest schluckt, ansonsten jedoch ebenfalls gelassen wirkt. »Welchen Finger brauchst du denn am wenigsten?«

»Fickt euch!«, presst er zwischen den Zähnen hervor, während er vergebens versucht, seine Hände aus ihren Schlingen zu befreien. Ein Teil von mir wünschte, er würde es schaffen. Dem anderen allerdings ist es scheißegal, was mit ihm passiert.

»Halt seine Hand fest!«

Ich trete den Kickstarter runter und höre, wie Leben in den Motor meiner Maschine kommt. Eigentlich ist es noch viel zu früh, um Luna von der Arbeit abzuholen, doch ich schaffe es nicht, zurückzufahren. Becks und den anderen gegenüber zu treten. Ich schaffe es ja nicht einmal, meinem eigenen Spiegelbild in die Augen zu sehen. Der Fahrtwind, der mir entgegenströmt, versucht die Gedanken, die mich seit Wochen quälen, mit sich davonzutragen, doch es gelingt ihm nicht. Ununterbrochen stelle ich mir die Frage, wie das alles ausgehen kann. Wie zur Hölle ich Gerechtigkeit bekomme und meine Familie dabei nicht verliere. Sobald das Diner mit der gelben, allmählich abblätternden Farbe, in Sichtweite kommt, wird mir wärmer ums Herz. Wenn es jemandem gelingt, mich abzulenken, dann dem Mädchen mit den weißen Haaren.

Wie üblich ist das Diner gut gefüllt von den immergleichen Gästen. Es wundert mich, dass noch niemand versucht hat, den Besitzer abzumurksen, um das Geschäft an seiner Stelle zu führen. Ich vergrabe die Fäuste in den Taschen meiner Kutte. Ramons Blut ist völlig abgewaschen, dennoch spüre ich es noch an meiner Hand kleben. Höre immer noch seinen Schrei und sehe immer noch den Hass, mit dem er mich fixiert hat. Ich schüttle den Kopf, versuche die Erinnerungen zu verdrängen, als ich auf das blauhaarige Mädchen zu schlendere. Ich glaube, sie heißt Sky. Sie ist eine von Lunas besten Freundinnen, also wird es allmählich Zeit, sie kennenzulernen. Als sie mich erkennt, kneift sie irritiert die Augen zusammen und steckt einen Stift in ihre Gesäßtasche. Sie macht einen Schritt auf mich zu, bleibt dann aber unverwandt stehen, als habe sie es sich anders überlegt. Immer noch sind ihre Augenbrauen verdutzt zusammengezogen.

»Ist Luna da?«, frage ich, mir ein Lächeln abringend, während ich mir eine Pommes von einem auf der Theke stehenden Teller klaue. Nach diesem beschissenen Tag, ist Luna meine einzige Rettungsleine. Nur die Gedanken an sie haben mich die Sache durchziehen lassen.

»Wir dachten, sie wäre bei dir.« Ich erstarre mitten in der Bewegung und lasse die Pommes zurückfallen. Sämtliches Leben scheint aus meinem Körper zu fließen. Mein erster und einziger Gedanke springt zu den *Black Slayers*. Jasper hatte recht. Sie haben Luna entführt, um mich zu bestrafen. Mein Blut kocht. Alles in mir will schreien und toben. Es bleibt keine Zeit für eine andere, eine logischere Erklärung. Keine Zeit für Vernunft. Hinter einem Vorhang kommt Lunas andere Freundin Zoe hervor und bleibt wie angewurzelt stehen, als sie mich sieht. Sie weiß ebenso wie ich, dass etwas nicht stimmt.

»Kommt es öfter vor, dass sie hier nicht erscheint?« Meine Stimme klingt matt und leblos. Genauso, wie ich mich in diesem Augenblick fühle. Sobald Sky mit weit aufgerissenen Augen den Kopf schüttelt, stürme ich zur Tür. *Meine Schuld!*

»Warte!«, ruft mich in letzter Sekunde der Typ hinter dem Tresen zurück. Er stemmt sich auf die Ellenbogen und sieht mich mit gerunzelter Stirn an. »Gestern war so ein seltsamer Kerl hier, der nach ihr gefragt hat. Er war völlig außer sich, als wir ihm gesagt haben, sie hätte ihren freien Tag.«

»Wie sah er aus?«, will ich wissen und gehe drängend auf ihn zu, sodass er einen erschrockenen Schritt zurückweicht.

Er reckt das Kinn. »Er hatte fettige, blonde Haare.«

In meinen Erinnerungen gehe ich all die Mitglieder der *Slayers* durch, die ich kenne, doch niemand von ihnen hat blondes Haar. »Das kann nicht sein«, murmle ich, doch im selben Moment schießt mir ein Bild durch den Kopf und ich schließe kurz die Augen. »Ein spitzes Kinn?« Er nickt und mein Verdacht bestätigt sich. Nicht so schlimm, wie befürchtet, doch mindestens so erbärmlich.

»Woher weißt du das?«, fragt Zoe, die mich jetzt wie die anderen beiden unverständlich anglotzt.

»Sie hat mir von ihm erzählt.« Mit diesem Satz renne ich regelrecht aus dem Laden, stoße dabei einen Kerl um, doch alles, woran ich denken kann, ist sie. Nachdem Luna mir von ihrem Stalker erzählt hat, habe ich *ihn* gestalkt, um herauszufinden, wo er wohnt. Ich kenne solche Kerle zu genüge, um zu wissen, dass man sie besser im Auge behält. Nur darum weiß ich jetzt, wo ich nach ihr suchen muss. Ich schwöre mir, sie zu finden. Ohne einen Gedanken an mein Motorrad und seine Sicherheit zu verschwenden, irre ich durch die Straße, bis ich das *Red Moon* hinter mir lasse. Er hat sich eine Behausung gesucht, die möglichst nahe an diesem Ort ist. Meine Beine laufen ohne Pause, meine Phantasie malt sich die schlimmsten Szenarien aus. Immer wieder muss ich sie verdrängen, um bei klarem Verstand zu bleiben. *Ich darf sie nicht verlieren!* Die Wellblechhütte, die mein komplettes Sichtfeld einnimmt, sieht unscheinbar aus und so, als könne man sie mit nur einem Stoß zum Zusammensturz bringen. Schon von außen höre ich etwas zerbrechen. *Sie ist es!* »Nein! Lass los!« Ihre Stimme klingt leise, aber so stark, wie ich sie kenne. Ich atme erleichtert aus. Ohne lange zu überlegen, trete ich die ohnehin halb eingefallene Tür ein. »Hilfe!« Mein Herz rast. All meine Gedanken drehen sich nur darum, Luna zu befreien. Mit zwei Tritten habe ich das Holz durchbrochen und ramme ein letztes Mal mit der Schulter dagegen, sodass sie unter lautem Knacken zusammenbricht. Ich sehe nichts als rot. Höre nichts als ihren Hilferuf, spüre nichts als den Drang, sie endlich wieder in meinen Armen zu halten. Mit blinder Wut stürme ich durch die Räume, bis ich vor einer weiteren verschlossenen Tür ankomme, die nach nur einem einzigen Tritt nachgibt. Dahinter liegt eine Abstellkammer. Eine nackte Glühbirne beleuchtet die Szene vor meinen Augen. Luna, die mit dem Rücken eng gegen die Wand gepresst dasteht und ein großes Gurkenglas drohend in der Hand hält. Ich stürze mich auf den Wichser, der mich perplex anstarrt. Den Mund zu einer bizarren Grimasse verzogen, sodass eine ganze Reihe gelber Zähne zu sehen sind. »Was willst du?«, fragt er zischend, doch ich antworte nicht. Mit einem wütenden Brüllen springe ich auf ihn zu und schleudere ihn aus der Tür hinaus in den Flur, wo er auf seinem Rücken zum Liegen kommt. Kurz darauf stehe ich über ihm und lasse meine geballte Faust auf ihn hinabschnellen. Immer wieder. *Kiefer! Nase!* Blut spritzt mir ins Gesicht. *So viel Blut heute*. Ich sollte aufhören. Muss aufhören, doch die Wut und der Hass, die ich verspüre, spornen mich an. Schwer atmend ziehe ich mich einen Schritt zurück, weil ich mir sicher bin, ihn sonst umzubringen. Angeekelt spucke ich ihm in sein elendiges Gesicht. »Schau sie noch einmal an und ich werde dir deine Fresse so sehr entstellen, dass deine eigene Mutter dich nicht mehr erkennt! Ja, denk nur an sie und ich werde deine Bruchbude abfackeln!«

Mit zwei großen Schritten erreiche ich sie. Die Frau, die sonst so stark und selbstbewusst ist, kauert in sich zusammengesunken an die graue Wand gelehnt. Nichts an ihr ähnelt mehr der Luna, die ich kenne. Ich umfasse ihren Oberkörper, helfe ihr hoch und führe sie ohne ein Wort hinaus, wo uns dicke Regentropfen empfangen. Wir bleiben stehen. Mein Puls rast. Alles in mir will zurück zu diesem Arschloch und ihm immer weiter die Scheiße aus dem Leib prügeln, doch ein anderer Teil kann Luna nicht alleine lassen. Ein so viel stärkerer Teil. Sie zittert am ganzen Körper. Ob wegen des Regens oder etwas anderem vermag ich nicht zu sagen. Immer tiefer graben sich ihre langen Finger in mein Fleisch. Der rote Nagellack ist abgesplittert, manche Nägel sogar abgebrochen. Ich presse die Augen zusammen, um nicht daran zu denken, welche Angst sie gehabt haben muss. »Hat er dich angefasst?«, frage ich vage und habe Angst vor der Antwort. Sie schüttelt den Kopf. Die Augen grotesk weit aufgerissen. Schüttelt den Kopf. Ihre Unterlippe bebt. Schüttelt immer weiter den Kopf, bis der Schock verschwunden ist und die ersten Tränen sich ihren Weg hinaussuchen. Luna schluchzt. Sie bricht mir das Herz. Verzweifelt schlinge ich die Arme um sie, ziehe sie an mich und versuche ihr den Schutz zu bieten, den sie jetzt so dringend braucht. Der Regen durchnässt unsere Kleidung, vermischt sich mit Lunas Tränen. Nie zuvor habe ich mich machtloser gefühlt. »Hey, jetzt wird alles wieder gut.« Ihr ganzer Körper bebt, während sie gegen meine Brust schluchzt. »Ich bring dich nach Hause« flüstere ich in ihr Haar und drücke sie nur noch fester an mich.

Luna wehrt sich nicht, als ich sie nach Hause führe. Es scheint sie dieses Mal nicht zu stören, dass ich sehe, wie sie lebt. Es wäre mir ohnehin egal. Ich mag nicht den Ort, an dem sie lebt, oder die Art, wie sie aufgewachsen ist. Ich mag sie. Vielleicht mag ich sie sogar mehr, als gut für uns beide ist. Zum Glück ist niemand zuhause, also öffne ich die Tür und folge ihr hinauf in ihr Zimmer. An einem anderen Tag hätte ich mich umgesehen und mir alles eingeprägt, doch heute habe ich nur Augen für sie. Luna steigt voll bekleidet in ihr Bett und zieht mich hinter sich her. Ich sage nichts. Tue nichts. Warte, bis sie sich an meine Brust schmiegt und langsam einschläft.

Ich beobachte ihr Gesicht. Die geschlossenen Augen, die Lippen, die sich im Schlaf manchmal leicht zusammenpressen. Ich streiche mit den Augen über die perfekte Kontur ihres Gesichts. Die leicht geschwungene Nase. Sie ist wunderschön. Sie ist rein, auch, wenn man es nicht denken würde. Lunas Leben ist schwer und verkorkst, doch ich wüsste nicht, was ich daran ändern könnte. Sie könnte meine Rettung sein, aber am Ende wäre ich nur ihr Untergang. Mein Herz zieht sich schmerzhaft zusammen, während ich mir all die Szenarien ausmale, die mich hätten erwarten können. Die *Slayers* wären nicht so einfach zu besiegen gewesen. Sie würden Luna nicht gehen lassen. Sie hätten ihr alles genommen. Sie hätten ihren Lebenswillen gebrochen. Sie hätten Luna zerstört. Mein Kiefer mahlt. Meine Hände umklammern die hellblaue Bettdecke. Mein ganzer Körper sträubt sich davor, jetzt zu gehen. Er will bleiben bei dem Mädchen, das er begehrt. Aber zur Abwechslung arbeiten Herz und Verstand zusammen. Beide wissen, dass es nur eine Lösung gibt, wie sie in Sicherheit sein kann.

Ich stehe auf.

Luna dreht sich, spürt, dass ich nicht mehr neben ihr liege. Mit flatternden Lidern sieht sie mich an. Die Stimme noch ganz belegt vom Schlaf und den Tränen. »Gehst du schon?«

Ich reiße mich zusammen. »Ich muss.« Muss gehen. Muss.

»Okay.« Ihr Blick ruht unbeweglich auf mir. Wieso muss sie es mir nur so schwermachen? Tief durchatmend richte ich mich auf und mache einen Schritt zur Tür. Ich brauche Abstand. »Wir können uns nicht mehr sehen«, presse ich zwischen zusammengebissenen Zähnen hervor.

Luna ist jetzt hellwach. Sie setzt sich aufrecht hin, stützt ihren Körper mit den Armen. Ihr Blick ist wach und skeptisch. »Was?«

»Es tut mir leid.«

»Das kann nicht dein Ernst sein!« Sie steht auf. Will auf mich zukommen, doch ich mache einen weiteren Schritt zurück.

»Doch. Es ist besser so. Meine Anwesenheit bringt dich in Gefahr!«

Sie lacht matt - ungläubig - bevor ihr Ausdruck wieder todernst wird.

»Das hier hatte doch rein gar nichts mit dir zu tun!«

»Dieses Mal nicht!«, rufe ich frustriert aus. »Aber was ist, wenn sie dich finden? Wenn sie dir etwas antun, um mir wehzutun? Ich kann das nicht riskieren!«

»Also verlässt du mich jetzt einfach?« Sie schluchzt, obwohl keine Tränen mehr aus ihren wunderschönen Augen laufen. »Du bist doch genauso ein egoistisches Arschloch wie alle andern!« Ich wünschte, ich könnte sie vom Gegenteil überzeugen. Wünschte, ich müsse ihr nicht noch den letzten Glauben an die Männer nehmen. Wünschte, ich könnte für sie derjenige sein, den sie braucht. Aber vielleicht ist es besser, wenn sie das wirklich denkt. Vielleicht ist es besser für sie, wenn sie mich nicht in ihrem Leben hat. Auch, wenn es mich umbringt. Also gehe ich.

elftes Kapitel

Drax

Weil wir Ramons Finger schlecht mit der Post verschicken können, machen wir uns selbst auf den Weg zum Versteck der *Slayers*. Natürlich könnten wir einen Laufburschen engagieren, doch dieser würde nach Beendigung seiner Aufgabe – und nach der Bezahlung natürlich – ohne Zögern zu Becks laufen und uns verraten. Das können wir unmöglich riskieren. Wir haben herausgefunden, dass sie sich in einer alten Stahlfabrik, die schon vor Jahren stillgelegt wurde, einquartiert haben, und genau dorthin sind wir jetzt unterwegs. Die dunkelbraune Ledertasche presst sich gegen meinen Rücken, und obwohl ich mich versuche auf die Straße vor uns zu konzentrieren, kann ich ihren Inhalt nicht ignorieren. Ich kutschiere einen beschissenen Finger durch die Gegend! Bis auf das Donnern unserer Maschinen ist es totenstill in der Stadt, als wage niemand sich mehr auf die Straßen. Jaspers giftgrüne Harley biegt um die Kurve und noch bevor ich es sehe, höre ich, dass sie stehen bleibt. Auch Jo und ich lassen unsere Motorräder langsamer werden, bis sie direkt neben Jaspers anhalten. Der heiße Wind schlägt mir ins Gesicht. Ich atme die verpestete Luft ein, sauge alles in mir auf, bevor ich den Helm absetze und wieder festen Boden unter den Füßen spüren kann. Lieber würde ich weiterfahren, bis ich nichts mehr von dieser verfluchten Stadt und ihrem Abschaum sehen muss.

Mit einer Kopfbewegung deute ich nach vorne, in die Richtung, in der die Fabrik auf uns wartet. Die Jungs nicken und nebeneinander machen wir uns auf den Weg, die Fracht so nah bei uns, wie unsere Waffen. Sollten diese Flachzangen uns entdecken, werden wir uns verteidigen.

Der Putz fällt schon von den Wänden ab, die Pflastersteine, auf denen wir laufen, sind aufgesprungen und überall wuchert Unkraut zwischen ihnen hindurch. Unkraut wie das, das sich in dem Gebäude verschanzt. Es ist merkwürdig, dass niemand hier draußen ist, doch vermutlich hat die Mittagssonne sie in das Loch verscheucht, wo sie hingehören. Dennoch tasten meine Freund und ich uns langsam vorwärts. Wir ducken uns unter Fenstern hindurch, spähen um die nächste Ecke, bis wir endlich an dem Haupteingang ankommen. Mit einem schnellen Nicken deute ich den Zwillingen an, dass sie hier auf mich warten sollen, während ich das liebevoll verpackte Packet vor den großen Eisentoren abstelle. Mit Gruß an den Anführer. Was er wohl denken wird, wenn er das Paket erhält?

»Und jetzt lasst uns von hier verschwinden!«, knurre ich, als ich wieder bei meinen Freunden angekommen bin.

Das hier läuft zu glatt. Irgendetwas geht hier vor sich und ich bin nicht gewillt herauszufinden, was es ist.

Das Stöhnen einer Frau zieht unsere Aufmerksamkeit auf sich. Wir halten inne, starren alle drei in die Richtung, aus der das Geräusch kommt. Wir sollten einfach wieder verschwinden, doch dann würden wir ihr Todesurteil unterschreiben, das wissen wir nur zu gut. Jaspers Stirn liegt in Falten. Er zögert, während Jo und ich sofort losstürmen und die Stelle suchen, von der aus das Weinen kommt. Durch ein verstaubtes Fenster sehen wir eine Frau an einer Wand hängen. Mein Körper verkrampft, während ich sie mustere. Die Hände über ihrem Kopf zusammen-gebunden. Diesem nach zu urteilen, der schwach hinabhängt, ist sie kaum noch bei Kräften. Das blonde Haar ist blutgetränkt und hängt ihr fettig übers Gesicht. Auch ihr restlicher Körper ist mit Blut überströmt, sodass ich nicht einmal sehen kann, woher genau es kommt. Vor ihr spaziert einer der Mexikaner auf und ab, während einige andere grinsend auf Stühlen daneben sitzen und das Schauspiel beobachten. »Wenn du uns verrätst, wo unser Freund ist, mein Zuckerstück, werden wir aufhören, dir wehzutun.« Der Riese schnappt sich ein Messer, das neben vielen anderen auf dem Tisch vor ihm liegt, und steuert zielstrebig einen Schleifstein an, auf dem er die Klinge lange und beinahe zärtlich schärft.

»Ich weiß es nicht!«, schluchzt die zierliche Frau, sodass der Kerl von seinem Werk aufsieht und wieder auf sie zugeht. Große, furchteinflößende Schritte, bis er genau vor ihr steht und ihr Kinn umfasst. Sie japst nach Luft, versucht sich aus seinem Griff zu befreien, schafft es aber nicht. Sie sieht übel aus. Das halbe Gesicht ist geschwollen und über und über mit ihrem eigenen Blut.

»Wieso glaube ich dir nicht?« Er stöhnt, als täte es ihm leid, ihr das antun zu müssen, doch in seinen Augen und dem Grinsen auf seinem Gesicht ist deutlich zu erkennen, wie viel Spaß ihm das Ganze macht. Kurz lässt er von ihr ab, um das Messer vor ihrem Gesicht im Licht zu drehen. »Wieso zwingst du mich nur hierzu?«

Ich sehe weg, lenke die Aufmerksamkeit meiner Freunde auf mich. »Wir müssen etwas tun!«, flüstere ich, mache aber deutlich, dass dies keineswegs eine Frage war.

»Und was genau? Willst du, dass alles umsonst war? Wir sind in der Unterzahl. Sie würden uns innerhalb von wenigen Sekunden erledigen und was wäre dann?« Wie zu erwarten ist Jasper zu rational. Manchmal ist diese Eigenschaft das Beste, was uns passieren kann, doch in anderen Fällen, kann ich darauf nicht hören. Am Ende zählt nur das Bauchgefühl. Und dieses Gefühl sagt mir, dass ich es mir niemals vergeben würde, wenn wir jetzt einfach abhauen. »Sie wird sterben.«

Er schluckt schwer. Auch Jasper ist kein Unmensch. »Das wird sie so oder so.«

Sein Bruder starrt ihn an, zögert nur eine Sekunde, bevor er sich mir zuwendet. »Ich bin dabei!«

Erleichtert hole ich Luft und sehe mich um. »Okay. Du gehst außen herum und veranstaltest genug Krach, dass der ganze Bau aufgeschreckt wird.«

Ein breites Grinsen bildet sich auf seinem Gesicht. »Krach machen ist meine Spezialität!«

»Jasper und ich befreien das Mädchen. Wir treffen uns in zwei Stunden wieder Zuhause. Sie dürfen nicht erkennen, dass du es bist.«

»Kein Problem, Boss!«

Es dauert nur ein paar Minuten, bevor wir lautes Pfeifen, Krachen und Gebrüll hören. Auch die Mexikaner blicken auf. Während drei von ihnen sich nur dämlich anglotzen, springen die anderen vier von ihren Stühlen und laufen mit gezückter Waffe zur Tür hinaus. Die Frau hebt für wenige Sekunden den Kopf, bevor er wieder auf ihre Brust sinkt. »Worauf wartet ihr, ihr Idioten?«, bellt der Riese, der immer noch mit dem Messer vor der Frau steht, nun aber nicht mehr ganz so zielstrebig wirkt. Ohne auf eine weitere Anweisung zu warten, stürmen die Zwei ebenfalls hinaus. In geduckter Haltung, die Pistole immer schussbereit in der Hand, laufen Jasper und ich zu dem Seiteneingang, den wir vorhin entdeckt haben. Vielleicht warten im Innern zwanzig *Slayers*, vielleicht aber auch kein einziger. Zum Glück ist die Tür nicht weit von dem Zimmer entfernt, in dem die Frau festgehalten wird, so haben wir eine tatsächliche Chance, diese Aktion zu überleben. Da wir die Schusswaffen nur im Notfall benutzen, zücken wir beide unsere Messer. Jasper tritt die Tür ein und sofort stürzen zwei Typen auf uns zu. Jasper und ich haben schon oft miteinander und auch gegeneinander gekämpft, weshalb wir uns ideal ergänzen und kennen. Während er sich duckt, um einem Schlag auszuweichen, stürze ich mich vor und vergrabe das Messer in der Brust seines Angreifers. Blut spritzt, der Kerl geht röchelnd zu Boden, als uns schon der nächste erreicht. Als täte er dies jeden Tag, rammt Jasper ihm das Messer direkt in den Schädel. »Wir müssen weiter!«, treibe ich ihn an. Mit einem festen Ruck zieht er das Messer aus dem Kopf des Toten und läuft wortlos an mir vorbei.

»Los geh, ich schaff das hier! Wir müssen abhauen!«

Da er offensichtlich nicht damit gerechnet hat, noch einmal gestört zu werden, steht er vor dem Mädchen, das Messer an ihre Haut gepresst. Aus Angst, sie zu verletzen, stürze ich mich nicht blindlinks auf ihn, sondern ziehe seine Aufmerksamkeit auf mich, indem ich ganz höflich anklopfe. »Was?« Abrupt dreht er den Kopf, sieht mich beinahe neugierig an. Mit drohendem Gesichtsausdruck gehe ich auf ihn zu und auch er weicht einen Schritt von dem Mädchen zurück.

»Störe ich etwa?«, frage ich und spucke ihm die Wörter förmlich ins Gesicht. Sein Mundwinkel zuckt, ehe er mit dem Messer auf mich zustürzt. Er brüllt wie ein wildes Tier und sieht auch so aus. Wie ein Bär, der bereit ist, mich aufzufressen. Blitzschnell ducke ich mich weg, umrunde ihn und steche das Messer zwischen seine Rippen. Er keucht, geht allerdings nicht in die Knie und dummerweise steckt das Messer zu fest, sodass ich jetzt unbewaffnet vor ihm stehe. Er wirkt wie ein Berg, wie er vor mir aufragt. Bevor er sich jedoch von dem Angriff erholen kann und mich erledigt, schnappe ich mir einen der Stühle und ziehe ihn ihm über den Kopf, sodass er zusammenzuckt und auch sein Messer davongeschleudert wird. »Na warte!«, droht er, während Blut seine Zähne rot färbt. Er stürzt sich auf mich, rammt mir seine Faust ins Gesicht, trifft mich im Bauch, doch noch während er zu einem weiteren Schlag ausholt, taucht Jasper auf und bohrt ihm sein Messer in die Schläfe. Nach Luft schnappend hinke ich zu dem Mädchen und hieve sie hoch, bis ihre Hände frei sind und nach vorne plumpsen. Obwohl sie bei Bewusstsein ist, registriert sie nicht, was passiert und wer wir sind, was vermutlich nicht das Schlechteste ist. Sie versucht blind um sich zu schlagen, trifft mich jedoch nur mit den Nägeln im Gesicht, bevor sie in meinen Armen zusammenbricht. Ich werfe mir die Frau über die Schulter, versuche ihre Schmerzensschreie zu ignorieren und bahne mir einen Weg an den toten Kerlen vorbei. Sie mussten sterben. Niemand darf wissen, wer wir sind. Jasper folgt mir, stärkt mir den Rücken, während ich immer weiterlaufe. Hinaus. In den Wald. Immer weiter. Niemand verfolgt uns, dennoch dürfen wir nicht anhalten.

Weil wir nicht mit einer Frau, die an Armen und Beinen teilweise gehäutet wurde, in ein Krankenhaus spazieren können, ohne Aufmerksamkeit zu erregen, legen wir sie auf der gegenüberliegenden Straßenseite auf den Bordstein und verstecken uns in sicherer Entfernung hinter einem alten Schuppen. Ich hole mein Handy aus der Hosentasche und wähle die Nummer des Krankenhauses. Nach dem zweiten Läuten nimmt einer ab. »Vor eurer Tür liegt eine Frau.« Bevor der Mann am anderen Ende antworten kann, lege ich auf.

»Du weißt, dass das völliger Wahnsinn war, oder? Wir kennen diese Frau nicht einmal!«

Ich verharre an Ort und Stelle, werfe nur eine Sekunde lang einen Blick zu dem Krankenhaus, in dem die Ärzte sich hoffentlich um die Frau kümmern. Ihr das Leben retten. »Nein. Aber es hätte genauso gut meine Mutter sein können.« Als die ersten Personen aus dem Krankenhauseingang herauskommen, nicke ich Jasper zu. Jetzt heißt es schleunigst zu verschwinden. »Lass uns unsere Babys holen und abhauen!«

zwölftes Kapitel

Luna

Ich arbeite. Ich lerne mit meinen Schwestern. Ich überlebe.

Seit Drax mich verlassen hat, trage ich ununterbrochen seinen Schatten vor mir her. Was immer ich sehe, ich will ihm davon erzählen. Was immer ich fühle, ich will es mit ihm teilen. Wann immer ich an meine Grenzen stoße, ich will mich in ihm verlieren.

Doch Drax ist nicht mehr da.

Der Stuhl, auf dem er immer saß und auf mich gewartet hat, wird nur noch von Menschen benutzt, für die ich nichts als Abscheu übrig habe. Ich ertrage meine Arbeit kaum noch. Die Blicke der Männer, die dummen Kommentare der Frauen. Alles, was mich daran hindert, durchzudrehen, sind meine Schwestern und meine besten Freundinnen. Ich lebe in den Tag hinein, mit einer Maske auf meinem Gesicht, die keine Gefühle durchlässt, während dahinter nur noch Chaos herrscht.

Ich wollte nie so sehr von einem Mann abhängig sein. Ich bin stark. Ich bin eigenständig. Ich bin eine Kämpferin.

Aber auch eine Kämpferin braucht jemanden, der ihr wieder hochhilft, wenn sie fällt. Drax hat ein Loch in meinem Herzen hinterlassen, das ich versuche mit Wut zu füllen, doch am Ende ist es nur Einsamkeit. Meine Schwestern fragen oft nach ihm. Sie verstehen nicht, wieso sie nicht mehr nach der Schule abgeholt werden, um mit Daisy und Trish zu spielen. Ich ignoriere ihre Fragen und tue so, als hätte es ihn nie gegeben.

Gedankenverloren starre ich in die Leere, während ich schon zum dritten Mal dasselbe Glas poliere. Ich sehe meine Freundinnen im Augenwinkel, hoffe jedoch, dass sie mich einfach in Ruhe lassen. Ich will keine Gesellschaft. Es gibt Tage, da fällt es mir leichter, nicht an ihn zu denken. Heute ist keiner dieser Tage. Allerdings scheinen sie nicht die Absicht zu haben, mich in Frieden zu lassen. Langsam stelle ich das Glas hin, ignoriere das Zittern meiner Hände, und drehe mich mit einem fröhlichen Gesichtsausdruck zu ihnen um. Zoe hält mir ein in weißes Papier eingewickelte Sandwich unter die Nase. »Du musst etwas essen.«

Als ich mich wieder umdrehe, höre ich Skys besorgte Stimme. Sky ist nie besorgt. »Zoe hat recht. Du siehst nicht gut aus.«

»Alles okay«, versichere ich ihnen und hebe demonstrativ meine Mundwinkel. Meine Freundinnen sehen alles andere als überzeugt aus. Skys Augen sind wie die eines Hundewelpen. Sie gehen mir durch und durch.

»Nichts ist okay.« Als sie einen Schritt auf mich zumacht, gehe ich einen zurück. Ich kann es nicht. Ertrage ihr Mitleid nicht. Sky bleibt stehen und sieht mich schwer atmend an, doch Zoe lässt nicht locker, umgreift mein Handgelenk und hindert mich so daran, weiter vor ihnen zu flüchten. Sie sagt nichts, doch alleine die Tatsache, dass sie mich besser kennen als sonst jemand, lässt die Maske bersten. Das falsche Lächeln, das ich aufgesetzt habe, beginnt zu bröckeln und stattdessen füllen Tränen meine Augen. Schluchzend, vor Scham und dieser tiefsitzenden Trauer, vergrabe ich das Gesicht in den Händen und spüre gleich darauf vier Arme, die sich schützend um mich legen. Wie konnte ich nur so dumm sein, und einem Kerl so viel von mir schenken? Hätte ich gekonnt, hätte ich Drax alles von mir gegeben. Ich habe mich sicher gefühlt. Vielleicht habe ich ihn sogar geliebt. Aber ich hätte es besser wissen müssen, schließlich kenne ich die Männer. Zoe sagt nichts, obwohl sie mich genau davor gewarnt hat. Sie wusste, dass er mir das Herz brechen würde, weil er nun einmal so ist. Ihre

Arme liegen lediglich um meinen Hals und ihre Wange auf meinem Scheitel. Niemand sagt ein Wort. Sky, die große Kreise auf meinen Rücken zeichnet. Zoe, die mich sanft vor und zurück wiegt. Und ich, die stumme Tränen weint. Sie müssen nicht weiter fragen. Sie wissen, dass ich mich immer nur nach einer Sache gesehnt habe. Mein Herz hat nie aufgehört zu hoffen, dass irgendwann jemand bleiben wird. Dass irgendwer die Schwäche hinter meiner Stärke sieht und mich beschützt vor dieser Welt, die ich so vergeblich zu überleben versuche. Ich dachte wirklich, Drax wäre dieser Mensch.

Langsam löse ich mich von meinen Freundinnen und sehe sie mit verschwommenem Blick an. Zoe lächelt schwach und wischt mir die Tränen von den Wangen. »Ich weiß, was ich immer gesagt habe, aber ich glaube nicht, dass er dich absichtlich verletzen wollte.«

Ich runzle die Stirn. »Du warst diejenige, die von Anfang an dagegen war.«

»Weil ich dich vor dem Schmerz beschützen wollte.«

»Den ich jetzt verspüre.«

»Weil ich nicht an das Gute in den Menschen glaube.«

»Zurecht!«

Sie seufzt und streicht mir eine tränennasse Strähne aus dem Gesicht. Sky sagt derweil kein Wort. »Meine Süße, ich wusste nicht, dass du ihn liebst.«

»Ich liebe ihn nicht!«, fauche ich. Schnaubend löse ich mich aus ihrem Grifft und reibe mir mit beiden Händen übers Gesicht. Tränen sind Schwäche. Und ich bin nicht schwach! Liebe! Was für ein Schwachsinn! »Ich habe jetzt Feierabend!«

Genervt und wütend stopfe ich meine Klamotten in die Tasche. Was wissen die beiden schon von der Liebe? Nichts! Genauso wie ich.

Weil ich heute Abend nicht im *Red Moon* arbeiten muss, und keine große Lust auf mein Zuhause habe, irre ich durch die Straßen. Es dauert noch eine Stunde, bis ich meine Schwestern von der Schule abholen kann, was soll ich daheim? In diesem Haus, wo ich keine Luft bekomme, wo ich ersticke an all den Erinnerungen und fiesen Gefühlen? Nur hier draußen kann ich ansatzweise frei atmen. Ich schließe die Augen, lausche dem aufgeregten Treiben in der Gasse. Ich höre nicht genau hin, weil ich nicht wissen will, wer hier über den Tisch gezogen wird, aber wenn ich das ausblende, könnte ich mir beinahe vorstellen, dass ich woanders bin. In einem Land, in dem nicht nur Kriminelle und Gesetzlose leben, wo Familien sich lieben und zusammen auf der Straße sitzen, um mit den Nachbarn zu quatschen. Ich wünschte, ich wäre dort, an diesem Ort. Doch als ich ein bekanntes Motorenrattern höre, zucke ich zusammen. Dass ich die Havoc Hearts kennengelernt habe, war eine der spannendsten Dinge in meinem Leben, doch gleichzeitig hat es mich zerstört.

Er hat mich zerstört.

Mein Puls hämmert in meinem Kopf, als ich panisch die Augen öffne und mich gegen die nächste Wand presse. *Ist er es? Sucht er mich? Will ich gefunden werden?* Ich würde mir nichts mehr wünschen. Wütend über mich selbst schüttle ich den Kopf. Was ist nur aus mir geworden?

Nein! Drax ist für mich gestorben. Aber wie kann es sein, dass nur ein einziges Geräusch mich derart aus der Fassung bringt? Wieder spüre ich die Tränen in mir aufsteigen. Wieder verabscheue ich sie. Wieder kann ich nichts dagegen tun. Mit vor dem Gesicht verschränkten Händen lasse ich mich die Mauer hinabgleiten.

Das hat keinen Sinn. Es hat keinen Sinn zu leugnen, was ich für ihn empfunden habe ...

Und immer noch empfinde.

Ich hasse ihn dafür, dass er mich dazu gebracht hat, mich in ihn zu verlieben.

dreizehntes Kapitel

Drax

Eine Woche ist es jetzt her, dass wir Ramons Finger mitsamt unserer Forderung im Quartier der *Slayers* hinterlassen haben. Selbst, wenn sie ihn nicht sofort entdeckt haben, müssten sie es mittlerweile getan haben. Die Aufregung steckt mir seit Tagen in den Knochen und auch meinen Freunden ist die Anspannung deutlich anzusehen. Weil wir nicht so dumm sind, unbewaffnet und alleine zu diesem Treffen zu erscheinen, hat Jasper einige seiner alten Freunde angeschrieben, zu denen wir jetzt auf dem Weg sind. Die Sonne ist schon vor zwei Stunden untergegangen, doch die Hitze vom Tag ist immer noch deutlich spürbar. Einige unserer Helfer sind bereits seit Sonnenaufgang vor Ort, um zu verhindern, dass Miguel uns eine Falle stellt. Sollte er einen Hinterhalt geplant haben, hätten sie es bemerkt. Entweder hat er unsere Forderung ernstgenommen, oder er ist dümmer als ich dachte.

»Bist du bereit zu tun, was du vorhast?« Jasper reicht mir eine Zigarette und zündet sich selbst ebenfalls eine an. Ihr Leuchten ist alles, was in der Dunkelheit zu sehen ist. Vor ein paar Tagen hätte ich seine Frage als Skepsis aufgenommen. In dieser Situation weiß ich, dass er sich Sorgen um mich macht. Ich bin kein kaltblütiger Mörder. So war ich nie und werde ich niemals sein. Miguel zu töten wird mich zerstören. Und doch nicke ich. Weil ich weiß, dass ich nur dann weitermachen kann. Danach bin ich kaputt und vielleicht werde ich nie wieder glücklich, und doch werde ich irgendwann mit dem Wissen sterben, meine Mutter gerächt zu haben. Das muss reichen.

Im Scheinwerferlicht eines schwarzen Vans steht eine Gruppe von

Männern, die unser Kommen sofort bemerken. Einer von ihnen, groß, weiß, kahlköpfig, kommt lässig, die Hände in den Taschen seines schwarzen Hoodies vergraben auf uns zu.

»Die Jungs sind nicht wie wir. Sie töten, ohne mit der Wimper zu zucken. Sollte die Sache eskalieren, dann komm ihnen nicht in die Quere«, flüstert Jasper, ehe er seine Zigarette wegschnippt und auf den Kerl zugeht. Auf Jos Schulter liegt sein Baseballschläger, in seinem Blick liegt Unbehagen. Er nickt mir beklommen zu, ehe wir seinem Bruder gemeinsam folgen.

Ich reiche dem Kerl, der mich mit ausdrucksloser Miene mustert, die Hand, doch er macht keine Anstalten, sie zu schütteln. Sein Gesicht und Schädel sind mit Tattoos übersäht, was ihn nicht gerade sympathischer macht. Dennoch lächle ich schwach. »Danke, dass ihr uns helft.«

»Ganz umsonst machen wir das nicht, Mann. Hast du das Geld?« Wie in einem schlechten Actionfilm werfe ich ihm die Tasche mit der abgemachten Summe, die ich vom Ersparten meines Vaters entnommen habe, vor seine Füße. Emotionslos nickt er einem seiner Männer zu, der sofort kontrolliert, ob auch alles stimmt. Erst, als dieser erneut nickt, kommt der Glatzkopf näher und hält mir seine Hand hin. »Dann lasst uns den Bohnenfressern mal Feuer unterm Arsch machen.«

Ich lache trocken. »Erst einmal muss einer auftauchen.«

Mein Gegenüber sieht mich mit zusammengekniffenen Augen an. Seine Stimme ist tief, drohend. »Wäre zu schade um das Geld, wenn nicht, was?«

Ich nicke. »Keine Sorge, du kannst es behalten. Egal, wie es verläuft.« Ich weiß, dass mir keine andere Wahl bleibt.

»Hast du das gehört?«, ruft er seinem Kollegen über die Schulter hinweg zu. »Wie gnädig er ist?« Seine Männer lachen. Ein Schauer läuft mir über den Rücken und hinterlässt eine Gänsehaut. Mir wird mit jeder Sekunde bewusster, in welchen Reihen wir uns jetzt bewegen. Meine Mutter hat Becks damals schwören lassen, aus diesen Kreisen auszutreten, und doch bin ich hier gelandet. Sie wäre enttäuscht. Mit gestrafften Schultern und erhobenem Haupt nicke ich hinüber zu den Häusern, in deren Gassen die Männer sich verschanzen sollen. »Ihr wisst, wo ihr euch positionieren sollt!« Ohne auf eine Reaktion zu warten, ziehe ich mit meinen Jungs an ihnen vorbei und machen uns auf den Weg zu der Stelle, an die wir Miguel bestellt haben.

Wir warten.
Und warten.
Stundenlang.
Doch nicht ein Schatten gleitet über die Wände, die uns umgeben. Nicht ein Schritt ist in der nächtlichen Ruhe zu hören. Nicht ein Mensch erscheint am Ende des Weges.

»Taucht er noch auf?«, fragt Jo, der immer nervöser wird. Wie eine Raubkatze tigert er die Gasse entlang. Immer wieder schlägt er mit seinem Baseballschläger gegen Mülltonnen, Wände oder nach am Boden liegendem Müll. Wir ignorieren ihn. Das erste Mal. Das zweite Mal und auch nach weiteren zwei Stunden.

»Lasst uns verschwinden!«, drängt er. Sein Blick gleitet jetzt nicht mehr haltlos über die Wände, sondern ist auf den Boden vor unseren Füßen gerichtet. Er hat schon lange kapituliert.

»Nein! Wir warten!«, knurre ich. Ich spüre meine Füße kaum noch, will mich aber auf keinen Fall hinsetzen.

»Vielleicht hat er Recht«, gibt jetzt auch Jasper nach.

Sein Zwilling stößt sich von der Wand ab, um sich vor mir aufzubauen. »Drax! Die Sonne geht bald wieder auf! Er kommt nicht mehr!«

Ich spüre den Kloß in meinem Hals wachsen. Schon seit Stunden, doch jetzt scheint er übergroß zu werden. Ich kann nicht mehr schlucken. Vor Wut, Enttäuschung und Aussichtlosigkeit. »Es war also alles umsonst?«

»Komm schon. Heute Mittag fahren wir zu Ramon. Mehr können wir jetzt nicht machen.« Jasper hat Recht. Und doch will ich nicht akzeptieren, dass dieser Mistkerl immer noch lebt, obwohl ich alles dafür geopfert hätte, dass es nicht so ist. Wütend ramme ich die Hände gegen die Wand und verharre einige Zeit so. Wie soll es weitergehen? Wie kann ich doch noch das bekommen, was ich so sehnlichst erstrebe.

Nach einigen Stunden, die ich Zuhause unter der Dusche und später gedankenverloren in meinem Zimmer verbracht habe, erschienen Jo und Jasper in meinem Zimmer. Sie mussten nicht sagen, was sie wollen, denn auch ich habe an nichts anderes mehr gedacht. Es gibt nur noch eine Chance, zu bekommen, was ich will. Und diese Chance befindet sich in einem schäbigen Keller in dieser Stadt.

Schweigend laufen wir zu unseren Bikes und ebenso schweigend gehen wir nach wenigen Minuten die Treppe hinunter in den Keller. Es gibt nichts zu sagen. Nicht jetzt.

Ramon sitzt mit hocherhobenem Kopf in seinem Stuhl und lächelt uns dreckig an. »Hattet ihr eine schöne Zeit?«

»Wenn du wüsstest, was wir wüssten, würdest du nicht so hässlich grinsen!«, zischt Jo und macht einige Schritte auf ihn zu. Sein Bruder hält ihn zurück. Tatsächlich ist das Lächeln schneller aus Ramons Gesicht verschwunden als ich gedacht habe.

Ich gehe auf ihn zu. »Der Wichser hat unsere Forderung ignoriert. Wir haben ihm die Wahl gelassen: Er soll sich im Austausch für dich ausliefern. Scheint aber so, als wäre sein eigener Arsch ihm wichtiger.« Ramon weicht meinem Blick aus, doch an seinem Gesichtsausdruck und dem Mahlen seines Kiefers erkenne ich, dass ihn die ganze Sache nicht kaltlässt. Ist er enttäuscht? Oder ist es genau das, womit er gerechnet hat? Ich erkenne, dass wir ihn als Druckmittel zwar verloren haben, er dennoch immer noch unser wichtigstes Werkzeug ist. Ich kann nachvollziehen, wie sehr ein Sohn zwischen Hass und Liebe gefangen sein kann. Meinen Vater habe ich so sehr gehasst dafür, dass er mich alleine gelassen hat. Tue es immer noch. Und gleichzeitig umkreisen mich Tag für Tag dieselben Fragen. Wieso habe ich ihm nicht gereicht? Hat er mich nicht genug geliebt, um seine Trauer zu bewältigen? Obwohl ich ihm niemals vergeben werde, würde ich alles dafür geben, wenn er mich ein letztes Mal in den Arm nehmen würde. All dies erkenne ich ebenfalls bei Ramon. Versteckt hinter dieser Fassade, die auch ich erbaut habe. Er hat sie nur verfeinert und gestützt mit all den Gräueltaten, die er begangen hat. Vielleicht wollte aber auch er einfach nur geliebt werden. Ich lehne mich vor in sein Blickfeld, sodass er mich ansehen muss. »Denkst du etwa immer noch, dass du deinen Vater beschützen musst? Du bist sein Sohn, aber es interessiert ihn einen Scheißdreck, was mit dir passiert!«

»Das stimmt nicht!«, zischt er. Seine Augen fixieren mich jetzt. Ein Feuer, das ich vorher nicht darin sehen konnte, brodelt in ihnen. Hass. Verletzlichkeit.

Ich lächle schief. »Ach nein? Und wieso ist er nicht aufgetaucht? Wieso musst du völlig unbewacht ein Bordell besuchen? Weil er dich so sehr liebt?«

Seine Schultern beben, als er tief durchatmet. Ich höre, wie meine Freunde sich unruhig bewegen, doch ich gebe ihnen mit einer Geste zu verstehen, dass sie Abstand halten sollen. Ramon presst die Augen zusammen. »Halt deine Schnauze!«

Mit der Zunge schnalzend stehe ich auf und blicke auf ihn hinab. »Das kann ich tun, aber das ändert nichts daran, dass er ein miserabler Vater ist und du somit wertlos für uns bist.«

Ramon antwortet nicht. Sieht mich nicht an. Bewegt sich nicht. Sein Kopf sinkt auf seine Brust, als hätte er endlich aufgegeben. Ich verharre noch wenige Augenblicke, bis mein Handy in meiner Hosentasche vibriert. Mit einem Kopfnicken gebe ich meinen Freunden zu verstehen, dass wir hier fertig sind, und verlasse den Keller. Erst, als ich oben ankomme, kann ich endlich wieder frei atmen. Schnell fische ich das Telefon hervor und erstarre, als ich die Nummer erkenne.

»Gemma? Was ist los?«

Ein leises Aufatmen ertönt am anderen Ende der Leitung. »Wieso kommst du nicht mehr?«

Sie weint nicht. Sie klingt nicht verängstigt. Nur traurig. Erleichtert atme ich auf und lasse mich mit dem Rücken gegen die Hauswand fallen. »Ich habe doch gesagt, dass du mich nur im Notfall anrufen sollst!«

»Es tut mir leid«, flüstert sie und sofort bekomme ich ein schlechtes Gewissen.

Ich bin es nicht gewohnt mit Kindern zu sprechen und nach diesem Tag klang ich vermutlich zu wüst. Sofort rudere ich zurück. »Schon okay. Wie geht es euch?« Wie geht es ihr?

Gemma seufzt. »Luna geht es okay. Sie ist sehr traurig und wütend.« Bin ich so leicht zu durchschauen? Sogar von einer Zwölfjährigen?

Ich nicke, obwohl sie es nicht sehen kann. Mein Hals ist eng und mit einem Mal bin ich völlig erschöpft. Mit der freien Hand fahre ich mir übers Gesicht. »Ruft nur noch im Notfall an, okay?«

»Versprochen.« Dann legt sie auf.

An dem Tag, an dem ich Luna verlassen habe, habe ich Gemma ein einfaches Handy mit meiner eingespeicherten Nummer gegeben, die sie im Notfall anrufen soll. Vielleicht ist es dumm von mir, mich nicht völlig von ihnen zu lösen, doch alleine der Gedanke daran, sie für immer zu verlieren, zerreißt mich. Ich will sie beschützen. Wenn ich es nicht wäre, der sie in Gefahr bringt, würde ich sie ununterbrochen in meiner Nähe haben wollen.

vierzehntes Kapitel

Luna

Ich fühle mich verändert. Ich weine nicht länger, wenn ich an ihn denke. Nein, ich werde wütend. Allein ein Gedanke an ihn lässt all die Wut in meinem Bauch erwachen und brodelt wie ein Feuer in mir, das nicht zu bändigen ist. Zoe und Sky sprechen nicht mehr über ihn, ich glaube, sie wagen es nicht einmal mehr an ihn zu denken. Sobald ich morgens das Diner betrete, wende ich meinen Blick nach vorne. Seinen Platz bediene ich nicht. Ich bringe es nicht über mich, mit einem aufgesetzten Grinsen dorthin zu marschieren und irgendeinen schmierigen Typen zu bezirzen. Zum Glück hat Jay noch nichts davon gemerkt, er hätte wohl kaum Verständnis für mein Klein-Mädchen-Verhalten.

Heute ist Sonntag. Der einzige Tag in der Woche, an dem ich frei habe. Am liebsten würde ich jedoch arbeiten gehen. Mein Vater ist wie an jedem Tag zuhause, doch heute ertrage ich seine Anwesenheit nicht. Er stank schon am Morgen nach Whiskey und Schweiß. Ich warte, bis er im Wohnzimmer ist, bevor ich mich vom Boden aufraffe, auf dem meine Schwestern ihre Hausaufgaben machen. »Habt ihr Hunger?« Sogar meine Stimme klingt verändert. Matt und traurig. So, als hätte ich meine eigentliche Stimme herausgeweint und alles, was übriggeblieben ist, ist diese schwächere Version von ihr. Ich hasse sie.

Die Drei nicken synchron. Natürlich haben sie Hunger. Es ist bereits früher Abend und bisher hat mein Vater die Küche nicht verlassen, weshalb wir kein Mittagessen hatten. Ich liebe diese drei Mädchen von ganzem Herzen dafür, dass sie nicht gejammert haben. Und ich hasse mich dafür, dass ich mich nicht dazu überwinden konnte, früher hinunter zu gehen. »Machst du uns Pfannkuchen?«, fragt Celia mit dem süßesten und aufrichtigsten Grinsen, das ich je gesehen habe. Und das erste Mal seit Wochen, kann ich endlich wieder lächeln. Ehrlich. Ohne diese Maske. »Aber natürlich, mein Spatz!« Ich gebe ihnen nacheinander einen Kuss auf den Scheitel und laufe auf leisen Sohlen hinunter.

Er hört mich trotzdem.

»Was ist los?«, fragt er, sobald er schlurfend in der Küche ankommt.

Ich nehme eine Schüssel. »Was soll los sein?« Mehl, Eier, Milch, Salz.

»Du benimmst dich wie ein kleines Kind.«

Ich lache, während ich die Zutaten vermische. »Das sagst ausgerechnet du?«

»Halt deinen Mund!« Er lehnt sich gegen die Kücheninsel. Vermutlich, weil er seit Tagen nichts Richtiges mehr gegessen oder getrunken hat. Seine Augen sind blutunterlaufen. Kein rarer Anblick. »Du antwortest gefälligst, wenn ich mit dir rede.«

»Es ist alles okay, Daddy!« Das letzte Wort betone ich mit so viel Verachtung, wie ich nur aufbringen kann.

»Hat der Kerl etwas damit zu tun, der vor ein paar Monaten hier war? Was ist mit ihm?« Es wundert mich, dass er sich daran erinnert. Tatsächlich sind es jetzt fast zwei Monate, dass ich Drax kenne. Es kommt mir vor wie ein ganzes Leben.

»Nichts ist mit ihm.« Mein Kiefer mahlt, während ich mich weiter dem Teig für die Pfannkuchen widme.

»Sieh mich verdammt nochmal an, wenn ich mit dir rede!« *Halt die Klappe! Halt die Klappe! HALT DIE KLAPPE!*

Provokativ langsam drehe ich mich um und wiederhole meinen Satz zischend. »Nichts ist mit ihm!«

Mein Vater rümpft die Nase, während er mich mustert. Er kennt mich. Auch, wenn es mir nicht gefällt, weiß er, dass etwas nicht stimmt. Früher hätte ich nie so mit ihm geredet. Er stemmt die Hände mit den viel zu langen Fingernägeln in die Hüfte und kommt auf mich zu. »Du lässt den Kerl dich ficken, was?«

Ich stoße ein Lachen aus und drehe mich wieder um. »Das geht dich gar nichts an!«

Mit einer Geschwindigkeit und Stärke, die ich ihm nicht zugetraut hätte, steht er neben mir, umfasst meinen Arm und dreht mich so fest zu sich um, dass ich aufschreie. »Pass bloß auf, dass er dich nicht schwängert!« Normalerweise würde ich ihn ignorieren und meines Weges gehen, doch ich fühle mich nicht im Geringsten wie die Luna, die ich sonst bin. Viel eher fühle ich mich verraten und erniedrigt, sodass sich mein Selbsterhaltungstrieb abschaltet und meinem Zorn Platz macht. »Jeder andere Vater hätte das gesagt, weil er sich Sorgen um seine Tochter macht, aber du? Du machst dir nur Sorgen um mein Geld.«

Er denkt nach. Sein Gehirn ist lahm von den Drogen und all dem Gift, das er sich Tag für Tag reinpfeift. Er fletscht die schwarzen Zähne wie ein Hund. »Solange du in meinem Haus wohnst -«

»*Ich* bezahle dieses verfluchte Haus!«, unterbreche ich meinen Vater und spucke ihm die Worte praktisch ins Gesicht. Ich erkenne zu spät, dass ich zu weit gegangen bin. Nämlich da, als die Ader an seiner Stirn anschwillt und sein Kopf die Farbe einer reifen Tomate annimmt. Alarmiert mache ich einen Schritt zurück. Zumindest versuche ich es, denn trotz seines Zustandes ist er flink. Sein Griff verstärkt sich und er schubst mich hart gegen die Wand. Ich gleite zu Boden. Binnen weniger Sekunden ragt er über mir und schlägt mit solch einer Wucht in mein Gesicht, dass mein

Kopf zur Seite geschleudert wird. Ich hebe schützend die Arme, vergrabe mein Gesicht in ihnen, um die nächsten Schläge abzudämpfen. Dabei weine ich nicht. Ich rede nicht. Ich fühle nichts. Alles, was in mir herrscht, ist Leere. Dunkle, alles verzehrende Leere. »Solange du in meinem Haus wohnst, hältst du dich aus den Betten der Männer fern! Außer sie blechen dafür!«, spuckt er über mir, bevor er ein letztes Mal mit geballter Faust auf meine verschränkten Arme drescht und abhaut. Mich zurücklässt. Zitternd. Still. Alleine. Ich weiß nicht, was von alledem am schmerzhaftesten war. Die Fausthiebe oder die Erkenntnis, dass mein Vater es akzeptieren würde, wenn ich mich prostituieren würde.

Fast regungslos verharre ich in einer Embrionalstellung und versuche den Schmerz weg zu atmen. Sowohl den körperlichen, wie auch den seelischen. Ich will nicht, dass eine meiner Schwestern mich so findet, doch jedes Mal, wenn ich mich aufraffen will, drückt mich eine Last nieder, die ich nicht fassen kann. Wie im Delirium bekomme ich mit, dass jemand im Zimmer ist. Meine Hand nimmt. Mir über den Kopf streichelt. Sogar mit mir spricht.

Ich weiß nicht wer. Alles, was ich weiß, ist, dass mein Herz gebrochen ist. In tausend kleine Stücke, durch tausend kleine Hiebe. Zu viel. Zu oft. Zu lang. All die Jahre.

Ich kann nicht mehr.

»Komm«, sagt jemand. Ich glaube, es ist Celia. Endlich schaffe ich es, mich aufzusetzen. Sie anzusehen. Meine kleine Schwester, die mich mit gerunzelter Stirn mustert und immer wieder über meine Haare fährt, als würde das irgendetwas besser machen. Sie fragt nicht, was passiert ist. Sie packt mich unter den Armen und hilft mir auf. Langsam gehen wir die Treppen hoch, bis die Haustür aufgerissen wird, sie mich mit weit aufgerissenen Augen anstarrt, und wieder hinunter in den Flur rennt.

Jemand stürmt die Treppen hoch. Nimmt zwei Stufen auf einmal und zieht mich an sich, sobald er mich erreicht. Drax. »Ich hätte nie gehen dürfen!« Er klingt verzweifelt. Wieso er? »Verzeih mir, Luna!« Er hält mich eine Armeslänge vor sich her und lässt die Augen über mich gleiten, während ich unbeweglich dastehe. Alles ist so schwer, sodass ich mich immer noch aufs Atmen konzentrieren muss. Den Sauerstoff an dieser großen Masse in meinem Hals vorbeischleusen muss.

»Ich kann nicht«, flüstere ich, doch ich fühle die Worte nicht. Weder seine noch meine. Mir ist kalt. Und ich bin müde.

»Okay.« Er verschwindet in meinem Zimmer und kommt kurze Zeit später mit meinen Schwestern und zwei Taschen zurück. Wer hat sie gepackt? »Ich nehme euch trotzdem mit zu mir.«

Kurz will ich protestieren und ihm zu verstehen geben, dass wir gut ohne ihn zurechtkommen. Dass ich gut ohne ihn zurechtkomme, doch der Kloß in meinem Hals und die Leere in meinem Herzen hindern mich daran, auch nur ein einziges Wort zu sagen. Stattdessen bleibe ich regungslos sitzen und starre beinahe manisch meine im Schoß verschränkten Hände an.

Alles ist besser als das hier.

Oder? Ich kann nicht länger hierbleiben. Kann meinen Schwestern nicht länger zumuten, in dieser Umgebung aufzuwachsen. Kinder brauchen Schutz und ich alleine kann ihnen diesen nicht biten. Doch wo sollen wir sonst hin? Wer soll sich um sie kümmern, wenn ich nicht da bin? Das Jugendamt interessiert sich herzlich wenig für uns, doch ich würde meinem Vater zutrauen, sie uns auf den Hals zu jagen, sollte ich mit den Mädchen und vor allem meinem Geld abhauen.

Bei den *Hearts* wird niemand auftauchen, um sie mir wegzunehmen.

Nein, wir können sonst nirgends hin.

fünfzehntes Kapitel

Drax

»Es ist meine Schuld.«

Daisy steht neben mir im Türrahmen und beobachtet Luna im Schlaf. Sie hat das Bett die letzten zwei Tage nur verlassen, um ins Badezimmer zu gehen und etwas zu essen – wozu wir sie mehr oder weniger zwingen mussten. Meine Tante seufzt und sieht mich von unten an. Sie hat die Stirn in Falten gelegt und sieht um Jahre älter aus. Daisy und Trish stammen aus einer Familie, die mindestens genauso beschissen war wie Lunas. Ihr Vater hat die beiden regelmäßig geschlagen, genauso wie seine Frau. Als ich mit Luna, die völlig neben der Spur war, hier ankam, wurden beide auf die Sekunde genau zur selben Zeit weiß wie Schnee. Trish kümmerte sich ohne weiteres um die drei Kleinen, während Daisy Luna mit auf mein Zimmer brachte und sich um die Platzwunde an ihrer Stirn kümmerte.

»Sei kein Idiot!«, schimpft sie. »Du hast aus irgendeinem Grund wie einer gehandelt, aber du hast es schlussendlich eingesehen.«

»Wäre ich nicht -«

Sie schnalzt mit der Zunge und stößt mich fest in die Seite, sodass ich Ruhe gebe. »Du könntest dir noch ewig Schuldgefühle einreden, aber im Endeffekt kann man die Vergangenheit nicht ändern. Aber wir können es mit der Zukunft versuchen.«

»Wir müssen sie und ihre Schwestern dort rausholen!«

»Jetzt klingst du schon eher nach dir.« Aus dem Augenwinkel sehe ich, dass sie zufrieden lächelt.

Nachdem ich vergebens versucht habe, mit Luna zu sprechen, mache ich mich auf den Weg zu Jo und Jasper. Sie sind in letzter Zeit beinahe noch nervöser als ich, weshalb ich auch beschließe, sie aus der ganzen Sache ein für alle Mal herauszuhalten.

»Drax?« Ich halte inne. Jasper kratzt sich verlegen am Nacken. Er sieht mir nicht in die Augen, während er mit mir spricht. »Es tut mir leid, was ich damals über sie gesagt habe. Ich habe einfach überreagiert!«

»Vergeben und vergessen.« Jasper sieht aus, als würde ihm ein Stein vom Herzen fallen. Er sackt zufrieden lächelnd in sich zusammen und zieht mich ohne Vorwarnung in eine Umarmung.

»Was steht heute an, Boss?«, fragt Jo, der uns lächelnd beobachtet.

Ich kämpfe mit dem schlechten Gewissen. Noch nie habe ich die beiden angelogen. Jetzt damit anzufangen, wo ich sie doch erst in diese Lage gebracht habe, ist unfair. Dennoch zucke ich mit den Schultern. »Ihr habt heute frei. Ich muss einige Dinge erledigen.«

Obwohl sie mich skeptisch beäugen, verabschiede ich mich von ihnen und mache mich auf den Weg zu Ramon. Wenn ich die Sache voranbringen will, kann ich nicht länger warten.

Noch ehe ich die Tür hinter mir geschlossen habe und Ramon auch nur eines Blickes gewürdigt habe, rutscht er unruhig auf dem Boden. Dunkle Schatten liegen unter seinen Augen. Kein Wunder. Er schluckt hart, bevor er sich über die aufgesprungenen Lippen leckt. »Bevor du mich umbringst, hör mir zu!«

Verwirrt hebe ich eine Augenbraue. »Wieso sollte ich?«

Mit einem festen Ausdruck im Gesicht reckt er den Kopf. »Weil ich deine einzige Hoffnung bin, meinen Vater in die Finger zu bekommen!«

»Du weißt, wo er ist!« Langsam tigere ich um ihn herum wie ein Raubtier um seine Beute.

Seine Augen folgen mir solange sie können, bevor er knapp nickt. »Natürlich.«

Obwohl ich mir dieser Tatsache bewusst war, beschleunigt sich mein Herzschlag. Ohne jedoch eine Miene zu verziehen bleibe ich so dicht vor ihm stehen, sodass er den ganzen Körper drehen muss, um mich ansehen zu können. »Verrate es mir und du bist frei!«

Matt lachend schüttelt er den Kopf. »Ich bin vielleicht so dumm, mich von euch entführen zu lassen, aber nicht so dumm, meinen Trumpf nicht zu erkennen.«

»Was willst du?«

Er lächelt. »Du lässt mich frei, dann führe ich dich zu ihm.«

Fassungslos stürze ich vor und ziehe an der Kette um sein Handgelenk. Er zuckt zusammen. »Du musst mich für bescheuert halten.«

An seinem Hals pocht eine Ader, seine Augen gleiten umher, bis sie sich wieder auf mein Gesicht heften. »Nur für verzweifelt.«

Immer fester verkrampfen sich meine Finger um die Kette. Immer schneller hämmert mein Herz gegen meine Brust. Immer mehr Gedanken rasen durch meinen Kopf. Bin ich so dumm, ihm blind zu vertrauen? Bin ich so verzweifelt, ihn einfach gehen zu lassen? »Nein, das kommt nicht infrage. Wieso sollte ich dir vertrauen?«

Ramon nickt knapp, als hätte er mit dieser Reaktion gerechnet. Dann macht er mir ein Angebot. »Ich sage dir, wo meine Brüder an jedem ersten Samstag des Monats Waffen verticken. Du kannst sie bei den Bullen auffliegen lassen, oder selbst erledigen. Mir egal.« Er holt tief Luft. »Du weißt, dass der Club Familie ist. Sie zu verraten ist übel! Wenn ich dich nicht verarsche, musst du mir auch bei der anderen Sache vertrauen. Mein

Vater ist das Letzte. Ich wusste es schon immer, dachte aber nicht, dass er sogar mich opfern würde.«

»Heute ist Samstag«, erkenne ich, ehe ich mich wieder aufrichte.

Er lächelt. »Dann ist heute wohl dein Glückstag.«

Natürlich wäre ich niemals so dumm, alleine die Adresse zu besuchen, die Ramon mir gegeben hat. Weshalb mir nichts anderes übrig bleibt, als die hinterhältige Schiene zu fahren und den Cops eine anonyme Nachricht zu hinterlassen. Nicht weit von den Docks entfernt sollen die Deals über die Bühne gebracht werden. Noch ehe ich die Bullen anrufe, verschanze ich mich in einem nahegelegenen Schuppen, aus dem ich freie Sicht auf die Straße habe. Sollte Ramon mich verarschen wollen, werden die Bullen ohne einen einzigen Gefangenen wieder verschwinden. Wenn nicht …

… Wenn nicht, ertönen aus der Halle Kanonenschüsse, laute Stimmen, Schreie, fallen weitere Schüsse. Bis sie mit Männern die Straße entlangkommen, die sich mit jeder Macht wehren. Aus Filmen kennt man nur die Polizisten, die sich von jedem Kerl überrumpeln lassen. Unsere Cops jedoch sind ebenso korrupt wie alle anderen in diesem Teil der Stadt, des Landes, der Welt. Es interessiert sie nicht, wenn ein, zwei, fünfzig Männer ihr Leben lassen. Weniger Abschaum, der die Straßen beschmutzt. Weniger Arbeit. Viel Spaß. Ich ducke mich hinter einem Fenster wie der letzte Versager. Diese Männer sind meine Feinde und doch fühle ich mich schmutzig, dass ich sie auf diese Weise hintergangen habe. Lieber tot als ein Verräter, so sehen es viele. Doch ich kann es mir nicht leisten, so zu denken. Nicht jetzt.

Noch lange nachdem es still geworden ist und auch die letzten Wagen der Razzia verschwunden sind, sitze ich in dem modrigen Schuppen und starre auf die Straße. Es musste sein. Für meine Familie. Für alle, die ich beschützen muss. Erst, als ich sicher sein kann, dass mich niemand mehr mit dieser Aktion in Verbindung bringen kann, sollte man mich erwischen, trete ich den Heimweg an.

Als ich Zuhause ankomme, ist die Sonne bereits aufgegangen. Vor der Tür sitzen Jo und Jasper im Gras und springen sofort auf, sobald sie mich sehen. »Wo warst du die ganze Nacht?«, will Jasper wissen.

»Bei Ramon«, erwidere ich knapp und will mich an ihm vorbeischieben, doch er stößt mich unsanft zurück. In seinem Blick ist nichts als Verwirrung. »Ohne uns?«

»Ich werde ihn laufenlassen.«

Jo lacht auf, ehe er erkennt, dass das mein Ernst ist. Wie ein Hund legt er den Kopf schief und sieht mich skeptisch an. »Hast du sie noch alle? Hat er etwas gegen dich in der Hand, oder was?«

»Ja und nein.« Seufzend lasse ich mich gegen die Wand gleiten, um die verkrampfte Stimmung etwas aufzulockern. Ich merke allerdings sofort, dass mir das nicht gelingen wird. »Er hat mir einen Tipp gegeben, mit dem ich einige der *Slayers* in den Knast gebracht habe.«

»Du hast was?« Jaspers ganzer Körper verspannt sich, während Jo mich nur mit offenem Mund anstarrt.

»Flipp jetzt nicht aus!«, sage ich und hebe entwaffnend die Hände. Nutzlos.

»Fick dich!« Mit einem gezielten Schlag erwischt Jasper meine Nase, sodass ich torkelnd zurückgehe.

»Scheiße, war das nötig?« Stöhnend beuge ich mich nach vorne, während ich mit einer Hand meine blutende Nase umfasse. »Ich habe die *Slayers* an die Bullen verpfiffen. Sie haben sie einkassiert.«

»Das ist Selbstmord!«, stößt Jo aufgebracht aus.

»Wieso hast du das hinter unseren Rücken gemacht?«, unterbricht sein Bruder ihn. Sein Kiefer mahlt, seine Hände sind zu Fäusten geballt. Sogar ein Blinder könnte erkennen, wie wütend er auf mich ist.

»Ich wollte euch nicht mit hineinziehen!«, will ich mich verteidigen, dabei weiß ich längst, dass dies verlorene Worte sind.

Jo lacht matt. Etwas, was ihn seinem Bruder viel ähnlicher macht. Dass sogar er enttäuscht von mir ist, macht er nur noch schlimmer. »Dafür ist es längst zu spät!«

»Es tut mir leid.«

»Verpiss dich, Drax!« Jasper schubst mich zur Seite, öffnet die Tür und geht wortlos an mir vorbei.

»Gib ihm etwas Zeit.« Jo legt mir kurz eine Hand auf die Schulter, bevor er ihm kopfschüttelnd folgt. Ich habe sie verraten, ebenso wie Ramon seine Männer verraten hat. Ich schließe die Haustür leise hinter mir, weil ich keine Lust auf irgendwelche Gespräche habe, doch dann bleibe ich abrupt stehen. Luna sitzt am Kopfende des Tisches und flickt den Rock ihrer Uniform. Sie hat ein Bein untergeschlagen und sieht so entspannt aus, dass ich mir beinahe wünsche, dass sie mich weiterhin ignoriert. Als sie mich dennoch bemerkt, sieht sie kurz hoch und erstarrt. Es ist das erste Mal seit sie hier ist, dass sie mich bewusst ansieht. Genauer gesagt starrt sich mich an. Vorsichtig legt sie die Nadel und den Rock zur Seite und kommt auf mich zu. »Was ist passiert?«

»Nichts«, brumme ich und will bereits verschwinden, als sie auf mich zueilt und meinen Arm ergreift. Ihr Griff ist fest und lässt keine Widerrede zu.

Ich drehe mich um, und sehe in ein völlig angespanntes, fahles Gesicht.

»Lüg mich nie mehr an!«

Ihre Worte brechen mir das Herz. Es tut weh, dass ich ihr so leicht wehtun kann. Es ist erschreckend, dass ich diese Macht über sie habe. »Wie kommst du darauf, dass etwas passiert ist?«

»Deine Nase.« Sie hält inne, streicht sachte über die Schwellung. »Aber ich sehe es auch an deinem Blick.«

Weil ich hier unmöglich mit ihr darüber reden kann, nehme ich sie an der Hand und führe sie in mein Zimmer. Die Berührung unserer Hände ist wie Balsam für meine geschundene Seele. Am liebsten würde ich sie nie wieder loslassen.

In meinem Schlafzimmer angekommen lotse ich sie zur Couch und zwinge sie, sich hinzusetzen. Ich atme tief durch, will es ihr eigentlich nicht sagen, aus Angst vor ihrer Reaktion. »Ich habe die *Slayers* an die Bullen verpfiffen, ohne mit Jasper und Jo zu sprechen. Wenn diese Typen herausfinden, dass ich das war, bin ich tot.«

»Wie kannst du sowas tun, du Idiot?« Ich sehe an ihrem Blick, dass sie endlich bereit ist einzusehen, wie gefährlich diese Männer sind. Vielleicht. Ja, vielleicht versteht sie auch, wieso ich sie schützen wollte.

Zaghaft berühre ich ihre Hand, sodass sie innehält. »Luna, es ...«

»Nein. Sag nichts!« Ihre Stimme klingt zerbrechlich.

»Wie kann ich es wiedergutmachen?«

»Versprich mir einfach, dass du mich nicht noch einmal verlässt.« Sie senkt den Blick. »Zumindest nicht aus so einem Grund. Ich habe mich für dich entschieden, obwohl ich wusste, in was für einer Welt du lebst. Schließ mich nicht aus, weil du denkst, ich käme damit nicht zurecht.«

»Ich werde dich nie wieder verlassen.« Sanft berühre ich sie am Kinn und hebe es so an, dass sie mich ansehen muss. »Egal, aus welchem

Grund.« Sie schluchzt, während sich ihre Augen mit Tränen füllen. Tränen, die ich ihr für den Rest ihres Lebens nehmen will und es doch nicht kann. Ich werde sie immer wieder zum Weinen bringen. Immer wieder nicht wissen, wie ich mich verhalten soll. Immer wieder Dinge sagen, die sie verletzen. Und ich werde mich immer wieder dafür hassen. »Ich hatte Angst, dich zu verlieren. Du machst mich verletzlich. Ich könnte es nicht ertragen, wenn sie ...« Ich presse die Augen zusammen. Will diese Bilder nicht zulassen. »Ich will dich einfach nicht in Gefahr bringen.«

»Hey«, flüstert sie. Jetzt bereit, *mich* zu besänftigen. Sie nimmt meine Hand. »Jetzt musst du mich ansehen.« Ihre Stimme ist so sanft. Fuck, ich liebe ihre Stimme! Liebe jeden einzelnen Ton, der ihren Mund verlässt. Ich liebe, wie er sich bewegt, wie sie meinen Namen sagt. Wie gebannt starre ich darauf und kann nur hoffen, dass sie niemals aufhört mit mir zu sprechen. »Ich bin doch längst in Gefahr. Das sind wir alle. Dieses Leben, das wir hier führen, ist voller Gefahren, aber nur bei dir fühle ich mich in Sicherheit.« Ihr Daumen streicht immer wieder über meinen Handrücken, sodass es irgendwann beginnt zu kitzeln. Wer muntert hier eigentlich wen auf? Vielleicht sind unsere Leben so verkorkst, dass es zwischen all dem keine Grenzen mehr gibt. Ich brauche sie, sowie sie mich. »Mir kann jederzeit etwas passieren. Wie jedem auf dieser Welt. Aber wenn ich die Zeit davor mit dir verbringen durfte, dann war es das wert.«

»Wer hätte gedacht, dass du so romantisch bist?«, frage ich lächelnd und streichle zärtlich mit den Fingern ihre Wange entlang.

Luna lehnt sich meiner Hand entgegen. Kurz verweilt sie dort, ehe sie mich wieder so intensiv ansieht, dass ich sie am liebsten küssen würde. Ich lasse meinen Daumen über ihre perfekt geschwungene Unterlippe gleiten. »Glaub mir, nicht einmal ich hätte das gedacht. Vielleicht ist diese Seite erst durch dich entstanden.«

»Ich mag sie.«

»Und ich mag dich.«

sechzehntes Kapitel

Luna

Ich schmiege mich gegen Drax' warme Hand. Gebe zum ersten Mal seit langer Zeit die Abwehrhaltung auf. Ich habe ihn vermisst. So sehr! Und ich wusste es die ganze Zeit, was alles nur noch verschlimmert hat. Ich wusste, dass ich ihm vergebe, ihn wieder in mein Herz lasse, mich wieder völlig schutzlos in seine Arme werfe. Weil ich nicht anders kann. Weil er mich in einen Menschen verwandelt, der an das Glück und die wahre Liebe glaubt.

»Drake.« Ich weiß, dass er seinen Namen nicht gerne hört, doch es tut gut, ihn auszusprechen. Er hat etwas Fernes und Unbekanntes, und gleichzeitig klingt er so vertraut in meinen Ohren wie mein eigener Name.

»Luna?«

»Bitte verletz mich nicht mehr.«

»Nie wieder.« Er streichelt mein Gesicht. »Vertraust du mir?«

»Ich sollte es nicht.«

Er schluckt so stark, dass sein Kehlkopf hüpft. »Tust du es dennoch?«

»Ich vertraue dir mein Leben an, wenn es sein muss.« Er lächelt nicht, wie ich erwartet habe. Nein, sein Blick ist todernst, während er mich an den Hüften packt und auf seinen Schoß setzt, die Knie neben seinen Beinen in das Kissen gedrückt. Seine Augen fliegen haltlos über mein Gesicht, während seine Hände an meiner Taille verweilen. Mein Herz sehnt sich nach ihm, ebenso wie meine Lippen. Sie vermissen ihn. Sie drängen mich, zwingen mich weiter. Seine Augen halten inne. Auf meinem Mund, der sich dem seinen nun langsam nähert. Er beißt sich auf die Unterlippe.

»Willst du mich nicht küssen?«

»Ich will nichts sehnlicher.«

»Worauf wartest du denn?« Mein Herz schlägt immer schneller, während sein Blick so unendlich sanft wird.

»Darauf, dass du bereit bist.«

Ich beuge mich vor, lege meine Lippen fast schüchtern auf seine, warte auf ihn, auf seine Reaktion, auf den Moment, in dem er seinen Kampf aufgibt. Ich erzittere, als er mich fester an sich zieht und mich mit einer Intensität küsst, als wäre es das Einzige, was ihn noch am Leben hält.

Seine Arme halten mich umschlungen, sodass ich mich kaum rühren kann. Bei jedem anderen hätte mich diese Machtlosigkeit beunruhigt, nicht bei ihm. Seine Berührungen sind beschützend aber gleichzeitig so sanft, dass ich nicht einmal darüber nachdenke, mich daraus zu lösen. Ich vergesse, was war. Meine Wut, meine Enttäuschung, meinen Stolz. Alles, was ich will, ist ihm nahe sein. Es interessiert mich nicht mehr, dass ich dadurch schwach wirke. Ununterbrochen denke ich daran, dass ihm etwas hätte zustoßen können. Wäre er gestorben, hätte ich es mir niemals verziehen, so stur gewesen zu sein. Sein Gesicht sieht schlimm aus, so zerschunden. Manchmal zuckt er unter meinen Berührungen zusammen, doch er löst sich keine Sekunde von mir. Er braucht mich, ebenso wie ich ihn.

Sein Daumen streicht über die weiche Haut hinter meinem Ohr, als er seine Lippen von meinen löst. Sein Ausdruck wirkt gequält. Macht mir Angst. Aber nicht um mich, sondern um ihn. Bisher habe ich schon einige Seiten an Drake Jackson kennengelernt, doch diese gefällt mir am wenigsten. Sanft bewegt sich sein Daumen immer weiter, während seine Augen trüb und beinahe leer an Freude sind. »Ich will nicht mehr spielen, Luna.« Er lehnt seine Stirn gegen meine, eine meiner liebsten Berührungen.

Seine Stimme wirkt rau und matt. Mit fest klopfendem Herzen, lege ich meine Hand auf seine freie und drücke seine Finger, die sich sofort mit meinen verschränken.

»Was ist los?«, will ich flüsternd wissen, obwohl niemand in der Nähe ist, der uns zuhören könnte.

»Ich will einfach, dass du weißt, dass ich dich sehr mag.« Er senkt schwer schluckend den Blick, seine Kiefer mahlen. »Bisher war ich ziemlich gut darin, niemanden so nah an mich heranzulassen, dass er mir das Herz rausreißen könnte, aber was …« Er sieht wieder hoch. Dieses Mal liegt etwas anderes in seinem Blick. Entschlossenheit. »Was, wenn du mein Herz jetzt schon in der Hand hast und je mehr ich mich dagegen wehre, umso fester packst du zu?«

»Das klingt ganz nach mir.«

»Luna. Ich will dir hier etwas sagen, das mir nicht leichtfällt.«

»Okay.«

Er lacht. »Sei bitte einfach still.« Ich nicke, verfolge wie gebannt seine Lippen. Als er nichts sagt, wandert mein Blick hoch. Zu seinen Augen. Sie sind so grau wie Gewitterwolken. So voller Leben und Sturm und … und etwas anderem. Seine Augen sehen mich an, als wäre ich etwas Besonderes. Nicht einfach ein Mädchen, das mit schäbigen Jobs seinen Lebensunterhalt verdient. Ohne Ausbildung und Zukunftsaussichten. Er sieht mich an, als wäre ich die Sonne nach einer endlosen Dunkelheit. Mir wird warm. Mein Gesicht beginnt zu brennen, aber ich bleibe stumm. Ich sage nichts, als seine Hände meinen Hals hochfahren und sich um mein Gesicht legen. Ich schweige, als seine Daumen über meine Wangen und Ohren streicheln. Ich könnte nicht einmal etwas sagen, wenn er es verlangen würde. Er hat mich gefangen genommen.

Drax lächelt. Ich bin mir sicher, dass kein Mensch auf der Welt ein schöneres Lächeln hat. »Ich liebe dich, Luna.«

Ich muss den Kloß aus meinem Hals herunterschlucken. Irgendwohin, wo er mir nicht mehr den Atem stiehlt. Er liebt mich. Er. Liebt mich! Ein Feuerwerk explodiert in meinem Magen. Alles, was ich jemals an positiven Gefühlen hatte, trifft nun tausendfach auf mich ein. Drake, Drax, dieser verrückte Mann liebt mich. Ich stürze vor und presse meine Lippen so stürmisch gegen seine, dass ich beinahe befürchte, ihm weh zu tun. Ich küsse seine Lippen, die sich öffnen, nehme die untere zwischen die Zähne. Ich fühle mich lebendig, aufgewühlt, wie ein anderer Mensch. Als er dann noch seine große Hand an meinen Rücken legt und mich näher an sich zieht, ist es endgültig um mich geschehen. Seine Hand umgreift meinen Pferdeschwanz, zieht leicht an ihm, sodass ich den Kopf in den Nacken lege. Sanft knabbert er an meinem Schlüsselbein, während seine freie Hand sich an meinem Rücken einen Weg unter das Top bahnt. Sie wandert nach vorne, zieht den Stoff des BHs hinab und umgreift eine Brust. Als er mit federleichten Bewegungen über meinen Nippel streicht, stellen sie sich beide auf, recken sich ihm entgegen, und ich stöhne meine Lust ungehemmt hinaus. Wer hätte gedacht, dass Drake Jackson so zärtlich sein kann?

Ich spüre mit jeder Berührung meine wachsende Erregung, die sich heiß zwischen meinen Beinen sammelt. Drax hebt mich hoch und trägt mich zum Bett. Währenddessen zieht er mir das Top über den Kopf. Seine Augen halten mich gefangen. Sein Blick ist ernst, beinahe ehrfürchtig. Liebevoll streichle ich ihm übers Gesicht und ziehe ihn zu einem tiefen, ehrlichen Kuss an mich. Was passiert nur mit uns?

Er öffnet meinen BH und wirft ihn von uns. Während ich ihn

beobachte, die stählernen Arme nachfahre, streichelt er meinen Bauch, wandert tiefer zu meiner Hüfte. Seine Hand legt sich unendlich sanft zwischen meine Beine. Ich stoße die angehaltene Luft aus, als er mich beginnt zu streicheln, so langsam seine Bahnen zieht, dass ich das Gefühl habe, es mache ihm selbst mindestens genau solche Freude wie mir.

»Oh Gott, Drax!«, stöhne ich so laut, dass ich Angst habe, jemand könnte mich hören.

»Lass dich fallen, Baby!«

Ich hauche ein Okay, obwohl es eigentlich nicht zu meinen Eigenarten gehört, mich fallen zu lassen. Sex war für mich selten etwas Aufregendes. Vielmehr ging es meistens schnell und ohne große Überraschungen. So anders als mit Drax, dessen Mund jetzt meinen Bauch erreicht hat und mit seinen Händen, die mich eigentlich kaum berühren, und seinen Lippen, die nur hie und da auf meine Haut treffen, tausend Schmetterlinge durch ihn jagen. »Heb deinen wundervollen Arsch an«, befiehlt er rau und mit wackeligen Beinen hebe ich mich hoch.

Ich verliere mich völlig in diesem Moment und den Gefühlen, die er in mir auslöst.

Sein Mund folgt jeder Bewegung, haucht zarte Küsse auf meine heiße Haut und hinterlässt ein Prickeln und Ziehen an jeder Stelle, die er passiert. Als seine Hände erneut an meiner Scham landen, erwarte ich den Moment, an dem sein Mund endlich die Stelle findet, die so sehnsuchtsvoll auf ihn wartet, doch sowohl Hände als auch Mund wandern weiter. Seine Küsse an meinen Innenschenkeln machen mich wahnsinnig.

Er quält mich absichtlich, indem er meiner intimsten Stelle immer näherkommt, sich dann aber doch wieder weiter entfernt. Wie von Sinnen greife ich nach seinen Händen, die meine nackte Hüfte umklammern und zeige ihnen den Weg wieder hinauf. Drax stöhnt mir in den Schritt, als sie meine Brüste fest umschließen.

»Quäl mich nicht weiter«, hauche ich verzweifelt und spüre sein Lächeln an meinen Schenkeln.

»Sag das Zauberwort!« Seine raue Stimme bringt mich um den Verstand.

»Bitte!«

»Bitte was?«

»Bitte schlaf mit mir!«, rufe ich. Obwohl ich ihn endlich in mir spüren will, schreie ich meine Lust heraus, als sein Mund endlich meine Mitte erreicht. Mit geschlossenen Augen genieße ich jede Liebkosung seiner Zunge, jeden Kuss, jede noch so kleine Erfahrung. Ich spüre, dass ich komme. Die Wellen der Lust, die meinen Körper wie heißes Wasser überlaufen, werden heftiger. Ich drehe den Kopf, presse mein Gesicht in das Kissen und schreie hinein. Ich will nicht, dass das ganze Haus weiß, was wir hier treiben, aber bin mir sicher, dass sogar die Häuser in der Stadt meine Leidenschaft hören.

Drax wartet einen Augenblick, bevor seine Lippen wieder die Innenseiten meiner Beine finden, sich nun aber hocharbeiten, über meinen Bauch, meine viel zu empfindlichen Brüste bis zu meinem Hals. Erst, als sein Gesicht wieder vor meinem auftaucht, kann ich allmählich wieder ruhig atmen und öffne flatternd die Augenlider. Ich beiße mir auf die Unterlippe, während ich meine beiden Hände um sein Gesicht lege. Diese grauen Augen die ich seit Monaten jede Nacht in meinen Träumen sehe. Mein Herz macht einen Satz, als er sich vorbeugt und mich sanft küsst. Ich schmecke mich selbst, was komisch, aber gleichzeitig aufregend ist. Mit den Beinen umschlinge ich seine Hüften und kann seine Erektion an meiner nun nackten Mitte spüren. Drax atmet schwerfällig, und als ich mein Becken kreisen lasse, gibt er ein Knurren von sich, welches sich kaum noch menschlich anhört.

Er bewegt sich. Lässt mich erzittern. Weil ich es kaum noch aushalten kann, lasse ich eine Hand an ihm hinab wandern. Über sein definiertes Sixpack, bis ich seine Boxershorts erreiche, hineingreife und meine Hand weiter auf und ab bewege.

»Fuck!« Er stöhnt.

»Alles okay?«, hauche ich.

»Mach weiter!« Er beobachtet mich. Mein Gesicht wird noch heißer, falls das überhaupt möglich ist, als ich die immer steigende Lust in seinem Blick erkenne. Unser Atem beschleunigt sich, drängt heftig gegeneinander und obwohl ich es mir nicht eingestehen will, habe ich das Gefühl, zum ersten Mal seit Jahren wieder frei atmen zu können. Es ist, als warte er nur auf die Zustimmung, mein Einverständnis, bevor er seine heißen Lippen wieder drängend, fast verzweifelt auf meinen versenkt. Mit einem gezielten Ruck stemmt er uns beide hoch zum Kopfende des Bettes und positioniert mich so, dass er direkt zwischen meinen Beinen liegt. Mit loderndem Blick mustert er mich, streift über mein Gesicht, als wäre es eine wertvolle Schatzkarte. Seine Finger streichen mir eine nicht vorhandene Strähne hinters Ohr und verweilen dort. Nie zuvor hat mein Herz schneller geschlagen. Nie war ein Mund verlockender. Nie habe ich mich geliebter gefühlt. Er erzittert leicht, als ich meine Hände an seinem nackten Rücken hinab gleiten lasse und erst an dem Bund der Boxershorts innehalte und sie ihm dann ausziehe. Nachdem meine Hände wieder hochgewandert sind und sich nun sanft in seine Haare vergraben, verändert sich sein Blick. Wird sanft, fast zärtlich. So, wie ich es bei einem Mann wie ihm nie gedacht hätte. Auch mein Herzschlag wird langsamer. Eben noch hat es gerast aus

Leidenschaft und Lust, jetzt schlägt es langsam. Für ihn.

Es war dumm, mich auf Drax einzulassen, das wusste ich von Anfang an, aber in Wahrheit war es keine Entscheidung. Mein Herz hat gewählt und ich hatte nicht die geringste Wahl.

Er streichelt mein Haar. Küsst mich. Sieht mir in die Augen. Fest und unerschüttert. »Ich liebe dich!« Mit diesem Satz dringt er in mich ein und bringt meine Welt erneut zum Beben. Meine Hände gleiten über ihn. Vom Rücken bis zum Hintern, wo ich seinen Bewegungen noch besser folgen kann. Seine Muskeln arbeiten, sein ganzer Körper ist auf mich konzentriert. Ist es so, wenn man mit jemandem schläft, den man liebt? Ich stöhne meine Lust förmlich heraus, verwandle mich in einen Menschen, der sich fallen lässt, ohne Angst.

Ist es so, wenn die Welt perfekt ist?

Drax bewegt sich langsam, genießt jeden Moment und wendet den Blick keine Sekunde von meinen Augen ab. Ich fühle mich ihm schonungslos ausgeliefert, er sieht alles in meinen Augen, jeden Impuls, loszuschreien, jede Reaktion auf seine Härte und jede auf seine Sanftheit. Er küsst mich nicht, so sehr ich es auch ersehne. Es wirkt, als wären wir eins, als bräuchten wir das nicht, um vollkommen zu sein. Als ich seine durchdringenden Blicke jedoch nicht mehr aushalte, drücke ich ihn von mir, sodass er auf dem Rücken liegt. Endlich wird sein Gesichtsausdruck wieder vertrauter, gelassener, gieriger. Er hebt eine Augenbraue, während seine Hände sich um mein Becken schmiegen und ihm folgen, bis es genau über seiner Erektion schwebt. Er leckt sich über die Lippen, was mich dazu treibt, mich vorzubeugen und ihn endlich wieder zu küssen. Er schließt die Augen, genießt den Moment, in dem ich mich hinabsinken lasse, ebenso wie ich. Unsere Herzen schlagen im gleichen Takt, unsere Körper bewegen sich in einer perfekten Harmonie, wir atmen dieselbe Luft.

Ich drehe mich in seinen Armen, sodass ich ihn ansehen kann. Seine Augen sind schmal und ich erkenne deutlich, wie schwer es ihm fällt, wach zu bleiben. Wir schweigen. Atmen gleichmäßig und ruhig. Drax' Finger, die sanfte Kreise auf meinen Rücken zeichnen, jagen tausend elektrische Schübe durch meinen Körper. Meine eigenen Hände liegen übereinander auf seiner Brust, eingekerkert zwischen uns. Früher hätte ich mich in dieser Stellung gefangen gefühlt, doch so ist es nicht. Obwohl Drax mich so sehr verletzt hat, fühle ich mich bei keinem Menschen so sicher wie bei ihm. Ich bin schwach. Und doch kann und will ich nichts dagegen unternehmen. Vielleicht habe ich es auch verdient, einmal im Leben schwach sein zu dürfen.

»Ich liebe es, so hier mit dir zu liegen«, flüstere ich.

Drax gibt ein zufriedenes Geräusch von sich. »Ich liebe es, dich anzusehen.«

Mein Herz rast. Mein Mund ist ausgetrocknet. »Ich liebe dich.«

Drax' Augen funkeln, seine Mundwinkel ziehen sich wie automatisch nach oben, sodass kleine Fältchen neben seinen Augen entstehen. Mit einem seligen Lächeln auf den Lippen schließt er sie. Ein Raunen lässt seinen Körper vibrieren. »Sag das nochmal.«

»Ich liebe dich.« Ich lächle.

Seine Arme ziehen mich noch fester an sich, während er das Gesicht in meinem Haar vergräbt. »Nochmal.«

»Ich liebe dich.«

Ich könnte ewig in diesem Augenblick verharren. Für immer der harten Realität entfliehen. Vielleicht könnte ich dann all die Dinge vergessen, die mit ihren Spitzen Kanten versuchen, unsere Blase zum Platzen zu bringen. Solange Drax und ich hier liegen, könnte es klappen. Nur für einen Augenblick, den wir zur Ewigkeit machen.

siebzehntes Kapitel

Drax

Früher war ich überzeugt davon, dass Beziehungen überbewertet sind. Das Bett teilen, zu wenig Platz zur Entfaltung haben. Ständig aufpassen zu müssen, was man sagt und tut. Doch jetzt? Jetzt hat eine einzige Nacht genügt, um mich zu belehren. Jetzt bin ich mir sicher, dass ich nicht eine Nacht mehr ohne diese Frau in meinen Armen überleben kann. Wie soll ich schlafen, wenn sie sich nicht plötzlich wie aus dem Nichts an mich kuschelt, ihre Haare mein Gesicht bedecken, sich ihre kalten Füße gegen meine Beine pressen? Wie zur Hölle konnte ich jemals ohne all das schlafen?

»Du beobachtest mich!«, brummt sie verschlafen und vergräbt das Gesicht in der weichen Bettdecke. »Ich muss fürchterlich aussehen!«

Lächelnd ziehe ich ihre Hände weg und lege stattdessen meine um ihr zauberhaftes Gesicht. Ich bin unendlich erleichtert, dass sie meine Gedanken nicht lesen kann, da sie ansonsten vermutlich davonrennen würde. Ich fühle mich wie das letzte Weichei. Und es ist mir egal. »Du siehst perfekt aus.« Langsam beuge ich mich vor, um sie zu küssen. Luna seufzt, während sie die Arme um meinen Hals schlingt und mit dem ganzen Körper näher an mich heranrobbt. Verflucht, wie konnte ich *jemals* ohne sie aufwachen?

»Aufstehen!«, flötet Jo, der meine Tür bis zum Anschlag auftritt und uns unverhohlen mustert. Als er sieht, dass ich sein schelmisches Grinsen bemerke, hebt er verwundert die Augenbrauen und bildet mit dem Mund ein perfektes O. »Oh, du hast ja Besuch!«

Ich verdrehe knurrend die Augen, während ich Luna die Decke höher bis zum Hals ziehe. »Jetzt tu nicht so, als wäre das eine Überraschung, Arschloch!« Ich lehne mich übers Bett, schnappe mir den erstbesten Gegenstand, den ich finde, und Sekunden später knallt ein Schuh gegen die Tür, die er im letzten Moment wieder zugezogen hat. Dass Jo mir nicht lange wütend sein wird war vorauszusehen. Sein Bruder macht mir hingegen größere Bedenken.

Seufzend drehe ich mich wieder zu Luna, die mich mit amüsiertem Blick mustert, und fahre ihr sanft über den nackten Arm. Wie verflucht schön sie einfach ist! »Tut mir leid! Er ist als Kind zu oft auf den Kopf gefallen. Der Teil im Gehirn, der für die Manieren verantwortlich ist, ist völlig matsche.«

Sie kichert, was ihren ganzen Körper unter mir beben lässt. »Schon okay, ich mag ihn.«

Weil ich mir sicher bin, dass wir von jetzt an keine ruhige Sekunde mehr haben, zwinge ich mich aufzustehen. Was für eine Verschwendung! Als hätte ich es geahnt, klopft es nur wenige Minuten später an meine Zimmertür. »Ihr habt doch sicher Hunger?«, fragt Jo, der dieses Mal nur die Nasenspitze ins Zimmer steckt, um sich vor einem weiteren fliegenden Schuh zu schützen.

»Sag der Meute, dass sie sich benehmen sollen!«, rufe ich, dabei weiß ich längst, dass jeder Versuch vergebens sein wird. Bisher hat jeder bis auf Daisy Luna in Frieden gelassen, doch spätestens nach Jos Auftauchen weiß jeder Bescheid, dass Luna und ich unsere Differenzen beiseitegelegt haben.

Das Frühstück verläuft größtenteils schweigend und ruhig. Zumindest bis zu dem Zeitpunkt, an dem Trish mit Lunas Schwestern den Raum verlässt, um diese zur Schule zu fahren. Eigentlich hatte Luna das selbst vor, doch da heute ihr freier Tag ist, und Trish ohnehin in die Stadt wollte, hat sie ihr die Aufgabe abgenommen. Welch ein Zufall. Niemand wagt es, das Verhör zu beginnen, obwohl ich das Verlangen danach in allen Gesichtern sehe. Bis Becks sich räuspert und mir somit der Appetit vergeht. Ich lege mein Brötchen zur Seite und warte ab. Meine Finger umklammern den heißen Becher Kaffee, der mein einziger Halt ist.

»Also, Luna, wie lange bleibst du hier?«

»Becks!«, knurre ich warnend und starre ihn an.

Er sieht nicht einmal hoch, doch ich höre die Herausforderung in seiner Stimme. »Das ist eine ganz normale Frage.« Er will sie testen. Die *Hearts* sind eine Familie und wenn es so aussieht, als bekäme sie Zuwachs, wird diese Person auf die Verträglichkeit getestet. Es ist, wie bei einem neuen Haustier. Kommt es mit den bereits vorhandenen Mitgliedern des Rudels klar? Es kam nicht selten vor, dass er eine Frau nicht mochte und die danach nie wieder im Clubhaus aufgetaucht ist.

»Ich werde mir sofort etwas Eigenes suchen. Ich bin ganz sicher kein Schnorrer, falls du das denkst!« Ich verschlucke mich an meinem Kaffee und muss aufpassen, nicht alles über den Tisch zu spucken. Lunas Stimme ist so schneidend, dass alle am Tisch erstarren. Alle Blicke sind auf Becks gerichtet, der sie mit unveränderter Miene mustert. Ich zähle die Sekunden, mache mich bereits darauf gefasst, sie zu verteidigen, doch da lacht er ein Lachen, welches einem durch Mark und Bein geht.

»Du kannst ruhig bleiben. Hier, probiere den Kaffee. Meine Frau macht den Besten der Stadt!« Vermutlich hat niemand damit gerechnet, dass Lunas vorlaute Art Becks gefallen könnte. Niemand, bis auf Daisy, die völlig entspannt neben ihm sitzt, seinen Arm streichelt und Luna zuzwinkert. Wenn ich es mir recht überlege, hätten wir es uns wahrscheinlich doch denken können. Auch sie sagt immer gerade heraus, was sie denkt, und schließlich liebt er nichts mehr als diese Frau.

»Danke, das ist nett. Ich wüsste auch nicht, wo ich in dieser Gegend eine ordentliche Wohnung finden könnte. Die Häuser sind alle baufällig.« Sie hebt eine Augenbraue, während sie sich lächelnd eine Tasse Kaffee eingießt.

Becks schürzt die Lippen, stützt das Kinn in die Hand und bedenkt sie mit durchdringenden Blicken. »Eigentlich dürfest du davon nichts wissen.«

Sie lächelt. Dieses zuckersüße Lächeln, das eigentlich nicht zu ihr passt, mich dennoch wahnsinnig macht. Am liebsten würde ich sie auf der Stelle von diesem Stuhl hochzerren und in mein Bett tragen. Ich würde ihr dieses Lächeln von den Lippen wischen und sie stattdessen meinen Namen schreien lassen. »Zum Glück schlafe ich mit einem wichtigen Mitglied des Clubs. Er wird mich sicherlich beschützen.«

Ich erstarre mitten in der Bewegung, während mehrere Dinge gleichzeitig geschehen. Luna grinst breit, Jasper starrt sie mit weit aufgerissenen Augen an, genauso wie Tiny, während Jo wie ein Irrer lacht und auf seinem Stuhl herumzappelt. Becks und Daisy reagieren zunächst nicht. Sie starren von Luna zu mir. Kommt jetzt etwa eine Standpauke? Ausgerechnet von den beiden, die es mitten im Wohnzimmer getrieben haben, als ich gerade mal vierzehn Jahre alt war? Becks nimmt sich seine Tasse und hebt sie an die Lippen, aber ich kann das zu verstecken versuchte Grinsen dennoch sehen. Fuck! Wenn diese Frau sich vorgenommen hat, mich zu killen, ist sie kurz davor.

Als die Gespräche sich endlich anderen Dingen zuwenden, lehne ich mich zu ihr rüber und kneife ihr in den Oberschenkel. »Du bist ein Teufel«, raune ich ihr zu.

176

Sie lächelt schief. Viel zu verführerisch. »Eine Frau zeigt ihren wahren Charakter immer erst, nachdem sie den Typen an der Angel hat.«

Ich schaffe es nicht, meine Augen von ihren Lippen zu lassen. Alles in mir sehnt sich nach ihr. »Dann kann ich dir schon sagen, dass dieser Typ deinen wahren Charakter sogar noch mehr vergöttert als alles andere.«

»Achja?«

»Wären wir alleine, würde ich es dir in den verschiedensten Positionen beweisen.« Sie will taff bleiben, die harte Frau spielen, doch ich sehe an ihrem sich immer schneller hebenden Brustkorb, dass meine Worte sie keineswegs kaltlassen. Langsam streichle ich ihren Oberschenkel, der unter meiner Berührung zuckt. In ihrem Gesichtsausdruck lässt sie sich nichts anmerken, doch ich spüre am ganzen Körper, dass sie auf mich anspringt. Ihre Augen funkeln, als sie mich über den Rand ihrer Tasse hinweg ansieht, bevor sie sie wieder abstellt.

»Der Kaffee ist wirklich köstlich!«, lobt sie Daisy lächelnd, während ich mir mein Lachen mit aller Macht verkneifen muss. Sie ist ein Meister in diesem Spiel.

Als es an der Tür klingelt und sich wie üblich niemand dafür verantwortlich fühlt, stehe ich seufzend auf, gebe Luna einen Kuss auf die Stirn – was mir einige kleine Lacher und zwei mädchenhafte Seufzer einbringt – und mache mich auf den Weg.

Vor der Tür erwartet mich ein farbenfrohes Durcheinander aus Haaren. An vorderster Stelle Zoe, die das lila Haar zu einer unordentlichen Frisur hochgesteckt hat. Es steht ihr, lässt sie weniger angriffslustig wirken. Fast sogar freundlich. Dahinter lugt die kleinere, aber ebenso selbstbewusste Sky hervor. Ihre Augen wandern solange begeistert über den Eingangsbereich, bis sie mich in der Tür stehen sieht.

»Wir sind hier, um sicherzugehen, dass unsere Luna gut behandelt wird«, erklärt Zoe so ernst, dass ich erstaunt die Brauen hebe.

Sky nickt eifrig. »Ob sie auch genug Futter bekommt.« Okay, was ist hier los? Die beiden Freundinnen sehen sich an. Ein Funkeln liegt in ihren Augen. Ich lehne mich gegen die Wand und beobachte das Spiel grinsend.

»Und ihr regelmäßig mit ihr Gassi geht.« Zoes Mundwinkel zuckt.

»Ob diese Bude artgerecht ist!«

»Ihr wollt euch das Haus ansehen«, erkenne ich trocken, dabei muss ich mich zusammenreißen, bei ihren viel zu übertrieben entsetzten Gesichtsausdrücken nicht zu lachen. Auf einmal spüre ich weiche Hände, die sich von hinten auf meine Oberarme legen. Sie küsst mich in den Nacken, wozu sie sich auf die Zehenspitzen stellen muss, und winkt ihren Freundinnen hinter meinem Rücken zu, doch diese konzentrieren sich voll und ganz auf mich.

Zoe schnaubt, als hätte ich ihr eben unterstellt, Babys bei lebendigem Leib zu verschlingen. »Das nenne ich eine miese Unterstellung!«

»Schön euch endlich richtig kennenzulernen«, ignoriere ich ihren letzten Satz und strecke ihr die Hand entgegen. Was hatte ich nochmal vor einiger Zeit gedacht? Es wäre sicherlich besser, sich gut mit den besten Freundinnen der Freundin zu stellen. Man weiß nie, wozu sie imstande sind.

»Wir kennen uns schon!«, sagt sie und verschränkt demonstrativ die Hände unter den Achseln.

Lässig zucke ich mit den Schultern und greife um mich herum, um Luna nach vorne zu ziehen. Als ich die Arme von hinten um sie schlinge, sehe ich, dass ihre Freundinnen – vor allem Sky – beinahe schmelzen. »Ich wollte nur höflich sein. Außerdem haben wir uns immer nur im Diner gesehen.«

Sky mischt sich ein. Sie schiebt sich zwischen Zoe und mich, und hebt eine Augenbraue. »Höflich wäre jetzt nicht das erste Wort, an das ich bei dir denke.«

»Und was wäre das passende Wort?«

Sie lässt den Blick prüfend über mich gleiten. Schamlos. Das schelmische Grinsen, das auf ihrem Gesicht entsteht, spricht Bände. »Das bleibt wohl besser mein Geheimnis.« Weil ich sichergehen will, dass Luna dieses Gespräch nicht unpassend findet, schiele ich unauffällig zu ihr, doch wie erwartet schüttelt sie nur grinsend den Kopf. Wenn es etwas gibt, das ich an Frauen unattraktiv finde, dann ist es Eifersucht. Vor allem dann, wenn ich nur noch Augen für diese eine Frau habe. Mein Herz nur noch für sie schlägt. Meine Gedanken sich nur noch um sie drehen.

»Was macht ihr eigentlich hier?«, fragt Luna lächelnd und löst sich von mir, um ihre besten Freundinnen in eine große Knuddelorgie zu verwickeln.

»Wir dachten, wir holen dich ab, bevor wir zur Arbeit müssen, um ein bisschen in der Stadt zu chillen?«

»Das ist eine tolle Idee!«, jubelt Luna, ehe sie mich fragend ansieht. Erstaunt, dass sie mich um Erlaubnis fragt, nicke ich. Das Grinsen auf ihrem Gesicht wird breiter. »Ich hole dann nur schnell meine Tasche!«

»Ach«, sagt Sky so nebenbei, als wäre es ihr eben erst eingefallen. »Wenn wir eh schon hier sind, kannst du uns auch das Haus zeigen, oder?« Luna nickt, hakt sich bei ihren Freundinnen und dirigiert sie an mir vorbei. Sobald sie im Flur stehen, dreht Sky sich um und zwinkert mir gewinnend zu.

Luna läuft so selbstbewusst durch das Haus, als lebe sie schon seit

Jahren hier. In dem Moment, in dem ich sie so sehe, wird mir klar, dass sie vielleicht die Eine ist. Der eine Mensch, mit dem ich ein eigenes Leben aufbauen will. Ihr Lachen flutet den Raum und lässt alles in mir mitjubeln. Ihr Duft zeigt mir den Weg nach vorne, immer weiter. Und fuck, sollte das bedeuten, dass ich ein willenloser Köter bin, der seinem Frauchen ohne Widerrede folgt, dann bin ich das gerne. Ich würde ihr überall hin folgen.

»Ach du Scheiße!«, ruft Sky begeistert aus, als wir den Hof erreichen. Sie dreht so hektisch den Kopf, dass ihre blauen Haare durch die Luft peitschen. Ich glaube, ich habe noch nie einen Menschen sich so sehr über hübsche Dinge freuen sehen wie sie. Als sie die Gemäldesammlung meiner Mutter im Wohnzimmer gesehen hat, hatte ich kurz Angst, dass sie in Ohnmacht fällt. »Ach du heilige Scheiße!« Sie schnappt nach Luft, während Zoe nur den Kopf schüttelt. »Ach du -«

»Scheiße - alles klar!«, lacht Luna und stößt Sky mit der Schulter an. Ich liebe es zu sehen, wie sie in Gegenwart ihrer Freundinnen aufblüht. Sie wirkt, als seien all die Sorgen von ihr abgefallen. Sie wirkt jung, glücklich. So, wie es sein sollte und doch so selten ist. Nachdem wir das ganze Haus präsentiert haben, als wäre es der Präsidentenpalast, machen wir uns auf die Suche nach der Tasche – die Luna vor einer halben Stunde holen wollte. In unserem Schlafzimmer angekommen, überkommt mich ein komisches Gefühl. Seit gestern sehe ich dieses Zimmer mit anderen Augen. Fast, als wäre es ein heiliger Ort. Ich bin eindeutig komplett übergeschnappt! Und das ist allein ihre Schuld.

Sie robbt auf Knien über den Boden und sucht unter dem Bett, neben dem Nachttisch, und bemerkt nicht die amüsierten Blicke ihrer Freundinnen. Das Zimmer sieht nach dieser Nacht aus, als hätte eine Bombe eingeschlagen. Wir haben es einfach überall getrieben. Der

Schreibtisch ist ein einziges Durcheinander, weil die Hälfte der Sachen umgeschmissen, die andere hinuntergeschoben wurde.

Stöhnend stellt sie sich wieder auf und fährt sich durch die Haare. »Ich bin gleich wieder da! Irgendwo muss diese verflixte Tasche doch sein!« Sie kommt zu mir, stellt sich auf die Zehen und flüstert mir etwas ins Ohr. »Sei nett zu ihnen!«

»Bin ich nicht immer nett?« Sie küsst mich lange und leidenschaftlich, und macht es mir somit dann doch etwas schwer, sie jetzt noch gehen zu lassen.

Sobald Luna den Raum verlassen hat, wechseln ihre Freundinnen Blicke, die ich nur schwer einschätzen kann, jedoch zu 100 Prozent nichts Gutes verheißen können. Sie beginnen ihre Bahnen um mich herum zu ziehen, wie Hyänen, die auf das Verenden ihres Mittagessens warten. Zoe lässt die Arme kreisen, sodass ihre Gelenke knacken. Genau vor mir bleibt sie stehen und bedenkt mich mit einem Blick, der irgendwo zwischen Psycho und Erzfeind liegt. »Ich denke, dass das klar sein sollte, aber wenn du sie verletzt, oder du sie auch nur anlügst, werde ich dich in deinen Träumen aufsuchen.«

Sky taucht neben ihr auf und nickt mit zusammengepressten Lippen. »Das wird sie!«

»Du wirst keine einzige erholsame Nacht mehr in deinem Leben haben.«

Sky schüttelt den Kopf. »Das wirst du nicht!«

»Ich hätte auch kein Problem damit, dir deine Eier abzuschneiden!«

»Das hätte sie nicht!« Ihre Augen funkeln amüsiert, doch ihre Haltung verrät, dass sie mir das nicht zeigen will.

Und weil ich ihnen den Triumph lassen will, hebe ich beschwichtigend die Hände. »Alles klar, Mädels! Sollte ich irgendwann das Bedürfnis haben, Luna anzulügen, werde ich daran denken.«

Zoes grinst frech und Sky strahlt wieder über das ganze Gesicht, bevor sie neugierig durch das Zimmer streift und alles genauestens inspiziert. »Guter Junge!«

Ich sollte es nach dieser Ansage nicht tun, aber ich glaube, dass ich die beiden schnell in mein Herz schließen werde.

Am Mittag finde ich mich vor Jaspers Tür wieder und fühle mich wie ein Schuljunge an seinem ersten Tag. Mit starrem Blick stehe ich davor, in der Hoffnung, dass sie sich einfach öffnet. Doch das ist nicht der Fall. Selbst am Frühstückstisch hat Jasper mich nicht einmal mit dem Arsch angesehen. Er hat stur seinen obligatorischen Morgenkaffee getrunken und ist abgehauen. Weil ich weiß, dass ich Scheiße gebaut habe, muss ich die Sache mit ihm klären.

Ich klopfe an.

Er antwortet nicht.

Dabei weiß ich, dass er da ist, weshalb ich ohne zu zögern hineingehe. Wenn er mir eine reinhauen will, soll er das tun. Wenn er mich anschreien will, soll er das tun. Doch wie ich ihn kenne, wird er mich einfach ignorieren.

»Jazz, es tut mir leid!«

Er steht mit dem Rücken zur Wand, eine Kippe im Mundwinkel und sieht mich mit verschränkten Armen an. Als ich nichts weiter sage, lacht er matt. »Sollen wir uns jetzt in die Arme fallen wie zwei Teenies und uns versprechen, ewig beste Freunde zu bleiben?«

Beschwichtigend hebe ich die Hände, ehe ich auf ihn zugehe. Seine

Augen sind düster, genauso wie der Rest seines Gesichts. »Ich hätte nicht ohne euch entscheiden sollen, aber jetzt habe ich es getan und vielleicht ist es die Lösung für unsere Probleme.«

Jasper lacht erneut kopfschüttelnd und sieht mich an, als wäre ich ein Trottel. Und vielleicht bin ich das auch. »Du denkst, dass er seinen eigenen Vater verpfeift? Sobald du ihn laufen lässt, wird er zu ihnen laufen und innerhalb von einem Tag wird der Club überrannt.«

»Wir müssen dieses Risiko eingehen!«, beharre ich.

»Tu was du willst«, knurrt er, ehe er sich auf seine Couch fallen lässt und so tut, als wäre ich nicht anwesend. Eine seiner Spezialitäten.

»Ich brauche dich dabei.« Obwohl ich an Ort und Stelle verharre und mir wünsche, dass er seine Meinung noch ändert, erkenne ich, dass er seine Zeit braucht. Und solange er nicht bereit ist, mit mir gemeinsam zu tun, was getan werden muss, werde ich warten. Weil es keine Lüge war: Weil ich ihn dabei brauche.

Nach wenigen Tagen mit Luna hat sich eine gewisse Routine eingeschlichen. Jeden Tag nach der Arbeit verbringe ich einige Stunden in dem Diner, bis Luna Feierabend hat. Ehe wir nach Hause gehen, führe ich sie aus. Wir unternehmen für wenige Stunden etwas zusammen. Nur Kleinigkeiten. Eis essen, einen Cocktail trinken, oder einfach nur unsere Lieblingsorte in dieser Stadt besuchen. Wir wissen, dass Zuhause ihre Schwestern und meine Pflichten warten und genießen die wenige Zeit, in der wir nicht an all das denken müssen. Ausnahmsweise hat ihr Chef sie heute zwei Stunden früher freigegeben, da sie später nochmal wiederkommen soll, weshalb wir zum ersten Mal in unserer Beziehung Essen gehen. Ein echtes Date würde ich es nicht nennen, da dazu doch noch mehr als ein zweitklassiger Italiener gehört, doch ich bin dankbar für diese Chance. Als ich im Diner ankomme, begrüßt mich Zoe mit einem Lächeln und deutet mir an, mich noch ein wenig zu gedulden. »Sie wollte sich noch frisch machen.«

Ich lehne mich an den Tresen, weiß jedoch, dass es nicht lange dauern wird. Luna ist keine dieser Frauen, die Stunden damit verschwenden, ihr Äußeres aufzupolieren, da sie das absolut nicht nötig hat. Und ich behalte Recht. Schon nach fünf Minuten öffnet sich die kleine Tür zum Ankleideraum und mir stockt der Atem. Wie kann ein Mensch nur so verflucht atemberaubend aussehen? Die langen weißen Haare hat sie in großen Locken über eine Seite der Schulter liegen. Ihr Körper steckt in diesem verboten sexy schwarzen Kleid, das sie schon einmal anhatte, und die Lippen leuchten in einem sinnlichen Rot, das ich am liebsten sofort wegküssen würde. »Hallo, Schönheit«, raune ich und schließe sie ohne Umwege in meine Arme. Der betörend süße Duft, der von ihr ausgeht, wird noch durch ein nicht zu aufdringliches Parfüm verstärkt.

»Selber Hallo«, murmelt sie an meinen Hals. Ich löse mich von ihr, mustere jeden Zentimeter dieses atemberaubenden Menschen und kann nicht aufhören darüber zu lächeln, dass sie sich für mich entschieden hat. Das Septum in ihrer Nase ist heute auffälliger, mit Brillanten besetzt, das allerdings ist der einzige Schmuck, den sie trägt und braucht.

Ich streichle zärtlich über ihre Wange. »Bereit für das beste erste zweitklassige Date deines Lebens?«

Sie lacht und schmiegt sich näher an meine Hand. »Sowas von bereit!«

Winkend verabschiedet Luna sich von Zoe, die mir mit einer Geste ihrer Hand zu verstehen gibt, dass sie mich im Auge hat. Und so machen wir uns Händchenhaltend auf den Weg zu dem besten zweitklassigen

Italiener der Stadt.

»Sieh dir die beiden da an«, flüstert Luna, sobald der Kellner uns an unseren Tisch geführt hat. Sie lächelt und nickt in Richtung eines Tisches, an dem eine junge Frau liebevoll über den Arm ihres Partners streichelt, während sie sich in seinen Augen verliert. Ich frage mich, ob ich sie manchmal ebenso vernarrt anstrahle. Meistens fühle ich mich zumindest so beknackt, wie das aussieht. »Ein ganz normales Paar.«

Weil ich glaube, einen Funken Melancholie in ihrer Stimme zu hören, knuffe ich sie in die Seite und gehe um sie herum zu dem gegenüberliegenden Platz, nachdem ich ihr den Stuhl zurechtgerückt habe. »Denkst du, die halten keine fiesen Gestalten im Keller gefangen?«

»Abgesehen von einer bösen Schwiegermutter wohl eher nicht«, antwortet sie kichernd. Ich kann nicht glauben, wie sehr ich dieses Kichern liebe. Von meinem Platz aus beobachte ich Luna eine Weile, wie sie verträumt das Paar anstarrt, bevor sie sich mir gegenüber auf den Stuhl gleiten lässt und stumm die Karte studiert. Es tut weh, dass ich ihr nicht das bieten kann, was sie verdient. Niemals werden wir so ein normales Leben führen. Zumindest nicht, solange wir hierbleiben und an all die Dämonen unserer Vergangenheit erinnert werden. Ich wünschte, ich könnte sie vertreiben. Meine und ihre. Ich wünschte, ich könnte ihr Licht schenken und all die Dunkelheit ein für alle Mal loswerden. Ein Kloß setzt sich in meinem Hals fest und er bleibt bestehen, als wir bestellen, als ich erkenne, dass Lunas Lächeln heute matter ist als sonst, als ich nach ihrer Hand greife.

»Würde dir das gefallen?« Sanft streichle ich ihr mit dem Daumen über die Handfläche. Sie ist so zart. So perfekt. Die Haut und Luna. »Ein ganz normales Leben?«, konkretisiere ich meine Frage und deute auf das Paar in ihrem Rücken.

Sie sieht mich an, kaut kurz auf ihrer Unterlippe, bevor sie sich unauffällig umdreht. Nur eine Sekunde, kaum merkbar, drückt sie meine Hand. »Ich weiß es nicht. Vielleicht?«

Ich zögere, zwinge mein Herz und meinen Atem, sich zu beruhigen, ehe ich weiterspreche. »Wenn du es dir wünschst, dann werde ich alles für dich aufgeben.«

Lunas ganzer Körper dreht sich so abrupt wieder nach vorne, dass der Stuhl über den Boden schruppt. Ihre Augen leuchten und ich glaube, dass sich einzelne Tränen darin sammeln. Sie atmet zitternd ein, bevor sie den Blick auf unsere Hände wendet, um mir nicht in die Augen sehen zu müssen. »Wird das hier jetzt etwa ein ernstes Gespräch?« Ihre Stimme ist so leise, dass ich sie fast nicht höre. Mittlerweile glaube ich, sie zu kennen. Sie zu verstehen. Zu wissen, was in ihrem Kopf vorgeht. Es gab in ihrem Leben nicht viele Menschen, die auch nur irgendetwas für sie aufgeben würden. Ich würde mein Leben aufgeben. Für sie.

Ich lege meinen Zeigefinger unter ihr Kinn, zwinge sie sanft, mich anzusehen. Ich versuche sie davon zu überzeugen, dass sie mir glauben kann. »Du musst es mir nur sagen. Ich habe, wie du weißt, viel Geld geerbt. Du musst nicht mehr arbeiten gehen. Wir können sogar wegziehen.«

Sie reißt die Augen auf, zieht ihre Hand aus meiner, um sich mit dem Haargummi, das sie immer um ihr Handgelenk trägt, einen Pferdeschwanz zu binden. »Wegziehen? Aber deine Familie, meine Freundinnen ...«

»Es war nur ein Vorschlag«, beruhige ich sie.

Aber sie hört mir nicht zu. »Alles, was du getan hast ...«

»Oder wir bleiben.«

»Das wäre doch Wahnsinn, oder? Oder nicht?«

Ich lehne mich soweit über den Tisch, dass ich ihre Hände zu fassen bekomme und halte sie umklammert, bis sie mich ansieht. »Luna! Schatz, atme! Wir bleiben erst einmal hier, okay?«

Sie sinkt ein wenig in sich zusammen. Lächelt zaghaft. »Zusammen überleben wir sogar diesen Ort.«

Ich führe ihre Hände zu meinem Mund und küsse sie. Vielleicht habe ich unterschätzt, wie kaputt Luna wirklich ist. Sie ist stark, so verdammt stark, doch in ihrem Innern verbirgt sich immer noch das kleine Mädchen, das viel zu schnell erwachsen werden musste. »Mit dir an meiner Seite würde ich sogar die Hölle mit einem Lächeln überstehen.«

Sie lacht. Stemmt sich auf ihre Ellbogen und beugt sich vor. Ist jetzt fast wieder die Alte. »Wer weiß, vielleicht wird das Leben mit mir ja wie die Hölle auf Erden.« Ihre Augen funkeln herausfordernd, sodass ich mich ebenfalls vorbeuge, bis unsere Nasen sich beinahe berühren. »Wenn das die Hölle ist, werden sich die ganzen Gottesfürchtigen nach ihrem Tod sowas von in den Arsch beißen!«

achtzehntes Kapitel

Drax

Während ich den Kickstarter meiner Maschine schon hinuntertrete, steht Jo noch vor seiner, den Helm unter dem Arm geklemmt, und starrt die Einfahrt hinauf zum Eingang des Hauses. »Bereit?«, frage ich über das Dröhnen des Motors hinweg. Langsam wendet er mir den Kopf zu und nickt, ehe er ebenfalls auf sein Motorrad steigt. Bis zuletzt hat er gehofft, dass Jasper uns doch noch begleitet. Heute lassen wir Ramon laufen und lösen somit vielleicht einen neuen Krieg zwischen den *Slayers* und den Hearts aus. Und das, ohne dass einer unserer Brüder etwas davon ahnt.

Es ist spät, kurz vor Sonnenuntergang, als wir die Bruchbude erreichen. Noch weiß Ramon nichts von seinem Glück. Noch könnte ich es mir anders überlegen. Noch haben wir die Oberhand. Jo springt von seiner Harley, packt den Baseballschläger auf seinen Rücken und ich folge ihm zum Eingang. Plötzlich erstarren wir beiden im selben Moment, als wir erkennen, dass die Tür offensteht. »Fuck«, murmelt er, wirft mir einen panischen Blick zu. Mein Herzschlag beschleunigt sich, doch ich lasse mir nichts anmerken. Sicheren Schrittes gehe ich darauf zu, während ich die Waffe aus ihrer Halterung befreie und vor mich halte. Jo folgt mir still. Im Innern ist es so dunkel, dass man nicht einmal die eigene Hand erkennen kann. Das Knarzen einer Diele lässt mich herumwirbeln. Hinter der Tür, die hinunter in den Keller führt, brennt ein Licht. Noch ehe derjenige dahinter uns zuvorkommen kann, öffne drücke ich die Klinke hinunter und zerre daran.

»Willst du mich erschießen?«, fragt eine bekannte Stimme mit einem amüsierten Ton.

»Jazz!«, erkenne ich verwirrt. »Du bist da.« Ich lasse die Waffe sinken und gehe mit gerunzelter Stirn auf ihn zu.

Er kommt näher, nimmt sie mir sicherheitshalber ganz aus der Hand und deutet zur Treppe, um mir den Vortritt zu lassen. »Wenn ich nicht auf euch Idioten aufpasse, reitet ihr uns nur noch weiter in die Scheiße.«

Sobald ich an ihm vorbei bin, spüre ich seine Hand, die mich innehalten lässt. »Wir sind doch Brüder.« Mit einem schiefen Lächeln auf den Lippen drehe ich mich zu ihm um und lege einen Arm um ihn. Bevor wir jedoch vergessen, wozu wir hier sind, lasse ich ihn wieder los und gehe schnurstracks die Treppe hinab. Und auch als ich Ramon erblicke bleibe ich nicht stehen. Er duckt sich aus Angst vor einem Schlag, doch als ich um ihn herumgehe, um die Fesseln zu durchschneiden, wirft er den Kopf von einer Seite zur anderen, um mich ansehen zu können. »Du lässt mich gehen?«

Nickend gehe ich um ihn herum und beobachte, wie er seine Handgelenke knetet und dehnt. »Wenn du uns verrätst, wirst du dir wünschen, du wärst tot!«

Er beugt sich vor, um seine Fußfesseln zu lösen. Mich lässt er jedoch währenddessen nicht aus den Augen. Aus Angst, ich könnte es mir andernfalls anders überlegen. »Ich weiß, dass mein Wort dir nichts bedeutet, aber mehr kann ich dir nicht geben. Wir werden keine Freunde, aber wenn mein Vater aus dem Weg geschafft ist, werde ich der Präsident und dann werden wir uns nie wiedersehen!«

»Damit könnte ich leben«, murmelt Jo, was ihm einen bösen Blick von seinem Bruder einhandelt.

»Wir hauen jetzt ab und du wirst noch bleiben, bis es endgültig dunkel ist. Danach kannst du verschwinden.« Ich beuge mich vor, sodass unsere

Nasen sich beinahe berühren und brumme: »Aber vergiss uns nicht.«
Schwer schluckend schüttelt er den Kopf. Dann drehe ich mich um und
gehe vor. Hinaus in die Nacht.

Jo taucht neben mir auf und lacht, was ein bisschen wahnsinnig klingt.
»Fuck, ich brauch jetzt erst mal ein Bier!«

neunzehntes Kapitel

Luna

Mein Herz schlägt unerträglich gegen meine Brust. Obwohl meine Schicht heute verhältnismäßig kurz war, konnte ich mich nicht eine Sekunde lang konzentrieren. Zwei zerbrochene Gläser und drei Kunden, die kein Trinkgeld gegeben haben später, sitze ich mit in den Händen vergrabenem Gesicht an der Theke und starre auf den Burger vor mir. »Es ist besser, du stellst dich der Sache mit vollem Magen!«, rät mir Zoe und streichelt sachte über meinen Rücken. Ihr Gesicht ist sanft und sogar ein kleines Lächeln liegt auf ihren Lippen, das vermutlich tröstlich wirken soll. Es zeigt mir jedoch lediglich, dass ich mich zurecht so miserabel fühle.

»Damit ich ihm vor die Füße kotze?« Ich umklammere den Burger, und mustere ihn, als bestünde er aus rohen Zwiebeln. Zaghaft beiße ich hinein und kaue zäh darauf herum.

»Du wirst es schon überleben!«, versucht sie mir weiter Mut zuzusprechen, doch ich bezweifle es wirklich. Die letzten Wochen, die meine Schwestern und ich im Clubhaus verbracht haben, waren vermutlich die glücklichsten in unseren Leben. Mein Vater jedoch hat die Fähigkeit, all das Glück an nur einem Nachmittag zu zerstören. Ich schiebe das Treffen mit ihm schon seit Wochen vor mir her, doch mir ist klargeworden, dass keine Zeit der Welt etwas an meinen Gefühlen ändern wird. Er ist mein Erzeuger, der Mensch, der mich all die Jahre geprägt und gleichzeitig mit jedem Tag ein bisschen mehr zerstört hat. Obwohl meine Schwestern sich nicht beklagen, kann ich sie nicht länger immer wieder mit denselben Klamotten zur Schule schicken. Unseren ersten Streit hatten Drax und ich vor einigen Tagen wegen genau dieser Tatsache. Er wollte nicht, dass ich noch einmal zurück muss, hat mir angeboten, uns neue Kleidung zu kaufen, doch das wäre einfach zu viel gewesen. Er wollte nicht verstehen, dass ich es nicht annehmen konnte. Dass ich immer noch auf meinen eigenen Beinen stehen will. Dass ich nicht völlig von einem anderen Menschen abhängig sein darf. Zu oft habe ich mich auf jemanden verlassen und wurde enttäuscht. Es würde mein Herz in tausend Stücke brechen, wenn ausgerechnet er mich ebenfalls enttäuschen würde, nachdem ich ihm alles von mir schenke.

»Drax ist da«, holt Cam mich aus meinen Gedanken und sofort verwandelt sich das penetrante Herzklopfen in ein schöneres. Alleine der Gedanke an ihn, lässt mich herunterkommen. Er ist meine Medizin und gleichzeitig die Droge, die mich aufputscht. Ich springe vom Hocker, lasse den Burger liegen und laufe schnellstens hinaus. Er soll nicht sehen, wie aufgelöst ich bin. Er wartet vor der Tür, gegen die Wand gelehnt und lächelt mich mit diesem warmen Lächeln an, in das ich mich jeden Tag neu verlieben könnte.

»Hallo, Schönheit!«, begrüßt er mich und zieht mich in eine enge Umarmung. Er vergräbt die Nase in meinem Haar, wie er es jedes Mal macht und gibt mir einen Kuss auf die Stirn. »Bist du bereit?«

»Nicht wirklich«, gebe ich lachend zu, doch er weiß, dass ich keinen Rückzieher machen kann, weshalb er nur seine Finger mit meinen verschränkt und mich zur Straße dirigiert. Als wir vor einem schwarzen Geländewagen stehen bleiben, runzle ich verdutzt die Stirn. »Ich wusste gar nicht, dass du ein Auto hast.«

Er geht an mir vorbei, um die Beifahrertür zu öffnen und lacht kehlig. »Denkst du, ich würde immer nur mit meinem Motorrad herumfahren?«

Ich greife seine ausgestreckte Hand und hieve mich auf den grauen

Ledersitz. »Irgendwie schon«, murmle ich, während er die Tür zuschmeißt.

»Du bist verrückt«, erkennt er, sobald er sich hinter das Steuer gesetzt hat, und sieht mich mit einem belustigten Blitzen in den Augen an. Als er den Schlüssel im Zündschloss dreht, heult der Motor auf. Es erinnert mich daran, wie gerne ich früher mit meinen Eltern im Auto gefahren bin. Als noch alles normal war, oder ich eben nichts von ihrer Andersartigkeit mitbekommen habe.

Mit geschlossenen Augen lehne ich mich zurück, streiche mit den Fingern über das kalte Leder und atme den markanten Autoduft ein. »Stört dich das?«, frage ich.

»Im Gegenteil. Ich liebe es!« Ich sehe es nicht, aber ich höre sein Lächeln. Kein Mensch lächelt so laut wie Drake Jackson.

Wir fahren nicht lange, doch die Zeit genügt, um mich völlig zu entspannen. Vor einem halben Jahr hätte ich niemandem geglaubt, dass ein bis dahin fremder Mensch es jemals schaffen würde, mir binnen Sekunden all meine Schrecken zu nehmen. Ich hätte gelacht, ihn beschimpft, ihn für verrückt erklärt. Heute weiß ich, dass ich bis dahin lediglich noch nie geliebt habe.

»Wieso siehst du mich so an?«, fragt Drax kurz, ehe wir mein altes Zuhause erreichen.

Lächelnd beobachte ich ihn weiter. Mustere seine breiten Schulten, an denen ich mich jeden Abend anlehnen darf. Die tätowierten Arme, die mir jede Nacht das Gefühl von Sicherheit vermitteln. Das wunderschöne Gesicht, das ich jeden Morgen als erstes sehen darf. »Ich hätte niemals erwartet, dass ich jemals so glücklich sein würde.«

»Wenn jemand es verdient hat, glücklich zu sein, dann du.«

»Wieso?«, frage ich und meine es völlig ernst. Wieso habe ausgerechnet ich einen Mann wie ihn verdient, wo doch so viele Frauen eine schreckliche Ehe führen und eine noch schrecklichere Zukunft vor sich haben?

»Du machst Scherze, oder?« Ich schüttle den Kopf, folge wie gebannt seinen Lippen, die er kurz viel zu ernst zusammenpresst, ehe er weiterredet. Er dreht den Kopf, schaut für einen Augenblick nicht auf die Straße, um mir in die Augen zu sehen. Dabei stockt mir der Atem, weil die seinen so voller Liebe sind, dass ich es kaum aushalte. »Du bist die stärkste Person, die ich kenne. Alles, was du erlebt hast, alles, was du überstanden hast, hat dich nicht verbittern lassen. Du hast dieses innere Licht, das du zwar manchmal ausknipst, dich jedoch immer begleitet. Du bist das schönste Wesen dieses Planeten, egal, was du trägst oder tust. Du -«

»Schon gut«, unterbreche ich ihn erstickt. Meine Stimme versagt, wird von den Gefühlen, die er in mir auslöst erdrückt.

»Du hast es verdient, Luna!« Dabei wirft er mir einen so strengen Blick zu, dass ich lachen muss.

»Ich glaube dir«, verspreche ich und wische mir die Tränen aus den Augenwinkeln. »Ed Sheeran hätte es nicht schöner sagen können.«

Sobald die schäbige kleine Hütte in Sichtweite rückt, wird mir wieder übel. Drax legt seine Hand auf meinen Oberschenkel und ich umklammere sie, wie ein Ertrinkender die Rettungsleine. Er ist meine Rettungsleine, und dennoch bekomme ich keine Luft.

»Ich kann auch alleine hinein«, schlägt er vor, doch ich schüttele kraftlos den Kopf. Ich muss das hinter mich bringen. Schließlich kann ich nicht in eine Zukunft schreiten, ohne meine Vergangenheit hinter mir zu lassen.

Er parkt vor der Wiese, die über und über mit Unkraut überwuchert ist. Aus den Nachbarshäuser kommen die ersten Schaulustigen hervor und am liebsten würde ich sofort wieder abhauen. Natürlich wissen alle, wo ich jetzt lebe. Zu wem ich jetzt gehöre. Vielleicht wollen sie eine Scheibe davon abhaben, oder sie wollen sich lediglich davon überzeugen, dass ich es geschafft habe, aufzusteigen. Mit einem Kloß im Hals, der so groß ist wie mein ganzer Kopf, öffne ich die Tür und werde von einer Duftwolke erschlagen, die von all den Wochen ohne uns erzählt. Niemand, der lüftet oder aufräumt. Entschuldigend blicke ich zu Drax, der mich nur ermunternd anlächelt. Er sagt nichts, ist einfach nur da. Schnurstracks laufe ich die Treppe hinauf, übersteige all die knarzenden Stufen und flitze regelrecht durch die Zimmer, in denen ich etwas einsammeln könnte. Am Ende habe ich drei vollgestopfte Taschen und mache mich mit wild hämmerndem Herzen wieder hinunter, wo Drax auf mich wartet. Das Licht in dieser Dunkelheit. Als ich bereits damit rechne, völlig unbemerkt verschwinden zu können, öffnet sich die Staubbedeckte Tür zu seinem Zimmer. Als er vor mir steht, blinzelt er mehrmals. Er wirkt verwirrt, nicht ganz bei sich. Wie so oft. »Luna? Bist du es?«

»Hey, Dad.« Meine Stimme klingt erstickt. Ich wünschte, sie würde nicht so schwach klingen, doch bei seinem Anblick zerreißt es mir das Herz. Sah er schon immer so schlimm aus? Klaffende Wunden übersähen seinen Körper und sogar das Gesicht. Er sieht mindestens 20 Jahre älter aus als er sollte und jegliche Farbe ist aus ihm gewichen. Ich beherrsche mich, um nicht loszuheulen. Drax stützt mich. Seine Hand, die in meinem Rücken liegt, streichelt sanft hoch und runter. Hoch und runter. Aber alles, was ich spüre, ist das Loch in meinem Innern.

Mein Vater kommt einige Schritte auf mich zu, streckt die Hände nach mir aus, sodass er immer mehr einem Zombie als einem Menschen ähnelt. Mit rasendem Puls mache ich einen Schritt zurück. »Du musst mir helfen!

Ich brauche Geld!«

Ich schlucke, blinzle die Tränen weg und schüttle vehement den Kopf. »Ich kann dir nichts mehr geben.«

»Bitte, mein Mäuschen.« Ich zucke zusammen bei dem Spitznamen, den er mir früher immer gegeben hat. Ich war auf einen Tobsuchtsanfall vorbereitet, doch nicht darauf. »Wirst du mich einfach im Stich lassen?«

»Es tut mir leid, Dad«, flüstere ich und will Drax hinter mir her nach Draußen ziehen, da schnaubt mein Vater verächtlich und klingt mit einem Mal wieder viel lebendiger. »Du bist einfach mit dem Geld abgehauen, du dreckiges Stück!«

Drax versteift sich unter meiner Berührung. Er dreht sich gekonnt aus meinem Griff und steht wenige Sekunden später mit hochrotem Kopf vor meinem Vater. Dieser sieht plötzlich aus wie ein kleines Kind. »Sie passen jetzt besser auf, wie Sie mit ihr reden!«

Dass er sich sein komplettes Hirn mit den Drogen weggeätzt hat, wird mir klar, als er nicht einen Funken Angst zeigt. Im Gegenteil: Er lehnt sich herausfordernd noch ein bisschen näher an Drax ran. Ich erzittere. »Sonst was? Nimmst du sie mir weg? Behalt sie! Du wirst sie schneller zurückbringen, als mir lieb ist!«

Er will mir wehtun, das weiß ich. Und obwohl ich es weiß, schafft er genau das. Mit jedem Wort rammt er mir das Messer weiter ins Herz, doch ich versuche es mir nicht anmerken zu lassen, da die Situation sonst eskaliert. Drax brodelt. Seine Hände sind zu Fäusten geballt, sein Hals ist derart angespannt, dass seine Adern furchterregend weit heraustreten. Ich berühre ihn sachte am Oberarm und ziehe leicht an ihm. »Lass uns gehen.« Drax reagiert nicht. Seine Nasenflügel blähen sich auf, während er immer noch über meinem Vater ragt. Die ganze Szene ist so surreal, dass mir das

Blut in den Adern gefriert. »Bitte«, wimmere ich und lehne meine Lippen gegen seine warme Haut. Er zuckt zusammen, dreht den Kopf, sodass er mich ansehen kann. Auf seiner Stirn hat sich eine tiefe Furche gebildet, die ich vorher noch nie gesehen habe. Während er mich jedoch ansieht, wird sie schmaler, bis aus dem wütenden Blick ein einfühlsamer wird. Mit einem Mal wirkt es, als habe er meinen Vater völlig vergessen. Er dreht sich um, umfasst mein Gesicht mit beiden Händen und kommt mir so nahe, als wolle er mich küssen. Mit weit aufgerissenen Augen starre ich ihm entgegen. »Lass dir niemals sowas einreden. Ich liebe dich mehr als alles andere auf der Welt.«

Ich nicke mit bebender Unterlippe, bis er seine Stirn gegen meine legt und mir allmählich meine Ruhe zurückgibt. »Lass uns gehen«, wiederhole ich meine Worte und taste mit geschlossenen Augen nach seinen Händen. Ohne ein weiteres Mal zurückzublicken schnappen wir uns all die Taschen und marschieren hinaus.

»Das wirst du noch bereuen!« Ich ignoriere die Rufe meines Vaters. Sein Schnaufen und Toben. »Das werdet ihr beide bereuen!« Ich drücke lediglich Drax Hand fester und halte den Blick starr auf den schwarzen Geländewagen mit den dunklen Scheiben gerichtet.

Die Konfrontation mit meinem Vater ist jetzt schon eine Weile her und doch geistert er jede Nacht in meinen Träumen umher. Vor ein paar Tagen, als Drax und ich vom Friedhof kamen, habe ich gedacht, meinen Vater im Garten lauern zu sehen. Seither fühle ich mich beobachtet, kann nicht schlafen oder klar denken. Wie die letzten Nächte wache ich auch heute schweißgebadet auf und quäle mich aus dem Bett, um ein paar Runden im Zimmer zu laufen. Ich brauche Bewegung, fühle mich in die Enge getrieben und hilflos. Plötzlich jedoch halte ich inne. Schnuppere. Ich schüttle den Kopf, weil ich mir jetzt anscheinend schon Gerüche einbilde. Gerade, als ich wieder ins Bett steigen will, steigt mir dann wieder ein ätzender Geruch von Rauch in die Nase. Mein Herz beginnt zu rasen und meine Nackenhaare stellen sich auf. Hastig springe ich aufs Bett und schüttle an meinem festschlafenden Freund. »Drax! Hier stimmt etwas nicht!«

»Was ist los?«, fragt er mit rauer Stimme und will mich aus Gewohnheit in die Arme ziehen, doch ich wende mich daraus heraus.

»Es riecht nach Feuer!« Langsam werden meine Gedanken klarer, meine Instinkte geschärft und alles, woran ich denke, sind meine Schwestern. Ohne darauf zu achten, dass irgendjemand mich in meinen Schlafsachen sehen könnte, renne ich hinaus in den Flur. Ich stolpere über ein achtlos liegen gelassenes paar Schuhe, während der Gestank von Rauch immer dominanter wird. »Aufwachen!«, brülle ich, während ich die Treppe hinauf stürme. Immer zwei Stufen auf einmal. So schnell ich kann. Ich höre nur im Hintergrund, wie Türen auf und wieder zugeschmissen werden, wie Menschen miteinander reden und immer mehr Leben und Unruhe in das Haus kommt. Hier oben ist der Rauch dichter und setzt sich in meinen Lungen fest. Hustend lege ich mir einen Arm vor Nase und Mund.

Ich stürme weiter, bis zu dem Zimmer, in dem meine Schwestern schlafen und höre aus dem Innern schon ein Nuscheln. »Kommt!«, rufe ich harscher als ich wollte und hebe die Kleinste sofort auf den Arm, während die anderen beiden meine Hände greifen. Sie weinen, weil sie nicht verstehen, was hier los ist. »Wohin gehen wir?«, fragt Celia und zerdrückt meine Hand beinahe.

»Raus. Nur raus!« Hektisch sehe ich mich im Flur um, entdecke Trish und Daisy, die nur im Morgenmantel bekleidet auf mich zu rennen und jeweils die freien Hände der Mädchen schnappen.

»Jemand hat Benzin durch den Briefschlitz geschüttet und angezündet. Das Sofa hat Feuer gefangen. Die Türen sind abgeschlossen. Wir wollten zur Hintertür hinaus, aber auch die ist zu und dort gibt es kein Fenster. Wir müssen aus dem Fenster im Fernsehzimmer steigen«, erklärt Daisy schnell, führt uns zum Wohnzimmer. Es ist deutlich mehr Rauch, als Feuer zu sehen. Meine Augen brennen wie verrückt. Die Tür zeigt deutliche Spuren davon, dass jemand versucht hat sie aufzubrechen. Während mehrere Männer – unter anderem Drax – im Wohnzimmer kleinere Brände zu löschen versuchen, bringe ich meine Schwestern zu dem Fernsehzimmer neben der Haustür. Auf der anderen Seite des Fensters steht Sam, der erst den Mädchen, dann Daisy und Trish hinaushilft.

»Luna!«, ruft Drax erleichtert, als er mich bemerkt, kommt schnurstracks auf mich zu und küsst mich hart. »Du warst plötzlich einfach weg!«

»Alle raus!«, befiehlt Becks in dem Moment, wo er mit einem großen roten Feuerlöscher das Wohnzimmer betritt.

»Du brauchst Hilfe!«, wirft Drax ein, wird jedoch von einem Knurren unterbrochen.

»Raus, habe ich gesagt!«, brüllt Becks aufgebracht, in dem Moment, in dem er den Hebel des Feuerlöschers hinunterdrückt, der weiße Schaum hinausgeschossen kommt und sich wie ein Mantel um das sich immer weiter ausbreitende Feuer legt. Trotz seinen Anweisungen, bleibt Tiny bei ihm, während wir anderen schnellstens aus dem Fenster klettern. Dort angekommen, stürmen meine Schwestern mit Tränen bedeckten Gesichtern auf mich zu. Emilia klammert ihre Beine wie Schraubzwingen um meinen Körper und weint mir ins Haar, während die anderen beiden ihre Gesichter in meinem Bauch vergraben.

Als wenige Minuten später alle draußen versammelt sind, zählt Becks schnell durch, als Sam plötzlich davonstürmt und sich auf eine Gestalt wirft. Noch während sie aufstöhnt, bleibt die Welt für einen Augenblick stehen. Ich schnappe nach Luft und beuge mich zu meinen Schwestern runter, die alle drei schlottern. »Wollt ihr Trish und Daisy mal fragen, ob sie mit euch in eines der Autos gehen? Da ist es wärmer.« Ich muss mich stark zusammenreißen, nicht die Fassung zu verlieren. Sobald die fünf jedoch außer Sichtweite sind, mache ich mich auf den Weg zu den anderen, die Sam sofort gefolgt sind. Ich weiß, wen ich sehen werde und dennoch zerreißt es mir das Herz, es wahrhaftig zu tun. Der Mann steht da, umringt von großen, muskulösen Männern, und wirkt so unendlich verloren. Ich dränge mich an Tiny vorbei, bis ich direkt vor meinem Vater stehe. Tränen brennen in meinen Augen und meinem Herzen. »Wie konntest du nur?«

»Du hast mich im Stich gelassen.« Seine Worte sind so leise, dass ich sie kaum verstehe.

Ich schnaube. Der Schmerz rückt in den Hintergrund und macht Platz für meine Wut. All die Wut, die ich die ganzen Jahre in mir hatte, stößt hervor und ballt sich zusammen. »Wir hätten sterben können.« Erst da scheint er die Ausmaße seines Tuns zu verstehen. Er wird blass. Noch blasser als sonst, und lässt sich hinabgleiten, bis er auf seinen angewinkelten Beinen sitzt. Ich wünschte, ich könnte ihm sagen, dass ich ihm irgendwann verzeihe. Aber es gab schon zu viele Lügen in meinem Leben.

»Ich … Das wollte ich nicht«, stottert er. Tiny, der weniger Mitleid als ich hat, zerrt ihn grob hoch, doch mein Vater hängt leblos in seinen Händen. Seine Augen huschen umher, suchen etwas. Als sie an Mason, der weiter abseits steht und die ganze Szenerie mit angespanntem Körper betrachtet, hängen bleiben, streckt er zitternd die Hand aus. »Er hat gesagt, ich soll es tun!«

»Jetzt reicht's aber!«, flucht Becks und schlägt ihm mit voller Wucht ins Gesicht. Ich zucke zusammen, vergrabe das Gesicht in Drax' Brust.

»Ich meine es ernst!«, versteift mein Vater sich darauf, ohne zu jammern. Ich schaffe es nicht, ihn anzusehen, doch ich höre an seiner Stimme, dass er überzeugt von dem ist, was er sagt. »Er hat gesehen, wie ich hier vor ein paar Tagen herumgelungert habe, und mich auf die Idee gebracht!«

Becks macht wieder einen Schritt nach vorne, funkelt meinen Vater mit hasserfüllten Blicken an. »Wieso sollte er so etwas tun, du dummes Stück Scheiße?«

»Er hat mir sogar Geld gegeben!«

Während Becks und mein Vater sich weiter angiften, sehe ich im Augenwinkel, wie Mason langsam abhauen will. »Hey!«, rufe ich. Jasper, der das ganze Spektakel mit gerunzelter Stirn betrachtet, reagiert schnell, dreht sich zu ihm herum, macht ein paar schnelle Schritte und packt ihn fest bei den Schultern. »Lass los!«, zischt dieser und versucht sich aus Jaspers Griff herauszuwinden.

»Hast du vielleicht doch etwas zu verbergen?«, frage ich so laut, dass alle es hören und gehe mit festen Schritten auf ihn zu. Jetzt, wo er mich so ansieht. Mit diesen blauen Augen, die mich so voller Abscheu betrachten, treffen mich die Erinnerungen an ihn wie Blitze. Wie konnte ich ihn nicht wiedererkennen? Ich taumle zurück. Er ist einer der Männer, die vor

Monaten, noch bevor ich Drax kannte, im *Red Moon* waren. Damals wusste ich nicht, welcher der beiden mir mehr Angst einjagt. Jetzt schleicht sich eine leise Ahnung bei mir ein. »Ich glaube, mein Vater hat recht«, murmle ich, sodass nur Jasper es hören kann. Sekunden später spüre ich einen bekannten Körper hinter mir, in dessen Arme ich mich augenblicklich flüchte. »Ich glaube mein Vater hat recht!«, wiederhole ich nun lauter. Drax sieht mich mit einer Mischung aus Sorge und Unglauben an, doch er widerspricht mir nicht.

»Wie kommst du darauf?«

»Ich kenne Mason.« Ich schüttele den Kopf. »Kennen ist übertrieben. Ich habe vor Monaten einmal für ihn und einen Mexikaner getanzt. Ich hatte damals ein ganz ungutes Gefühl, aber es ist nie etwas Schlimmes passiert.«

»Ein Mexikaner?«

Ich nicke und ahne, woran er denkt. Abrupt dreht er sich um, schnappt Mason am Kragen und zieht ihn so nah an sich heran, dass Jasper loslassen muss. »Du triffst dich mit Miguel!« Es ist keine Frage, sondern eine Feststellung. Mason wird noch blasser als üblich, er schluckt heftig, doch sofort versteift er sich wieder und reckt das Kinn. Er stößt Drax grob von sich, doch anstatt zu fliehen, lacht er überheblich. »Schaut euch doch nur an! Ihr seid ein Haufen Schwächlinge! Als Miguel von mir verlangte, mich als Maulwurf bei euch einzuschleusen, musste ich fast kotzen! Ich sollte herausfinden, wieso es euch immer noch gibt, aber ich kann euch nicht mehr ertragen! Lieber tot als einer von euch!« Er geht näher auf Drax zu. Mit einem Grinsen, das nicht mehr Verachtung beinhalten könnte. »Ihr -« Weiter kommt er nicht, denn in dem Moment spritzt das Hirn aus seinem Kopf direkt in Drax' Gesicht. Entsetzt schreie ich auf und spüre die

Magensäure meinen Hals hinaufklettern, während Mason wie ein Sack Kartoffeln zu Boden fällt. Becks, der wie aus dem Nichts neben ihm aufgetaucht ist, steckt seine Knarre weg und geht ohne ein weiteres Wort davon.

Eine Stunde später haben sich alle in der Bar versammelt. Das ist jetzt zwei Stunden her. Mein Vater steht in der Mitte des Raums, während einige an den Tischen sitzen und trinken, und andere sich um ihn herumscharren wie Fliegen um die Scheiße. Becks geht auf und ab. Tiefe Schatten liegen unter seinen Augen. Er gönnt sich keine Sekunde Pause. Immerzu sieht man die Gedanken in seinem Kopf kreisen. Immer wieder versucht er zu verstehen, wie es soweit kommen konnte.

»Woher wusstest du, dass Mason tatsächlich etwas damit zu tun hat?«, fragt Abel, der um Jahre gealtert zu sein scheint.

Becks atmet tief durch. »Er war nicht bei uns. Als ich das Fenster zerschlagen habe, war er schon auf der anderen Seite.« Er läuft weiter auf und ab in dem kleinen Raum »Ich verstehe nur nicht, wieso er geblieben ist, wenn er doch über die Brandstiftung Bescheid wusste.« Ungläubig schüttelt er den Kopf, sucht nach den letzten Teilen des Puzzles. »Er hätte längst über alle Berge sein können.« Abel, mit dem ich bisher nicht viel zu tun hatte, geht auf ihn zu und legt eine Hand auf seine Schulter. Seine Stirn liegt in Falten, seine Schritte wirken schwer und müde. »Es ist doch egal, Becks! Es ist passiert. Du konntest es -«

Becks löst sich aus seinem Griff und funkelt ihn an, sodass er seinen Satz nicht beendet. »Es ist nicht egal! Ich habe die Verantwortung für euch! Ich muss wissen, wieso ich ihn so falsch eingeschätzt habe!«

Mein Vater tritt erschöpft von einem Bein aufs andere. Ein großer roter

Fleck hat sich in seinem Gesicht an der Stelle gebildet, an der Becks' Faust ihn getroffen hat. Zum ersten Mal seit Jahren wirkt er auf mich ansatzweise nüchtern. »Er hat abgeschlossen.«

»Du dachtest, wir kämen nicht hinaus. Du wolltest uns wirklich umbringen«, mische ich mich ein, obwohl ich mir geschworen habe, ihn nicht mehr anzusprechen. Ich will keine Entschuldigung hören, keine Erklärung. Nichts! Dennoch bin ich mit jeder Sekunde mehr entsetzt, wozu er fähig war.

»Ich habe nicht nachgedacht! Es … Es tut mir leid, Mäuschen.«

»Nenn mich nie wieder so! Nie wieder!« Ich stürze schluchzend auf ihn zu, und es ist mir egal, wer meine Tränen und den Schmerz, der alles in mir beherrscht, sehen kann. »Dazu hast du schon vor Jahren das Recht weggeworfen, aber heute … heute hast du auch den letzten Rest meiner Liebe verloren.« Ohne auf eine Reaktion zu warten, verlasse ich den Raum. Ich zittere am ganzen Körper, lasse mich weinend an der Wand hinabgleiten und vergrabe das Gesicht in den Händen.

»Hey.« Drax lässt sich neben mir zu Boden gleiten und zieht meinen Kopf an seine Schulter. Ich schluchze weiter, weine lauter, verzweifle an meinem Schmerz. »Alles wird gut«, verspricht er und legt seine Lippen an mein Haar, während er mich sachte vor und zurück wiegt. Doch nichts wird wieder gut. Vor und zurück. Wie könnte es?

Vor und zurück, bis nichts mehr von Bedeutung ist.

zwanzigstes Kapitel

Drax

Lunas Augen sind rot und umrandet von dunklen Schatten. Sie hat die letzte Nacht keine Sekunde geschlafen und wer könnte es ihr verdenken? Ich selbst hatte das Gefühl, ich müsse irgendetwas unternehmen. Ich fühlte mich machtlos. Und tue es immer noch. Sie so zu sehen, mit all dieser Trauer und Angst, macht mich fertig. Ich wünschte, ich könnte ihr den Halt geben, den sie braucht, doch sie lässt es nicht zu. Ich darf sie halten, doch sie lässt mich nicht an sich heran. Ich darf sie trösten, doch ich darf die Scherben nicht wieder zusammenflicken. Sie liegt in meinem Arm, den Kopf auf meiner Schulter gebettet. Ihre Finger zeichnen Bilder auf meine Brust, die nur sie sehen kann. Plötzlich hält sie inne, dreht den Kopf. Tränen blitzen in ihren Augen, als sie zu mir hochsieht. »Was werden sie mit ihm machen?«, fragt sie flüsternd. Achtsam darauf bedacht, mich nicht zu viel zu bewegen, schiele ich über ihren Kopf hinweg, wo ihre drei Schwestern unter der Bettdecke friedlich schlafen. Sie sind so klein, so schmal, dass genügend Platz war. Es dauerte nicht lange, bis sie eingeschlafen sind. Vermutlich haben sie nur die Hälfte der ganzen Aufregung verstanden.

Ich atme tief durch, streiche ihr die Haare aus dem Gesicht. Fahre ihre wunderschönen Konturen nach und weiß, dass ich nie etwas Schöneres gesehen habe. Selbst jetzt noch, wo sie müde und zerrissen von der Welt ist, ist sie das schönste Geschöpf dieser Erde.

Kurz schließe ich die Augen. Immer noch sehe ich vor mir, wie Masons Schädel zur Seite gerissen wurde. Ich wünschte, sie hätte das nicht mit ansehen müssen. »Du solltest deine Schwestern darauf vorbereiten, dass ihr ihn nicht wiedersehen werdet.«

»Oh Gott!«, schluchzt sie und vergräbt das Gesicht in meinem Hals und die Hände in meine Brust. Ihr Rücken bebt, obwohl kein Laut ihren Mund verlässt. Ich weiß, dass sie ihre Trauer nicht zeigen will. Verstehe jedoch auch, dass er immer noch ihr Vater ist. Manche Menschen liebt man, egal, was sie tun, egal, ob man es will oder nicht. Und wenn es nur ein kleines Bisschen oder irgendeine Version ihrer selbst ist, die man nicht loslassen will.

»Er hat es verdient!«, sage ich und versuche sie mit diesem schwachen Argument zu beruhigen.

»Ja das hat er. Aber ...« Sie dreht sich um, sodass ich ihr Gesicht nicht mehr sehen kann. Dann streichelt sie den Rücken ihrer Schwester und murmelt leise, mehr zu sich selbst als zu mir: »Sie müssten in ein Heim.«

Die Sonne steht längst hoch oben am Himmel, als ich mich dazu bewege, unser Zimmer zu verlassen. Der einzige Raum, in dem ich vor der Atmosphäre dort draußen flüchten konnte. Die Geschehnisse der letzten Nacht werden Auswirkungen auf alles haben. Auf uns alle, auf unser Denken, auf unser Tun. »Wohin gehst du?«, fragt Luna flüsternd, als ich aus dem Bett und in meine Jeans steige. Ich beuge mich vor, küsse sie auf die Stirn und sage ihr, sie solle liegenbleiben. Weil ich das Folgende alleine machen muss, warte ich nicht auf ihre Widerworte. Der Weg zu Becks' Zimmer ist mir nie länger vorgekommen. Er ist mein Onkel und ich liebe ihn, doch gleichzeitig ist er die einzige Person, vor der ich auch mächtig Schiss habe. Ich klopfe an die dicke Eichentür, hinter der sein Zimmer liegt, und trete ohne Einladung ein.

Daisy kommt mit ausgestreckten Armen auf mich zu und zieht mich fest an ihre Brust. Ihre Anwesenheit gibt mir Mut, das hier lebendig zu überstehen. »Hey, Goldjunge. Wie geht es euch?«

»Es ging schon besser«, gestehe ich lächelnd und schiebe sie eine Armlänge von mir, um mich Becks zuzuwenden. Er beachtet mich nicht weiter, sitzt nur an seinem Schreibtisch und blättert irgendwelche Papiere durch. Erst, als ich mich räuspere, sieht er mit finsterem Blick zu mir hoch. »Was wird mit Lunas Vater passieren?«

Er lehnt sich auf seinem Schreibtisch zurück und studiert mich mit verschränkten Armen. »Was denkst du wohl? Dass ich ihm nicht direkt wie diesem Verräter eine Kugel durchs Hirn gejagt habe, ist ein Wunder!«

»Lass ihn gehen, Becks!«, bitte ich.

Becks lacht trocken auf und kommt auf mich zu. Sein Blick lässt mich ahnen, dass er meine Bitte mehr als lächerlich findet. »Du hast das nicht zu entscheiden!«

»Er hat Kinder, du sturer Bock!«, mischt Daisy sich ein und schlägt mit einer Faust fest gegen seine Brust.

Becks schnaubt, schiebt Daisy von sich, um sich eine Zigarre anzuzünden. »Einige der Kerle, die wir früher erledigt hatten, hatten Kinder!«

»Aber davon gehörte niemand zur Familie!«, fährt sie ihn an und wirft mit einem Glas nach ihm. So war das schon immer. Er ist nicht einsichtig, sie wirft etwas durch den Raum, und er knickt ein. Ich frage mich, ob das zwischen Luna und mir auch irgendwann so enden wird. Und bin mir sicher, dass es mir nichts ausmachen würde.

Er grummelt, setzt sich wieder auf seinen Platz, zieht Daisy auf seinen Schoß und lässt den Blick über sie gleiten. Er zieht tief die Luft ein. »Schaff den Pisser aus meinem Haus! Und mach ihm klar, dass er mir nie wieder unter die Augen kommen soll!« Dann küssen sie sich, was ein Zeichen für mich ist, schleunigst das Zimmer zu verlassen. Sobald ich die Tür geschlossen habe, höre ich ein lautes Aufatmen. Mir war von Anfang an klar, dass sie nicht im Zimmer auf mich warten würde.

Langsam schlingt sie die Arme von hinten um mich und legt die Wange gegen meinen Rücken. »Hat sie gesagt, dass ich zur Familie gehöre?«

Mit einem fast glücklichen Lächeln drehe ich mich in ihrer Umarmung um. »Du hast die *Havoc Hearts* um den Finger gewickelt.«

Sie lächelt ebenfalls und lässt mich mit dieser kleinen Geste hoffen, dass doch noch alles gut werden kann. »Dabei wollte ich immer nur dich für mich gewinnen.«

»Das hast du, Luna. Ich gehöre dir. Mit Haut und Haar. Mit Seele und Körper.«

Sie stellt sich auf die Zehen, umschlingt meinen Hals und zieht mich zu einem so sanften Kuss zu sich hinab, dass mein ganzes Inneres bebt. »Dann musst du jetzt noch eine Sache für mich erledigen.«

Ich lege meine Stirn gegen ihre, verliere mich im Blau ihrer wunderschönen Augen. »Alles, was du willst.«

Sie löst sich von mir, sieht sich um und zieht mich an der Hand den Flur entlang. »Die Sache mit den *Black Slayers*. Ich mache mir jeden Tag fürchterliche Sorgen, was passieren könnte.«

Ich erstarre, kann nicht glauben, dass sie ausgerechnet jetzt damit anfängt. »Ich befürchte, dass mir die Richtung deiner Bitte nicht gefällt.«

Luna verschränkt die Arme, sieht mich mit einer Mischung aus Enttäuschung und Sturheit an. Eine Mischung, die sie unfassbar sexy macht. »Und ich befürchte, dass mir diese ganze Sache nicht gefällt. Du musst mit Becks reden. Erzähl deiner Familie alles. Sie werden hinter dir stehen.«

Ich gehe weiter. An ihr vorbei. Ich spüre, dass sie mir folgt. Sich an meine Fersen heftet, wie ein kleines Hündchen. »Du hast keine Ahnung.«

»Vielleicht habe ich die nicht, aber so kann es nicht weitergehen!« Sie sprintet vor, greift nach meinem Handgelenk und zieht mich wüst zurück, sodass ich stehen bleiben muss. »Bitte! Ich habe Angst um dich! Beende es!«

Sie hält inne. Senkt den Blick. »Sonst muss ich es beenden.« Sie redet nicht von Ramon, sondern von uns. Ich spüre es mit jeder Faser meines Körpers, jedem Schlag meines Herzens. Seit ich Luna gesagt habe, dass ich sie liebe, hat sich etwas verändert. Genaugenommen hat sich alles verändert. *Ich* habe mich verändert. Es ist das erste Mal, dass ich diese drei Worte ausgesprochen habe. Und dann an eine Frau, deren Leben noch verkorkster ist als meins. Aber alles, was ich weiß, ist, dass ich das ändern will. Ich will ihr ein Leben bieten, in dem sie so behandelt wird, wie sie es verdient. Obwohl wir uns erst seit ein paar Monaten kennen, fühlt es sich an, als wären es Jahre. Jahre, in denen ich Zeit hatte, mich Stück für Stück in ihr zu verlieren. Sie jetzt zu sehen, wie sie um mich weint, wie sie um meine Sicherheit fürchtet, bringt mich um. Und gleichzeitig ist es das Einzige, wofür es sich zu leben lohnt. Ich stoße all die angehaltene Luft aus. Ich werde es bereuen. Alles. Doch ich würde mir niemals verzeihen, wenn ich sie jetzt wieder verlieren würde. »Ich werde mit Becks reden, okay? Ich werde ihm davon erzählen und er soll entscheiden, was passiert.« Ihre Augen leuchten glücklich. »Morgen. Zuerst muss ich mit Jo und Jasper sprechen.«

Sie springt hoch, schlingt die Beine um meine Hüfte und küsst mich fest und leidenschaftlich. »Ich liebe dich, Drake!«

»Und ich liebe dich! Mehr als alles andere!«

Jasper lehnt sich sofort neben mich an die bröckelige Fassade, während Jo sich auf seinen Baseballschläger stützt. Er schleppt das Scheißteil überall mit hin, wie ein Hund seinen Kauknochen.

Ich räuspere mich, was ihre Aufmerksamkeit auf mich lenkt. Was zur Hölle ist los? Ich muss mich nicht fürchten, nicht verstellen oder ihnen etwas verschweigen. Die beiden würden für mich durchs Feuer gehen, wie ich auch für sie. Vielleicht sind wir nicht immer einer Meinung, doch am Ende steht jeder für den anderen ein. Ich schnappe Jasper die Kippe aus der Hand, die er eben angezündet hat und nehme einen tiefen Zug. »Wir müssen mit Becks reden. Wir haben immer noch nichts von Ramon gehört«, presse ich die Wörter gemeinsam mit dem Rauch hinaus und deute auf das Haus. Wir haben uns die Scheiße eingebrockt und wir werden sie wieder wegscheffeln. Und wenn das bedeutet, dass wir aus dem Club fliegen, soll es so sein.

Beide starren mich an, bis Jo nickt. »Du hast recht.«

»Was?« Perplex blinzle ich gegen das Licht. Ich muss mich verhört haben. Die letzten Stunden habe ich mir meine Worte zurechtgelegt, habe überlegt, wie ich die beiden davon überzeugen kann.

Er seufzt. Ich glaube, ich habe ihn noch nie Seufzen gehört. »Nach dem, was gestern passiert ist, haben wir darüber nachgedacht. Wir wollen es endlich hinter uns bringen.«

»Siehst du das auch so?«, frage ich an Jasper gewandt, der bisher noch nicht viel geredet hat.

Er stützt sich von der Wand ab und zündet sich eine weitere Zigarette an. »Im Augenblick sieht es ohnehin nicht so aus, als würde Ramon

Worthalten. Es war dumm von uns, ihm zu vertrauen.«

Eine Weile lang starren wir drei schweigend in den Himmel, als erhoffen wir uns von dort Hilfe.

»Also seid ihr bereit?«, frage ich leise, damit sie das Zittern in meiner Stimme nicht hören. Ich weiß, dass wir alles verlieren könnten. Ich weiß, dass aber auch, dass uns keine andere Wahl bleibt.

Jasper tritt vor, legt mir eine Hand auf die Schulter und sieht mich aus seinen ernsten Augen an. »Komme was wolle.«

»Komme was wolle«, antworten Jo und ich gleichzeitig.

Die Brüder folgen mir im Haus wie Schatten, bis wir vor Becks' Arbeitszimmer stehen. Tief durchatmend klopfe ich mit geballter Faust gegen die Tür. Becks antwortet nicht gleich, doch nachdem ich ein weiteres Mal, nun fester, dagegen hämmere, höre ich ein genervtes »Ja!« Als er sieht, dass wir es sind, lehnt er sich lässig auf seinem Stuhl zurück und kreuzt die Arme unter der Brust. Sein Blick verrät, dass er mit dem Schlimmsten rechnet. »Was wollt ihr?«, brummt er und steckt sich eine Zigarre an, ohne mich dabei aus den Augen zu lassen. Mit einem tiefen Atemzug saugt er den Qualm ein und pustet ihn, noch ehe ich antworten kann, wieder heraus, sodass sein halbes Gesicht davon verdeckt ist. Nervös lasse ich mich von einem Bein aufs andere fallen. Ich räuspere mich, werfe meinen Freunden über die Schulter einen Blick zu, den Jo mit einem zögerlichen Lächeln quittiert. Jasper nickt lediglich.

»Wir haben eventuell Scheiße gebaut«, sage ich wage.

Becks rutscht mit seinem Stuhl soweit vor, dass er die Ellenbogen auf dem Tisch abstützen kann. »Eventuell?«, fragt er skeptisch.

»Okay, wir haben Scheiße gebaut«, gestehe ich kleinlaut, lasse mich auf den freien Stuhl ihm gegenüber fallen und erzähle ihm alles. Von der Entführung, der geretteten Frau bis zur Freilassung. Als ich endlich fertig bin, erwarte ich, dass er ausrastet, doch er bleibt regungslos sitzen. Das Gesicht in die Hände gestützt und sagt kein Wort. Ich weiß nicht, was mir mehr Angst einjagt. Mein Hals wird trocken und als ich bereits kurz davor bin, nachzufragen, ob er alles verstanden hat, hebt er die Hand. »Sag kein … einziges Wort mehr!«, presst er hervor. Er muss sich offensichtlich beherrschen, um nicht die Fassung zu verlieren.

Als ich Luft hole, um dennoch etwas zu sagen, springt er wie von der Tarantel gestochen auf. Sein Stuhl fliegt mit solcher Wucht gegen den Schrank dahinter, dass die Türen daraus krachend aus den Angeln fliegen. Ich zucke zusammen und sehe aus den Augenwinkeln, dass auch meine Freunde einen Schritt zurückmachen. Mein Herz schlägt laut. Hastig wische ich meine schweißnassen Hände an der Hose ab und stehe ebenfalls auf. Ich komme mir vor wie ein kleines Kind. Becks' Gesicht ist rot angelaufen. Die Adern an seinem Hals stehen unnatürlich weit heraus und immer wieder ballen sich seine Hände zu Fäusten. Fäuste, die er jetzt so fest auf den Tisch donnert, dass ich befürchte, dass auch dieser den Geist aufgeben könnte. »Ihr seid ein verfluchter Haufen Idioten! Ich sollte euch alle sofort rauswerfen!«, spuckt er mir ins Gesicht, ehe er mit eben demselben Blick meine Freunde angiftet.

»Das würden wir verstehen!«, sagt Jasper zerknirscht.

»Verstehen?« Mein Onkel fährt sich lachend mit beiden Händen durchs Gesicht und umgreift seinen roten Bart. »Wenn ihr auch nur irgendetwas verstehen würdet, wären wir jetzt nicht in dieser Situation! Ihr seid Babys, die sich nehmen, was sie wollen und dann weinend zu den Eltern kommen, wenn es in die Hose geht!« Obwohl er wutentbrannt ist, sehe ich das

Rattern in seinem Kopf. Schon jetzt ist er dabei Notfallpläne zu schmieden.

»Becks, es -«, beginne ich.

Schnell dreht er sich zu mir und deutet mit dem Finger auf mich wie auf eine Zielscheibe. »Wage nicht, zu sagen, dass es dir leidtut! Ich weiß genau, dass es nicht so ist!«

»Also verstehst du es?«, taste ich mich langsam voran. Dabei weiß ich mit Sicherheit, wie gut er es versteht.

»Denkst du nicht, dass ich Miguel selbst gerne in die Finger bekommen würde?« Kopfschüttelnd geht er um den Schreibtisch herum und lässt sich mit einem Schnauben auf seinen Stuhl sinken. »Im Gegensatz zu euch Kindern jedoch, mache ich mir Gedanken über die Konsequenzen!«

»Wenn du willst, dass -«

Er schüttelt nur den Kopf. »Ich will, dass ihr mir jetzt aus den Augen geht! Schickt mir Tiny rein!« Nickend verlassen wir sein Zimmer. Bevor wir die Tür hinter uns zuziehen, hören wir ihn noch etwas murmeln: »Verfluchte Kinder!«

Luna

»Ich habe wirklich ein Zimmer für mich allein! Für immer?« Gemma starrt mich mit einem breiten Lächeln auf den Lippen an, während ich noch dabei bin, den letzten Koffer auszupacken. Sie kann es immer noch nicht glauben. Seit der Sache mit meinem Vater, habe ich mich unwohl in dem Clubhaus gefühlt. Zwar haben alle immer wieder beteuert, dass sie mir keine Schuld daran geben. Dass sie mir sogar dankbar sind, weil ich so schnell reagiert habe, dennoch fühlte es sich erdrückend an. Diese Last. Diese Bilder, die mich immer wieder verfolgt haben. Drax schlug vor, ein neues Leben aufzubauen und das haben wir getan. Eines der Häuser war bis auf die rohen Wände bezugsfähig und nachdem Becks der Baufirma Druck gemacht hat, haben diese innerhalb einer Woche die Bauarbeiten beendet. Während ich jeden Schritt mit großer Neugier und noch größerer Vorfreude mitverfolgt habe, hat Drax sich anders verhalten. Er war zurückgezogener, hat mich immer wieder mit diesem traurigen Blick angesehen. Hat mich verunsichert und gleichzeitig so wütend gemacht, weil er mir nicht gestattet, ihm zu helfen. Vor einer Woche nahm er mich völlig unerwartet in den Arm, drückte mich so fest an sich, dass ich kaum noch Luft bekam. »Egal, was passiert: Du wirst ein gutes Leben führen«, hat er geflüstert und mir einen Schauder nach dem anderen über den Rücken gejagt. Ich wollte es nicht hören. Wollte nicht daran denken, ohne ihn sein zu müssen. Wollte mir selbst nicht eingestehen, dass ein Leben ohne ihn, jetzt, wo ich es mit ihm kenne, so sinnlos wäre. Er wollte meine Proteste nicht hören, hat meine Ängste weggeküsst und mein Herz mit Liebe überflutet. Wir liebten uns und es fühlte sich beinahe wie ein

Abschied an. Und ich wusste, dass es vielleicht einer war. Er erzählte mir, nachdem ich lange gebettelt habe, wieso. Ramon, den sie, wie es mit vorkommt vor einer halben Ewigkeit, haben laufen lassen, hat ihnen einen Brief geschrieben hat, indem er sie zu einem Treffen gebeten hat. Dieses Treffen ist heute. Drax wollte mir nicht erzählen, was genau in dem Brief stand, doch seine Anspannung hat mir verraten, dass heute der Tag ist, an dem dieser ganze Wahnsinn enden wird.

Dadurch, dass wir so schnell umziehen wollten, hatte ich in den letzten Tagen kaum Gelegenheit, mich meinen Gedanken zu widmen. Erst jetzt, wo nach und nach all die Kisten geleert, die Möbel gekauft und die Wände gestrichen sind, beginne ich wieder, mir eine Welt ohne ihn vorzustellen. Und es bringt mich um.

»Das habe ich dir doch versprochen!«, antworte ich meiner Schwester lachend. Drax ist schon am frühen Morgen aufgebrochen, weshalb mich schon den ganzen Tag ein ungutes Gefühl beschleicht. Mit Becks zu reden war die richtige Entscheidung, doch wenn ich gewusst hätte, dass Becks ebenso auf Rache aus ist, hätte ich es ihm womöglich doch versucht, selbst auszureden. Ich wollte ihn in Sicherheit wissen, dabei habe ich ihn nur noch in größere Gefahr gebracht. Seit Tagen planen die Männer, wie sie am besten vorgehen. Mir verrät natürlich niemand etwas, was mich wahnsinnig frustriert.

Ich setze mich auf das Doppelbett, das das Einzige ist, das im ganzen Haus schon steht, und ziehe meine Schwester auf meinen Schoß. Weil ich meine Gefühle kaum eine Sekunde länger unterdrücken kann, vergrabe ich das Gesicht in ihrem Rücken. Wäre Drax hier, hätte er nicht dieses unheimliche Ding am Laufen, könnte das hier die beste Zeit meines Lebens sein. Drax und seine Freunde haben meinem Vater klargemacht, dass er sich verziehen soll. Die Stadt verlassen und nie wiederkommen soll. Dass er jedes Recht auf Kontakt zu seinen Kindern verloren hat, sollte er nicht im Knast oder mit einer Kugel zwischen den Augen enden wollen. Wir sind also frei. Ich bin endlich frei! Und doch fühle ich mich in genau diesem Moment gefangener denn je in meiner Angst. Um ihn. Um uns. Um die Zukunft.

Drax

Es ist Erlösung und Qual zugleich, dass wir die Sache endlich beenden. Nachdem wir Becks mit ins Boot geholt haben, hat er auch die anderen Clubmitglieder eingeweiht und gefragt, wer mit uns kämpfen würde. Es war nicht anders zu erwarten und doch hat es uns geehrt, dass nicht ein einziger sich gegen uns gestellt hat. Genauso gut hätten sie bestimmen können, dass wir den Club verlassen müssen. In Anbetracht des Ärgers, in den wir sie gebracht haben, wäre es verständlich gewesen, doch tatsächlich habe ich in einigen Augen ein Feuer gesehen, das ich schon lange vermisst habe. Sie freuen sich auf diese Begegnung. Auf das Adrenalin, das ihre Körper durchflutet, die Gefahr, die einem zeig, dass man noch am Leben ist. Bis Ramons Brief kam, wussten wir nicht, wie es weitergeht. Es wäre Wahnsinn gewesen, als erste anzugreifen, deshalb haben wir uns auf einen möglichen Zug ihrerseits eingestellt. Ramons Brief jedoch hat alles geändert. Ich hatte angenommen, nie wieder etwas von ihm zu hören, doch er hat offenbar doch mehr Ehre als sein Vater. Vielleicht aber auch will er lediglich Präsident werden und überlässt uns die Dreckarbeit. Über Wochen hat er seinem Vater Gift in sein Essen gemacht, sodass er immer schwächer wurde und aus seinem Loch hervorgekrochen kommen musste. Da seine Leute ihn so nicht sehen sollten, seine Schwäche nicht erkennen sollten, musste Ramon ihm versprechen, ihn ohne große Aufruhe in ein Krankenhaus zu fahren.

Wir sind keine Idioten, und wissen, dass dies ebenso gut eine Falle sein kann, weshalb wir bewaffnet zum Treffen erscheinen.

»Danke, dass ihr uns nicht hängen lasst«, sage ich, ehe ich den Stummel meiner Kippe wegwerfe. Wie eine Horde Verbrecher sitzen wir im Gebüsch und warten darauf, dass Ramons Lieferwagen vorbeikommt. Becks atmet tief durch. Den Blick starr auf die Straße gerichtet. »Deine Mutter würde einen Weg finden, aus ihrem Grab zu steigen, um mich mit sich hinab zu zerren, wenn ich es nicht täte.«

Ich lache matt und drücke dankend seine Schulter. Vielleicht wird es schwer, sein Vertrauen zurückzugewinnen, doch jetzt erst begreife ich, dass wir von Anfang an hätten ehrlich sein sollen. Vielleicht wäre dann alles anders gelaufen. Von Weitem hören wir Räder über den Asphalt donnern und machen uns bereit für den Angriff.

Ein dunkelbrauner Van erscheint am Ende der Straße und wird mit jeder Sekunde langsamer. Wenige Schritte von uns entfernt kommt er zum Stillstand. Becks nickt mir zu, woraufhin ich schnell den anderen das Zeichen dafür gebe, dass alles nach Plan läuft. Bisher zumindest.

Nur wenige Augenblicke später öffnet sich die Fahrertür. Aus dem Innern können wir wütende Rufe hören, doch Ramon steigt unbeirrt aus und geht mit schnellen Schritten um das Fahrzeug herum, um die Beifahrertür mit voller Wucht aufzureißen. Fast, als hätte er diesen Moment seit Wochen genaustens durchgeplant lehnt er sich hinauf und zerrt an der Person auf dem Sitz. Als Miguel Ramirez tatsächlich nur wenige Meter von mir entfernt auf den Boden stürzt, bleibt mir das Herz stehen. Er sieht anders aus als ich erwartet hätte. Dünner. Älter. Und doch breitet sich der Hass, den ich all die letzten Jahre in meinem Herzen getragen habe, wie eine Decke über mich aus. Mein Blut brodelt in meinen Adern und ich kann mich nur mit größter Beherrschung davon abhalten, sofort auf ihn loszugehen. Becks greift nach meinem Arm, weil er offensichtlich spürt, was in mir vorgeht. Womöglich, weil es ihm ähnlich ergeht. Wir müssen warten. Sicherstellen, dass sich niemand im Laderaum des Fahrzeugs versteckt, um uns hinterrücks einzukesseln. Wie vereinbart lässt Ramon seinen Vater keuchend und schnaubend auf dem aufgerissenen Boden liegen und geht um den Wagen herum, um die Schiebetür zu öffnen. Also hat er uns nicht reingelegt!

Jo und Jasper, die auf der anderen Seite der Straße verharrt haben, um die Innenfläche deutlich erkennen zu können, treten mit ausdruckslosen Gesichtern auf die Straße. Das ist das Zeichen, dass auch wir anderen aus unseren Verstecken kommen.

Miguel kriecht wie ein Wurm rückwärts, sobald er uns sieht, und verzieht das Gesicht. »Du bist ein Verräter! Ich bin dein Vater!«

Ramon taucht mit einem überlegenen Grinsen neben ihm auf. Wie ein König thront er über ihm. »Du bist kein Vater! Nur mein jämmerlicher Erzeuger! Dich hierher zu bringen war so einfach! Nicht einmal deine Beschützer interessieren sich dafür, was mit dir passiert. Deshalb musst du dich ja immer verstecken, oder? Weil dir sonst längst jemand eine Kugel zwischen die Augen geballert hätte!«

Ein paar spanische Wörter fliegen zwischen ihnen hin und her, die ich nur erahnen kann, bevor Miguel sich aufrafft, und mit zitternden Knien neben seinem Sohn steht. Obwohl er schwach und krank aussieht, liegt in seinem Blick eine Autorität, die ich von Becks nur all zu gut kenne. »Ich hätte dich bei deiner Geburt den Hunden zum Fraß vorwerfen sollen! Wie den Bastard deiner Mutter!«

»Dein Pech, dass du es nicht getan hast!«, spuckt er seinem Vater ins Gesicht und zieht seine Waffe aus dem Hosenbund, um sie auf ihn zu richten. Wer diesen Mann heute tötet scheint noch nicht entschieden zu sein.

»Da vorne!«, höre ich da plötzlich Jos aufgebrachte Stimme. Er deutet auf eine Reihe schwarz gekleideter Kerle auf Maschinen, die ich zu gut kenne. Wir waren nicht aufmerksam genug, um zu hören, dass Motorräder die Straße entlangkamen. Sie müssen ihnen gefolgt sein! Nur etwa ein Duzend, doch diese Männer reichen, damit wir unsere Aufmerksamkeit für wenige Sekunden schleifen lassen. Ehe wir uns versehen können, überwältigt Miguel seinen Sohn, entreißt ihm die Knarre und schießt ihm in die Schulter. Hätte er nur wenige Zentimeter danebengeschossen, hätte er das Herz getroffen. Alle erstarren, einen Moment, bevor sich alle so viel schneller bewegen als sonst. Ich stürze mich auf Miguel, während die *Slayers* von ihren Maschinen springen und diese unachtsam zu Boden fallen lassen. Die Welt bewegt sich langsamer. Ein Bussard fliegt über uns hinweg und sein Schrei ist wie ein Auslöser für die Männer, ihre Knarren zu ziehen und zu schießen. Ich sehe Becks, der sich hinter dem Transporter verschanzt, doch ich kann es mir nicht leisten, mich zu verstecken. Wir sind nicht so weit gekommen, um Miguel jetzt laufen zu lassen. Ich renne ihm hinterher. Diesem dreckigen Feigling.

Hinter einer großen Eiche verliere ich seine Spur, doch in eben diesem Moment springt er dahinter hervor und ringt mich zu Boden. Mit voller Wucht donnere ich meine Pistole gegen seinen Schädel, wodurch sie mir aus den Händen fliegt. Ich hoffe, dass er sich ergibt, doch er krümmt sich nur kurz zusammen, ehe er sich vorbeugt und seine Hände wie zwei Schraubstöcke um meinen Hals legt. Trotz seines Zustandes ist er verdammt stark. Ich versuche ihn von mir zu stoßen, doch er stemmt die Füße mit aller Kraft in den Boden und legt sein ganzes Gewicht in seine Hände. Seine Daumen legen sich um meinen Kehlkopf. Aus dem Augenwinkel erhasche ich den Blick auf ein Messer, das aus seinem

Hosenbund ragt. Meine einzige Chance.

Ich bekomme keine Luft. Immer enger umschließen seine Hände meinen Hals. Schwarze Sterne tanzen um meine Augen, während ich immer noch versuche, an das Messer zu kommen, das doch so nah ist und gleichzeitig so fern. Röchelnd sammle ich meine letzte Kraft zusammen und setze alles in einen Kopfstoß. Ich treffe eine Nase, aus der sofort Blut strömt. Miguels Schock verschafft mir nur ein paar Sekunden, doch diese reichen, damit ich mich vorwagen und das Messer aus seiner Scheide befreien kann. Ich kenne die Stellen, die man treffen muss, um einen Mann umzubringen und genau dorthin ramme ich das Messer. Sofort ziehe ich es wieder hinaus, um seinen Tod zu beschleunigen und so ist es auch. Miguels Körper zuckt. Er reißt die Augen weit auf, als würde er in diesem Augenblick verstehen, dass er stirbt. Ich dachte immer, ich würde diesen Anblick genieße, kann mich jetzt jedoch nicht bewegen. Nicht einmal seine Hände von meinem Hals nehmen. Wie ein schwerer Sack liegt sackt der leblose Körper auf mich. Die toten Augen starren mich an, während immer mehr Blut aus seinem geöffneten Mund auf mich tropft. Ein Schrei befreit mich aus meiner Trance. Ich lasse Miguels blutgetränktes Hemd los und schubse ihn von mir.

Jo.

Ich erkenne es sofort. Schwer atmend wische ich mir Miguels Blut aus dem Gesicht und rapple mich auf, um zu meinen Freunden zu eilen. Ein weiterer Schrei.

Jasper. Doch es ist keiner aus Angst, sondern aus Verzweiflung. Meine Füße scheinen mit dem Boden zu verschmelzen, sodass ich meine ganze Kraft aufbringen muss, um endlich bei ihnen anzukommen. »Jo!«, ruft Jasper erstickt. Seine Augen folgen seinem Bruder, der langsam auf die

Knie sinkt. Mein Herz steht still. Alle Geräusche um mich herum scheinen zu verstummen, die Zeit beginnt sich langsamer zu drehen. Nicht langsam genug. Jos Gesicht ist fahl. Ich bewege mich zu langsam, die Welt zu schnell. Erst, als seine Hände den kalten Boden berühren, bin ich bei ihm. »Jo! Nein! Jo!« Jasper hockt vor ihm, presst seine Hand auf die Schusswunde, aus der das Blut sickert. Immer mehr. Zu viel. Rot. So viel! Es tropft auf den Boden, überdeckt alles. Jasper bemerkt mich nicht. Ich bemerke die anderen nicht mehr. All die anderen sind wie Schemen einer anderen Welt. Als betreffen sie mich nicht. Er registriert nicht, dass ich versuche, seine Hände wegzunehmen. Das ist alles nicht real! Kann es nicht sein! Alles, was ich sehe, ist Jos Körper, der immer weiter in sich zusammensackt.

»Jo!«, wispert Jasper. Wieder und wieder. Doch Jo reagiert nicht auf seine Worte. Wird es nie mehr. Langsam, als hätte irgendetwas die letzte Kraft aus ihm herausgesaugt, gleitet er zur Seite. Ich greife nach ihm, umfasse seine Schultern, doch er ist zu schwer. Ich schnappe nach Luft, versuche klar zu bleiben. Darf nicht akzeptieren, was soeben passiert ist. Sein Blick ist leer. All die Freude und das Strahlen, das ihn sonst begleitet, sind wie weggeblasen. Etwas hindert mich daran, zu atmen, zu denken, zu fühlen. Ich schaffe es nicht, ihn zu wecken. Schaffe es nicht, ihn hochzuheben. Ich zittere und bin gleichzeitig bewegungsunfähig. Wie Jasper, der seinen Bruder mit letzter Kraft auf seinen Schoß zieht. Er umklammert sein Gesicht. So blass. So leer. Er schüttelt den Kopf. Ich sitze nur daneben. Unfähig etwas zu tun.

Eine Ewigkeit später – oder Sekunden später, was spielt das schon für eine Rolle – taucht Becks neben uns auf. Ich weiß nicht, wo er herkommt, aber in diesem Augenblick bin ich dankbar dafür.

Er bückt sich herab, umfasst mit seinen großen Händen meine Schulter und drückt zu. Er lässt den Blick hinabgleiten zu Jasper und Jo, und seine Augen füllen sich mit Tränen. Zum ersten Mal seit dem Tod meiner Mutter. »Ihr müsst jetzt von hier abhauen!«, drängt er, packt erst mich an den Armen, als wolle er mich somit aus einer Trance erwachen, dann Jasper. Ich stehe auf, schwanke, weil sich alles ungewohnt anfühlt. Eine Welt ohne ihn. Eine Welt ohne den lebensfrohsten Menschen, den ich kenne. Es ist so verflucht falsch! Jasper reißt sich von Becks los, schüttelt nur heftiger den Kopf. »Nicht ohne ihn!« Er zieht seinen Bruder näher an sich, presst dessen leblosen Kopf an seine Brust, und ich lasse mich sofort wieder neben ihm auf die Knie. Zwinge ihn, mich anzusehen. »Niemals ohne ihn!«

Tränen stehen in seinen Augen, als er mich ansieht. Seine Unterlippe zittert. Er sieht aus wie damals, als die beiden zu uns kamen. Jetzt ist da nur noch er. Wir müssen weg. Er muss weg. »Wir tragen ihn. Zusammen!« Er nickt schwach. Während Jasper Jo unter den Schultern packt, nehme ich seine Füße. Zusammen tragen wir Jo fort. Alles um mich herum ist verschwommen und unscharf, aber ich erkenne, wie Becks und die anderen weiterkämpfen. Unsere Schlacht, die den größten Tribut gefordert hat, den wir geben konnten.

Drax

Es ist erst eine Woche her, dass Jo für immer aus unserem Leben gerissen wurde, und doch fühlt es sich an wie ein halbes Leben. Es scheint, als wäre die Welt noch trostloser, noch düsterer, noch einsamer. Jetzt, wo er weg ist.

Das regnerische Wetter passt perfekt zu meinen momentanen Gefühlen. Es ist, als tobe ein Sturm in mir, den ich mit aller Mühe zurückhalten muss, da er sonst alles Übrige zerstört. Schuldgefühle, Wut und Hilflosigkeit sind keine guten Begleiter, und doch sind sie da. Jeden Tag. Mein einziger Trost in dieser Stunde ist der Anblick, der sich mir bietet. Mindestens 50 *Hearts* stehen im Regen nebeneinander, lassen sich von den dicken Tropfen durchnässen und starren stumm auf das offene Grab, welches den Sarg meines Freundes langsam verschluckt. Wie ein riesiges, dunkles Maul empfängt es die Holzkiste, die viel zu klein für ihn wirkt. Luna umfasst meine Hand, aber ich entziehe sie ihr wieder, weil ich ihr Mitleid nicht ertrage. Ich verdiene es nicht, denn wer ist eher an seinem Tod schuldig als ich? Ich hätte ihm ebenso gut selbst in den Bauch schießen können. Jasper steht abseits, beobachtet nicht den Sarg, sondern uns. Auch er gibt mir die Schuld, das weiß ich. Vielleicht schenkt es ihm genauso Trost wie mir, zu sehen, dass so viele Clubmitglieder gekommen sind. Vielleicht ist es ihm aber auch völlig egal. Hoch oben am Himmel entsteht ein Blitz und nur Sekunden später folgt das Donnergrollen. Am liebsten würde ich mit ihm brüllen, aber ich bleibe stumm. Eine halbe Stunde dauert die Beerdigung. Eine halbe Stunde, um einen Menschen für immer unter der Erde zu begraben, als wäre er nie da gewesen. Als wäre er kein wichtiger Bestandteil dieser Welt gewesen. Als wäre alles umsonst gewesen.

Nachdem der Pfarrer noch einige Worte gesagt hat, verabschieden sich die ersten von uns. Wieder will Luna mir Halt geben, den ich so dringend gebrauchen könnte, doch wieder kann ich ihn nicht annehmen. Ich drehe mich um, will zu Jasper gehen, doch dieser ist weg. Kein Zeichen, kein Abschied. Und ich weiß, dass er nicht wiederkommt.

Luna
Zwei Monate später

Alles hat sich verändert. Jos Tod überschattet alles, was wir tun. Alles, woran wir denken. Ich kannte ihn nicht gut genug, um das Recht zu haben, so intensiv zu trauern, doch alleine Drax' Anblick bricht mir jeden Tag das Herz. Sein Gesicht ist fahl, seine Gedanken trüb, sein Herz schwarz. Er lässt es nicht zu, dass ich ihn tröste, lässt es nicht einmal zu, dass ich ihn berühre. Er lebt, aber ich habe dennoch das Gefühl, ihn an diesem Tag verloren zu haben. Während der Beerdigung ist Jasper verschwunden und hat somit noch einen Riss in Drax' Herz hinterlassen. Er gibt sich die Schuld daran und nichts, was ich sage, kann daran etwas ändern. Nach Miguels Tod hat Ramon den Posten des Präsidenten der *Black Slayers* eingenommen. Die Schusswunde war nicht tödlich und so konnte er sein Wort halten. Ohne sie ein einzigs Mal wiederzusehen, sind sie aus der Stadt verschwunden.

Frustriert stelle ich den Topf in die Spüle. Während dem ganzen Abendessen hat er nicht ein Wort mit mir gesprochen. Ich verliere beinahe meine Geduld, obwohl ich ihm eigentlich keine Schuld für sein Verhalten geben will. Dennoch kann es so nicht weitergehen. Also drehe ich mich um und halte ihn am Handgelenkt fest, sobald er wie üblich aus dem Zimmer verschwinden kann. »Rede mit mir, Drake!« Sein Kiefer mahlt, aber er sieht wieder einmal nicht so aus, als wolle er sich mir öffnen. »Was kann ich tun, um dir zu helfen?« Ich will ihm helfen. Mit jeder Faser meines Körpers will ich ihm helfen, über den Tod seines besten Freundes hinwegzukommen. Ich will ihm helfen, wieder zu leben, anstatt nur zu existieren.

»Das kannst du nicht«, antwortet er rau und der Klang seiner Stimme, der in den letzten Wochen eine Seltenheit geworden ist, bringt mich zum Schluchzen. Er reißt sich los, starrt mich an mit dunklen, leeren Augen. »Geh einfach!«

»Nein«, hauche ich, weil mir seine Worte das Herz herausreißen. Vor zwei Wochen kam er zu mir und ich dachte, ich hätte ihn endlich wieder, doch da erklärte er mir, dass es besser wäre, wenn er wieder ausziehen würde. Ich fühlte mich derart vor den Kopf gestoßen, dass ich ihn nur stumm anstarren konnte. Als er kurz darauf seinen Koffer packte, wusste ich, dass ich das nicht zulassen dürfte. Wo wollte er hin? Wo würde er wohnen? Würde ich ihn jemals wiedersehen? Ich versprach ihm, dass ich ausziehen würde, wenn er es verlangt. Nur so konnte ich ihn davon abhalten. Nur so bestand noch die kleine Möglichkeit, dass er nicht vollends aus meinem Leben radiert wird.

Doch jetzt zu hören, dass er sich wirklich dazu entschlossen hatte, mich loszuwerden, war schlimmer als alles, was ich jemals zuvor erlebt habe. Meine Finger krallen sich in die Tischplatte. Tränen vernebeln mir die Sicht. Ich schüttle den Kopf.

»Verschwinde!«, schreit er, schnappt sich einen Stuhl und wirft ihn quer durchs Zimmer, sodass ich weinend zusammenzucke. »Geh!«

Ich schluchze, stemme mich auf den Tisch, weil ich sonst unter der Last zusammenbreche. Alles in mir schreit mich an, dass ich mir das nicht gefallen lassen darf, doch mein Herz, das so viel lauter ist, sagt, dass er leidet und diese Qual nicht herauslassen kann. Bisher habe ich auf es gehört, aber jetzt scheint es immer leiser zu werden. Immer mehr die Kraft und die Hoffnung zu verlieren.

Er will mich nicht hier haben, weil ich ihn an alles erinnere.

Ich will nicht gehen, weil er mich braucht.

Ich vergrabe das Gesicht in den Händen, lasse mich zitternd auf den Stuhl sinken und weine bitterlich. Ich liebe ihn. Und ich weiß, dass er mich liebt, aber es ist das erste Mal, dass ich nicht mehr daran glaube, dass er sich wieder daran erinnert. Auch, wenn die Einsicht mich umbringt. Ich weine noch lange. Viele Minuten, bis nur noch ab und zu ein Schluchzer meinen Körper erzittern lässt. Sämtliche Kraft ist aus ihm gewichen. Es fällt mir schwer, mich zu erheben, um hinaufzugehen. Meine Schwestern sind wie an jedem Wochenende bei Daisy und Trish, die die beiden sehr ins Herz geschlossen haben. Mühsam hieve ich meinen Koffer vom Schrank und lege ihn auf das Bett, das eigentlich unseres hätte sein sollen. Wieder spüre ich die Tränen. Muss nach jedem Kleidungsstück, das ich einpacke, innehalten. Bei jedem Geräusch, das das Haus macht, hoffe ich, dass er es ist. Dass er hinaufkommt und mich in seine Arme schließt. Dass er endlich den Kampf gegen seine Sturheit aufgibt.

Aber er ist es nie.

Als ich fertig bin, ist es längst dunkel geworden. Dunkel und kalt. Mit zittrigen Fingern schreibe ich Zoe eine Nachricht, dass ich heute bei ihr übernachte und stecke das Handy, das er mir vor einiger Zeit geschenkt hat, damit wir in Kontakt bleiben können, wieder in meine Hosentasche. Ich starre den Koffer an, atme tief durch und trage ihn hinunter.

Jetzt sitzt er im Wohnzimmer vor dem Kamin, in dem das Feuer bald erlischt, und starrt in die Flammen. Er registriert nicht einmal, dass ich mich neben ihn auf das Sofa setze. Oder er will es nicht. Langsam wage ich mich vor, nehme seine Hand in meine, doch sofort zieht er sie wieder zurück und rammt mir somit ein weiteres Messer in mein Herz. Ich bin ratlos, hilflos, am Ende meiner Kraft. Zwei Monate lang leben wir in einem Haus, das hätte ein Anfang sein sollen, sich jedoch viel eher wie das Ende anfühlt. Zwei Monate lang benimmt er sich, als wären wir Fremde. Zwei Monate lang verschwindet er mehr und mehr und nimmt jeden Tag etwas von mir mit sich. Ich liebe ihn. Mehr, als ich jemals zuvor geliebt habe, aber ich schaffe es nicht länger, ihm dabei zuzusehen, wie er sich aufgibt. Ich rutsche von dem Sofa, knie mich vor ihn, sodass er mich ansehen muss, und nehme erneut seine Hände. So fest, dass er sie nicht wieder lösen kann. Ich wollte sanft sein, doch vielleicht benötigt er Stärke. Sein Blick ist hart und jede Liebe, die ich jemals in ihnen gesehen habe, ist verschwunden. Es bringt mich um. Jeder Blick ein bisschen mehr.

»Soll ich wirklich gehen?«, frage ich mit kratziger Stimme.

Er wendet sich ab. Sieht hinaus aus dem Fenster, vor dem dicke Schneeflocken zu Boden fallen. Und sagt nichts.

Ich will nicht weinen, nicht aufgeben, aber er macht es mir unmöglich. Mit Tränen in den Augen und unendlichem Schmerz im Herzen, will ich aufstehen, doch da spüre ich es. Einen leichten Druck an meinen Händen. Sein Kehlkopf hüpft, während er immer noch hinausstarrt. Als ich bereits glaube, dass meine Phantasie, meine Hoffnung mir einen Streich gespielt hat, spüre ich den Druck erneut. Seine Hände umklammern jetzt meine, während sich sein Gesichtsausdruck nicht im Geringsten regt.

»Ich gehe nicht!«, erkläre ich mit heiserer Stimme und lasse mich wieder auf die Knie vor ihm fallen. Wie konnte ich auch nur eine Sekunde daran denken, ihn zu verlassen? Man muss nicht verheiratet sein, um sich zu schwören, in guten wie in schlechten Zeiten an der Seite des anderen zu sein. Vielleicht kamen die Schlechten früher, als ich gehofft habe, und doch werde ich es durchstehen. Wir werden es durchstehen. Zusammen.

Weil es im Leben nichts gibt, das einen mehr zusammenschweißt, als gemeinsam gelitten zu haben. Und wir haben weiß Gott genug gelitten.

Als Drax den Kopf bewegt, mich mit Tränen in den Augen ansieht, weiß ich, dass er jetzt bereit ist zu trauern. Und ich werde jede Träne wegwischen, jeden Riss in seinem Herzen reparieren, jeden Funken Selbsthass löschen.

Drax

Große Schneeflocken bedecken das Gras vor mir. Es ist matt und leblos. Wie alles hier. Niemals werde ich meinen Freund vergessen, der gestorben ist, weil ich mich so sehr nach Rache gesehnt habe. Lediglich Luna, die neben mir steht und mit ebenso bedrückter Miene den glänzenden Grabstein mustert, schafft es, dass ich vorwärtsschaue. Sie ist mein Anker, mein Fels in der Brandung. Sie ist der Mensch, der meinem Leben einen Sinn gibt. Als wüsste sie, woran ich gerade denke, schiebt sie ihre kleine Hand in meine und sieht mich mit einem traurigen Lächeln an. »Ich liebe dich«, flüstert sie, obwohl wir auf dem Friedhof völlig alleine sind. Wir kommen oft her. Ich vermisse nicht nur Jo, sondern auch Jasper, doch ich weiß, dass er wiederkehrt. Irgendwann, wenn er mit seiner Trauer umgehen kann, wird er zurückkommen und ich werde auf ihn warten. So, wie Luna auf mich gewartet hat. Lange Zeit habe ich es nicht geschafft, ihre Liebe zu akzeptieren. Ich habe sie nicht verdient und das tue ich immer noch nicht, aber ich konnte es nicht ertragen, ohne sie zu sein. Vielleicht bin ich selbstsüchtig. Es wäre besser, sie gehen zu lassen, aber sie ist alles, was ich noch habe.

»Ich liebe dich auch«, antworte ich und ziehe ihre Hand an meinen Mund.

Sie lächelt schwach und streichelt meine Wange. »Er hätte nicht gewollt, dass du so traurig bist. Nicht er.«

Tränen brennen in meinen Augen, als ich zustimmend nicke. Vielleicht lächle ich sogar. Es ist besser sich lächelnd an ein Leben zu erinnern, anstatt den Tod zu beweinen.

»Kommt ihr?«, ertönt eine müde Kinderstimme hinter uns. Lunas Schwestern warten wie jedes Mal auf der Bank und winken uns lächelnd mit ihren behandschuhten Händen zu.

Ich atme tief durch, wische mir die Tränen weg und umfasse Lunas Gesicht. »Ich freue mich auf unser Leben.« Sie lächelt und lässt damit auch noch nach all den Monaten mein Herz höherschlagen. Als ich sie an mich ziehe und sie küsse, weiß ich, dass das Leben nicht perfekt ist, doch so perfekt, wie es in diesem Moment sein kann.

Ende

Danksagung

Danke an alle, die an diesem Buch mitgeholfen haben!
An alle Testleser. Die ersten, zweiten und dritten! Ihr habt Fehler gefunden, die ich ausbessern konnte. Sätze, die ich umschreiben konnte. Lücken, die ich füllen konnte! Danke an euch alle!

Einen ganz besonderen Dank geht an meine liebe Coverdesignrin Sarah Buhr von der Covermanufaktur. Du hast gezaubert! Ich liebe, liebe, liebe dieses Cover! Danke du Schatz!!

Erwähnen will ich noch meine zwei kleinen Helferlein Lisa und Vivi! Lisa, du hast das Buch sogar zwei Mal gelesen! Du bist eine Wucht! Und eine der besten Freundinnen, die man sich wünschen kann. Vivi, deine Kritik und dein Lob haben mich so sehr gefreut und dazu beigetragen, dass ich am Ende sehr glücklich und optimistisch sein darf! Danke <3

Sarah, du darfst natürlich nicht fehlen. Denn ohne dich hätte ich vermutlich nicht getraut, diese Art von Buch zu schreiben. Du hast mir Mut gemacht und mich unterstützt, wenn es mal wieder nicht ging. Danke! Ich hab dich sehr lieb.

Danke auch an meine Mama und Nina. Ihr beiden wart kritisch und auch, wenn sowas am Anfang wehtut, kann es – und das hat es hoffe ich – ein Buch nur besser machen. Danke ihr zwei!

Und zu guter Letzt will ich noch Alina danken! Du hast den Havoc Hearts ein Logo gezaubert, in das ich so verliebt bin! Danke!

Über die Autorin

Christelle Zaurrini wurde 1992 in Luxemburg geboren und lebt heute mit Freund und Kater in der schönen Eifel.

Die Liebe zum Geschriebenen beschränkte sich zunächst auf die Bücher vom Meister des Grauens, festigte sich aber, als eine ganz bestimmte Dystopie sich an ihr Herz klammerte und nicht mehr lockerließ. Es wurde zu einer Leidenschaft, die sich später auch im Selbstgeschriebenen widerspiegelte.

Mit ihrem Blog und kurzen Gedichten hat das Schreiben begonnen, um mit ihrem Debütroman »Sommernachtswende« erst richtig zu starten.

Andere Werke:

Glück findet man nur dort, wo das Herz ist. Fünf Jahre nach dem Tod ihrer Mutter findet sich Emma zum ersten Mal wieder in ihrem Heimatdorf ein und stellt sich ihrer Vergangenheit. Alten Feindschaften, ihrer vernachlässigten besten Freundin und dem ganzen Schmerz. Dann taucht Dylan auf, selber gezeichnet vom Schicksal, und beginnt Emmas sorgsam errichteten Mauern einzureißen

Seit dem Tod ihrer Eltern ist Bettys Kopf ein düsterer Ort voller Schmerz und tiefer Abgründe. Bevor sie sich in ihrer Trauer vollkommen verlieren kann, schickt ihr Bruder sie in eine Therapie, wo sie Aiden kennenlernt, in dessen Kopf dieselben Schatten hausen. Für eine Zeit scheint es, als könnten sie sich gegenseitig retten, doch dann beginnt für beide der Alltag wieder und Aiden scheint wie ausgewechselt. Gezwängt in Muster, die er nach all den Jahren nicht mehr ablegen kann, verletzt er Betty immer wieder. Ist ihre Verbindung stark genug, um die Rollen, in denen sie Zuflucht gefunden hatten, aufzugeben?

Heiraten, Kinder bekommen, ein völlig bodenständiges Leben führen: Das war Mayas Plan. Niemals wollte sie so egoistisch werden wie ihre Mutter, die sie und ihren Vater für eine ruhmreiche Karriere verlassen hat. Doch als die neue Lebensgefährtin ihres Vaters mit ihren drei Kindern bei ihnen einzieht, droht ihr Plan zu scheitern.

Der Grund: Logan. Vorlaut, unverschämt und verdammt sexy. Genau das, was Maya immer meiden wollte, und doch kann sie die körperliche Anziehung nicht leugnen.

Manche Entscheidungen verändern das ganze Leben. Jared zu heiraten sollte für Amy eine der besten Entscheidungen sein, doch als aus Liebe Angst wurde, veränderte sie sich in die schlimmste. Die einst lebensfrohe junge Frau zerbricht Stück für Stück, bis nichts als Verunsicherung übrigbleibt.

Erst, als sie den Freigeist Sean kennenlernt und den ersten Schritt in ein neues Leben wagt, beginnen sich ihre Ketten zu lösen, Zum ersten Mal seit langer Zeit gibt es jemanden, der sie versteht und respektiert. Doch schafft sie den Sprung zurück ins Glück? Und vor allem: zu welchem Preis?

Für Hollie Vaughn herrschen ihre eigenen Regeln. Jobs kommen und gehen, genau wie die Männer in ihrem Leben. Gezeichnet durch ihre Vergangenheit bleibt sie lieber auf Distanz. Eine Taktik, die zehn Jahre wunderbar geklappt hat. Doch dann kommt Trevor, der so anders ist als die Übrigen. Er versteht sie und ihre Eigenarten. Wer sonst würde ihr ein Anti-Liebeslied schreiben? Wer sonst würde ihre Dämonen akzeptieren? Bevor Hollie ihre Mauern jedoch endgültig fallenlässt, macht sie einen Rückzieher und flieht. Als sie nach einem Jahr wieder zurückkehrt, ist alles anders. Lohnt es sich zu kämpfen? Und kann aus einem Vielleicht irgendwann ein Für immer werden?

Ohne Wasser stirbt jedes Leben. Niemand weiß das besser als Ella - hineingeboren in eine Welt, in der dieses kostbare Gut knapp geworden ist. Reichtum wird nicht mehr durch Geld definiert: Die Privilegierten herrschen über die letzten sauberen Wasserressourcen, während die Armen ihre Kinder als Sklaven verkaufen, um überleben zu können. Ella soll kurz vor ihrem 18ten Geburtstag an den Meistbietenden versteigert werden. Doch da rettet sie Cole, ein junger, charmanter Soldat der Untergrundbewegung und bittet sie, sich dem Widerstand anzuschließen. Je mehr Zeit sie mit Cole verbringt, desto klarer wird ihr, dass Freiheit immer ihren Preis hat. Und sie sich entscheiden muss, wie viel sie bereit ist zu zahlen.